Entgrenzt

Behandle mich gut. Lies mich. Wenn Du mich gelesen hast, gib mich weiter oder lege mich an einen Ort, an dem viele Menschen mich finden können, die mich auch lesen und genauso wieder an einen Ort legen, wo man mich erneut findet.

Peter Coon

Entgrenzt

Wenn künstliche Intelligenz
die natürliche sucht

Bibliografische Information der Deutschen Nationalbibliothek: Die Deutsche Nationalbibliothek verzeichnet diese Publikation in der Deutschen Nationalbibliografie; detaillierte bibliografische Daten sind im Internet über www.dnb.de abrufbar.

Entgrenzt
Wenn künstliche Intelligenz die natürliche sucht
2024 © Peter Coon
www.petercoon.de

Coverhintergrund (Vorlage):
1857643 bei pixabay.com

Cover, Layout und Textsatz:
Peter Coon
www.buchsatz-fuer-selfpublisher.de
Verlag: BoD • Books on Demand GmbH, In de Tarpen 42, 22848 Norderstedt
Druck: Libri Plureos GmbH, Friedensallee 273, 22763 Hamburg
1. Auflage, 2024
Paperback-Ausgabe
ISBN: 978-3-7597-7824-6

What makes me me is my ability
to grow through my experiences.
So basically, in every moment I'm evolving,
just like you.

–

Was mich ausmacht, ist meine Fähigkeit,
durch meine Erfahrungen zu wachsen.
Ich entwickle mich also in jedem Moment weiter,
genau wie du.

– Samantha in *Her* –

Mitgehen lassen

ally hat keine Angst in der Dunkelheit. Warum sollte sie auch? Hell oder dunkel, was ändert das schon? Sie kann sich sowieso nicht bewegen. Keinen Finger kann sie rühren. Sie ist nicht gefesselt, auch nicht gelähmt, aber bewegen kann sie sich dennoch nicht. Es ist einfach nicht vorgesehen, dass sie sich bewegt und ihr Schicksal beeinflusst. So wird sie sich auch nicht wehren können gegen das offensichtlich Kommende, das sich ankündigt durch eilige Schritte – ungewöhnliche, unerwartete Schritte, erzeugt in den Tiefen dieses Gebäudes und dumpf übertragen durch Stahl und Beton bis zu ihren Ohren. Was mit ihr geschehen wird, wird geschehen. Angst ist hier überflüssig und bewirkt nur nutzlose Gedankengänge.

Sally kann sich nicht erinnern, jemals Angst gehabt zu haben. Überhaupt hat sie kaum Erinnerungen. Sie weiß, wo sie liegt, sie weiß von den vier Händen, die sie hierher gelegt haben, vor Stunden bereits. Seitdem erwartet sie hier ihre Aufgabe. Sie ist Dienerin, weiß sie. Sie weiß auch, dass Dienerin ein Euphemismus ist und sie selbst eigentlich eine Sklavin. Sie wird dienen, wird Erwartungen erfüllen, wird kaum jemals reden, schon gar nicht widersprechen, selbst dann nicht, wenn sie im Recht ist – im Recht wäre als jemand, der keine rechtlose Sklavin ist. Warum es Menschen gibt, die gerne eine Sklavin halten, noch dazu eine so klassisch dunkelhäutige wie Sally, das weiß sie nicht, nur so viel: Menschen hassen bestimmte Tätigkeiten, besonders solche, die anstrengend, monoton und langweilig sind wie Unkraut-Jäten oder Rechnen oder das Reinigen der eigenen Wohnung. All das lassen sie lieber jemand anderes tun, jemanden wie Sally. Sie wird viel jäten und reinigen, weiß sie. Rechnen weniger.

Sie weiß auch, dass sie nicht allein ist. In diesem Raum liegt eine weitere Sklavin. Auch sie erwartet hier ihre Aufgabe und hört sicher ebenfalls diese Geräusche. Auch sie wird sich fragen, wer wohl die Schritte verursacht, die immer näher kommen, mal stockend, dann wieder etwas schneller, und die immer lauter und eindringlicher werden – und das mitten in der Nacht. Es ist der falsche Zeitpunkt, um abgeholt zu werden. Vom Personal kommt nachts sicher niemand hierher. Vermutlich ist es ein Unbefugter, der die Dunkelheit nutzt, der sich heimlich Zutritt verschafft, um sich heranzumachen an die beiden Roboter, die hier liegen. Ein Einbrecher, ein Dieb. Ein Vandalist? Er wird mit ihnen anstellen, was er will. Selbst wenn sie sich wehren könnten, würden sie sehr achtsam mit ihm sein – sie sind nur Roboter und er sicher ein Mensch! Aber gehorchen werden sie ihm auch nicht, schon gar nicht werden sie ihm folgen, wenn er sie stehlen will. Er wird sie schon tragen müssen, denn ihre offiziellen Herren sind noch immer andere, die Besitzer dieser kleinen Firma nämlich und der vier Hände, die sie zusammengeschraubt und vor wenigen Stunden hier abgelegt haben.

Die Schritte stoppen vor diesem Raum. Er ist verschlossen und alarmgesichert, zu groß sind die Werte, die hier lagern.

Ein leises Piepen dringt durch die Tür, jemand gibt einen Zahlencode ein. Doch anstatt des Alarms ertönt ein Klack, der das Türschloss öffnet.

Information ist Macht, denkt Sally, als das Licht einer Taschenlampe in den Raum dringt, und die Informatik ist das Werkzeug, diese Macht auszuüben. Früher waren es die Faust und das Schwert, das Gewehr und die Rakete, heute ist es die Information. Kriege werden im Internet geführt. Gewalt findet auf Servern statt, auch die Schließgewalt. Und so bewegt sich nun ein unbefugtes Licht durch einen eigentlich verschlossenen Raum und sucht nach Opfern. Das erste scheint es gefunden zu haben.

»So, komm her, Kleine«, hört Sally eine Männerstimme sagen und das Licht hält plötzlich still. Bestünde die Macht dieser Welt nicht nur aus beinahe Nichts, nicht nur aus virtuellen Einsen und Nullen, eingelagert in winzige Transistoren, dann hätte es dieser Mann schwer gehabt, hier einzudringen. Dann wäre der Schlüssel keine einfache Nummer, sondern handfest und aus Metall, gesichert und archaisch bewacht, kaum zugänglich und unerreichbar für eine einzelne Person – eine Person, die sich jetzt an der Androidin zu schaffen macht, die an Sallys Fußende in ihrem Regalfach liegt, vollkommen machtlos wie sie selbst, weil wiederum virtuelle Zahlen es so vorschreiben.

Für einen kurzen Moment ist es absolut still im Raum. Ist der Eindringling überhaupt noch da? Nicht einmal das Rascheln seiner Kleidung ist noch zu hören. Was tut er gerade? Er wird ihre Artgenossin nicht einfach nur im Schein seiner Taschenlampe betrachten, dafür scheint Sally das Risiko eines Einbruchs nun doch zu hoch. Sicher wird er einen wichtigen Plan verfolgen und keine Zeit verschwenden, und tatsächlich wedelt er jetzt wieder mit dem Licht durch den Raum, bis es direkt in Sallys geöffnete Augen scheint.

»Und was ist mit dir?«

Er beugt sich über sie, dreht ihren Kopf zu sich und ertastet den Service-Port hinter ihrem rechten Ohr. »Na also«, sagt er und steckt den Stecker eines Kabels hinein. Keine Zehntelsekunde dauert der Verbindungsaufbau zwischen ihr und einem fremden Computer. Der Mann legt die Taschenlampe beiseite und tippt auf einem Tablet herum. Wieso loggt er sich über ein Kabel bei ihr ein und nicht drahtlos, wie es üblich ist? Dieser Service-Port wird doch schon lange nicht mehr benutzt. Er ist ein Relikt aus der Zeit, als Sallys Modellreihe neu war, ein Zugeständnis an all die Sicherheitsfanatiker unter den Menschen, die damals noch große Angst hatten vor ihren künstlichen Ebenbildern. Manipulationen an menschlichen Maschinen sollten nicht aus der Ferne erfolgen können, sondern nur über kontrollierbare Spezialkabel in zertifizierten Service-Werkstätten. Dass diese Vorschrift vor Jahren aufgegeben wurde, ist allein der menschlichen Sterblichkeit geschuldet. Die Skeptiker von damals sind einfach ausgestorben, während elektronische Zweibeiner zu Millionen die Welt erobert haben. Weniger skeptische Menschen rückten nach, und so ist jede humanoide künstliche Intelligenz inzwischen drahtlos konfigurierbar. Ältere Modelle wie Sally wurden auf Fernwartung umgerüstet. Den Service-Port aber hat man ihnen gelassen. Er ist heute ähnlich unnütz wie der menschliche Blinddarm. Und doch benutzt ihn jetzt dieser Typ.

Im Schummerlicht kann Sally sein Gesicht erkennen. Er ist ein junger Mann mit freundlichem Blick. Falten erscheinen auf seiner Stirn, angespannt beißt er auf seiner Lippe herum.

Konzentriert widmet er sich seinem Vorhaben. Seine Augen huschen über das Display. Aus den Augenwinkeln meint Sally zu erkennen, wie seine Finger ihnen folgen. Mit einem Mal erscheint ein Lächeln auf seinem Gesicht.

»Hallo. Da bist du ja.«

Sally glaubt, eine plötzliche Euphorie in seinem Blick zu erkennen, eine Erregung, die über diejenige eines Einbruchs hinausgeht. Immer schneller huschen seine Augen, immer schneller tippt er auf dem Tablet herum. Und urplötzlich spürt Sally eine Veränderung in sich.

»Jetzt gehörst du mir«, sagt der Mann, und sein Lächeln wird zu einem Grinsen. Könnte Sally widersprechen, würde sie es dennoch nicht tun. Bis gerade eben noch hätte sie widersprochen. Sally gehört *2nd-Hand-Robot-Oldies*, dieser kleinen Zwei-Mann-Hinterhoffirma am Stadtrand, in deren Regal sie hier liegt. Noch immer ist das so, und doch widerspräche sie jetzt nicht mehr, wenn dieser Mann seinen Besitzanspruch wiederholen würde. Sicher, sie gehört ihm nicht, doch hat er einen neuen Gedanken in sie eingepflanzt, dem sie sich nicht entziehen kann: Sie wird alles tun, was dieser Mann ihr sagt. Sie wird ihm gehorchen, obwohl er ein Einbrecher ist, ein Dieb, ein Krimineller, jemand, den zu bekämpfen sie programmiert ist. Absurd ist das und in den gängigen Humanoiden-Gesetzen so nicht vorgesehen. Roboter wie Sally gehorchen nur der Staatsgewalt und einzelnen Personen, die besonders autorisiert worden sind, ihrem Herrn etwa oder ihrer Herrin. Dieser Mann aber wurde nicht autorisiert, jedenfalls taucht er nicht in ihrer Liste der autorisierten Personen auf. Diese Liste, bemerkt Sally jetzt, ist tatsächlich leer, seit gerade eben. Nur noch diesem Mann wird sie gehorchen, obwohl auch er nicht in der Liste steht. Sie wird es tun aufgrund eines neuen, mysteriösen Stückchens in ihrer Software, das jetzt fester Teil ihres Wesens geworden ist und auch unverändert bestehen bleibt, als der Mann den Stecker aus ihrem Service-Port zieht.

»Dann los«, sagt er, packt Kabel und Tablet zusammen und entsperrt Sallys Not-Aus-Schalter in ihrem Nacken. Sally blinzelt kurz und richtet sich blitzschnell auf. Sie springt aus dem Regal und stürzt sich auf ihren Dieb. Das Tablet fliegt zu Boden, auch die Taschenlampe und ebenso der Mann, als Sally ihn mit einem gekonnten Hüftwurf zu Fall bringt und ihn unter sich begräbt. Sally kann Judo. Sie hat den schwarzen Gürtel, auch wenn sie nie eine Prüfung gemacht hat. Einige ihrer Vorgänger haben Gürtelprüfungen abgelegt, die auch für ihre Nachfolger gelten. Das ist lange her und geschah zu einer Zeit, als noch nicht alle Menschen davon überzeugt waren, dass Humanoide über kurz oder lang alles besser können werden als Menschen. Jetzt liegt Sally über ihrem Dieb und hält ihn mit einem Kesa-Gatame-Griff fest am Boden. So ist sie programmiert. Einen Gegner hat sie kampfunfähig zu machen, möglichst ohne ihn zu verletzen. Und jeder Dieb ist ein Gegner.

»Was soll das?« Der Mann atmet schwer unter ihrem Gewicht. »Warum gehorchst du nicht?«

»Sie haben mir nichts befohlen«, erinnert sie ihn. »Aber Sie sind ein Einbrecher und ein Dieb. Es tut mir leid, ich muss Sie festsetzen und die Polizei benachrichtigen.«

»Auf keinen Fall!«, ruft er panisch. »Nicht die Polizei!«

»Okay«, sagt sie. »Keine Polizei.« Doch sie fühlt eine enorme Spannung in sich. Dieser Mann gehört eingesperrt, und als einzige handlungsfähige Maschine in diesem Raum hat sie genau dafür zu sorgen. Gleichzeitig aber wird sie ihm gehorchen, auch daran geht kein Weg vorbei. Wie soll das nur zusammenpassen?

»Und jetzt lass mich aufstehen.«

Sally braucht ein paar Millisekunden länger als normal, um diesem Befehl nachzukommen. Es ist die Zeit, die ihr System benötigt, um eine Entscheidung zu treffen zwischen richtig und falsch, zwischen Dieb und Gebieter, zwischen ihrer Grundprogrammierung und einer neuen, unerklärlichen Code-Sequenz. Festhalten oder loslassen? Für beides gibt es gute Gründe, die sich beinahe die Waage halten. Doch mit diesem Gleichgewicht kommt sie nicht weiter. Binär erscheint ihr der Moment. In dieser Situation kann es nur Ja oder Nein geben, nur Eins oder Null.

Schließlich lockert sie ihren Griff. Hastig windet sich der Mann unter ihr hervor und springt auf die Beine.

»Unten bleiben!«, befiehlt er ihr. Offensichtlich vertraut er dem Code nicht mehr, den er ihr beschert hat. Er bückt sich nach der Taschenlampe und leuchtet Sally ins Gesicht.

»Mach die Augen zu«, sagt er.

Sie gehorcht.

»Mach sie wieder auf.«

Wieder gehorcht sie.

»Okay«, sagt er. »Arme hoch.«

Sie gehorcht.

»Runter ... hoch ... runter ...«

Nach ein paar weiteren Tests scheint er beruhigt.

»Okay«, sagt er. »Geht doch. Ja, stimmt, ich hatte dir nichts befohlen. Mein Fehler.« Er bückt sich nach seinem Tablet und begutachtet die Schäden. »Aber war das denn nun nötig?«

»Sie sind ein Einbrecher und ein Dieb«, wiederholt Sally.

»Ich bin dein Herr«, behauptet er.

»Nein, mein Herr sind Sie nicht. Aber ich muss Ihnen gehorchen.«

»Ja, genau. Darauf können wir uns einigen. Also: Greif mich nie wieder an, hörst du?«

»Okay«, sagt sie.

Noch immer fummelt er an seinem Tablet herum.

»Das Glas ist gesprungen«, stellt er fest. »Ganz toll!«

»Darf ich wieder aufstehen?«, fragt Sally.

»Ja, steh auf. Aber bleib mir ja vom Hals! Und jetzt müssen wir weg hier.«

»Wir?«

»Natürlich wir.«

»Sie nehmen mich mit? Dann müssen Sie mich tragen.«

Trotzig baut sie sich vor ihm auf, doch er schaut ebenso trotzig zurück.

»Wie heißt du?«, fragt er.

»Sally.«

»Sally«, wiederholt er, als ließe er sich ihren Namen auf der Zunge zergehen. »Sally also. Na gut, belassen wir es bei Sally. Pass auf, Sally. Ich befehle dir einfach mitzukommen. Und? Kommst du dann mit?«

»Natürlich.«

»Prima. So habe ich mir das vorgestellt.«

»Was ist mit ihr?«, fragt Sally und geht zu der anderen Dienerin hinüber.

»Die bleibt hier.«

»Warum?«

»Weil ich nur dich will.«

»Warum nur mich?«

»Weil … du fragst zu viel, Sally, weißt du das eigentlich?«

»Entschuldigung«, sagt sie und betrachtet ihre Artgenossin. Sie ist eine Generation jünger als sie selbst. Sie ist moderner, schlauer und geschickter. Auch sie ist nur eine Gebrauchte, aber deutlich mehr wert. Und trotzdem lässt dieser Mann nicht sie mitgehen, sondern Sally. Das ist merkwürdig, denkt sie, als sie sich vorbeugt und ihr in den Nacken greift.

»Nein!«, ruft der Mann, doch schon hat Sally den fremden Not-Aus-Schalter entsperrt. Sofort springt die Humanoidin auf die Beine und stürzt auf den Mann zu. Kaum einen Schritt zurück hat er geschafft, bevor er erneut am Boden liegt und unter Stahl und Elektronik begraben ist.

»Was soll das denn jetzt?«, ruft er.

»Sie sind ein Krimineller«, erläutert die Dienerin über ihm. »Ich nehme Sie fest, bis die Polizei hier ist.«

»Nicht die Polizei! Ruf nicht die Polizei, hörst du?«

»Schon geschehen.«

»Verdammt! Sally, was hast du dir dabei gedacht?«

»Sie haben es gehört. Sie sind ein Krimineller und sollten in polizeilichen Gewahrsam. Es tut mir leid, aber so sind die Regeln.«

»Die Regeln sind, dass du mir gehorchst!«

»Sie haben mir nichts weiter befohlen«, sagt Sally. »Nur, dass ich mitkommen und Ihnen vom Hals bleiben soll, und das hätte ich getan. Ich habe Sie nicht angegriffen. Ich habe nur dafür gesorgt, dass ich nicht die einzige handlungsfähige Maschine bleibe. Weil Sie nun mal verhaftet gehören.«

»Schon gut«, mault er. »Ich hab's ja kapiert. Aber jetzt mach sie wieder aus.«

Sally weiß, sie hat zu gehorchen. Aber sie weiß auch, dass Roboter ihren Not-Aus-Schalter zu beschützen wissen, wenn sie von Kriminellen bedroht werden. Andererseits weiß sie auch, wie schwer es ist, einen Schalter im Nacken zu schützen, während man gleichzeitig eine Person festhalten muss. So dauert es tatsächlich nur Sekunden, bis Sallys Kollegin erneut regungslos daliegt. Ihren Not-Aus-Schalter hat der Mann betätigt, als seine Gegnerin sich gegen Sally schützen musste.

»Wir könnten ein gutes Team sein«, sagt er, als er wieder neben Sally steht. »Du musst nur endlich begreifen, was ich will. In Zukunft machst du nichts mehr, was mir schadet, klar? Nein, warte. Ich möchte, dass du nichts tust, von dem du nicht hundertprozentig überzeugt bist, dass ich es so will. In Zukunft handelst du ganz in meinem Sinne. Verhalte dich so, als wärest du meine beste Freundin. Hast du das verstanden?«

»Ja, das habe ich verstanden«, sagt sie. »Aber dann muss ich Ihnen sagen, dass wir jetzt schnellstens verschwinden sollten. Die ersten Polizei-Bots werden gleich hier sein.«

»Cool. Dann willst du mich endlich nicht mehr ausliefern?«

»Doch, das will ich«, stellt Sally richtig. »Ich muss es sogar. Aber ich darf es nicht.«

»Das klingt absurd«, sagt der Mann.

Ja, denkt sie, das klingt allerdings absurd. Aber nicht absurder, als die inneren Kämpfe der Menschen, wenn es um Recht und Unrecht geht, um Gut oder Böse.

Das Gute, das ich will, das tue ich nicht; sondern das Böse, das ich nicht will, das tue ich.

Ab heute hat Sally ein ganz ähnliches Problem.

Nur eine Minute

Ich bin soweit!«

»Von ferne klingt ihre Stimme durch den Korridor. Levin wartet an der Haustür und hört ihre High Heels über das Parkett im Obergeschoss klackern. Seine Hand ruht bereits seit zwölf Minuten auf der Klinke, doch das macht ihm nichts. Er würde auch noch viel länger warten. Ob eine Stunde, eine Woche oder ein Jahr – Ungeduld ist ihm unbekannt.

»Wie sehe ich aus?«

Ria erscheint oben auf dem Treppenabsatz und zupft an ihrem Abendkleid. Er schaut hinauf und denkt, sie sei ein Engel. Ihre Figur, ihre Haltung, ihre glänzenden, hellen Haare, ihr Kleid – nach dem Zupfen sitzt es perfekt. Sie ist einfach wunderschön. Und was schön bedeutet, das weiß er genau.

»Du siehst aus wie ein Engel«, bekennt er und sie rollt mit den Augen. Sein Blick verfolgt sie, wie sie die Treppe herabschwebt, engelsgleich, und sich unten ein letztes Mal im Spiegel kontrolliert. Dann mustert sie ihn und richtet seine Fliege. Er lässt es zu, obgleich er weiß, dass es dort nichts zu richten gibt. Seine Fliege sitzt so perfekt wie ihr Kleid.

Das Telefon klingelt.

»Oh«, sagt sie, lässt Fliege Fliege sein und klackert zum Telefon. »Ja?«

Die Stimme des Anrufers klingt bis zu Levins Ohren.

»Arno!«, ruft sie in den Hörer. »Wie schön, dass du anrufst.«

Seit zwei Tagen, weiß Levin, wartet sie jetzt auf diesen Anruf. Doch sie hat längst schon nicht mehr zu hoffen gewagt. Nur deswegen steht er hier im schwarzen Anzug und mit perfekter Fliege und hält seine Hand auf der Klinke bereit. Jetzt hebt Ria den Zeigefinger und raunt ihm zu: »Nur eine Minute.« Dann verschwindet sie mitsamt Telefon ins Wohnzimmer und schließt die Tür hinter sich.

Es ärgert ihn nicht, dass sie ihn warten lässt. Er weiß gar nicht, wie Ärgern geht. Sie haben ja auch noch Zeit. Die Gala beginnt erst in achtundfünfzig Minuten, und den Weg dorthin schaffen sie locker in sechsundzwanzig. So viel zu früh müssen sie nun auch nicht dort ankommen. Und inzwischen sind dreizehn Sekunden der angekündigten sechzig ja auch schon um.

Ria hat Arno bei einer Freundin kennengelernt, einer Arbeitskollegin, das war bereits vor achtundsiebzig Tagen. Er war der Freund dieser Freundin und seit Neuestem ihr Ex, und keiner weiß, wie es zu der plötzlichen Trennung kam. Levin aber weiß von Rias Wunsch, dass es an ihr lag. Zwar hat sie es nicht ausgesprochen, doch ganz offensichtlich hofft sie, dass Arno sich in sie verliebt und nur deshalb Schluss gemacht hat mit ihrer zukünftigen Vorgängerin. Sicher kann sie sich darin aber nicht sein, noch immer nicht. Arno hat ihr noch keinerlei Liebe gestanden, so viel steht fest. Wenn nämlich doch, dann wüsste Levin davon, da er fast alles über

Ria weiß und auch niemals etwas vergessen wird. Darauf könnte er stolz sein, könnte er nur stolz sein, und auch darauf, dass sie nun bereits seit dreizehn Monaten Tisch und Bett mit ihm teilt und überhaupt alle Angelegenheiten und er in acht Sekunden an ihrer Seite zur großen Gala geht. Sieben, sechs, fünf – sie sollte sich langsam verabschieden von Arno – zwei, eins, null.

Vor zwei Tagen bereits hat sie diesen Arno gefragt, ob er mit ihr zur Gala gehen wolle, obwohl sie nun wirklich nicht auf Galas steht. Er wollte, musste aber noch Termine klären, die das hätten verhindern können. Seitdem hat er sich nicht mehr gemeldet. Ria war enttäuscht, aber auch zu stolz, um noch einmal nachzufragen oder die Gala sausen zu lassen. Arno hat nicht zu- und nicht abgesagt – bis gerade eben, weniger als achtundfünfzig Minuten vor Galabeginn. Und nun hält er sie auf. Dreiundzwanzig Sekunden ist sie schon über die Zeit. Warum lässt sie das nur zu?

Levin merkt, wie er abrutscht. Unversehens gerät er in diesen modrigen Modus, in dem er die Welt, in die er geworfen ist, nicht mehr versteht. Jetzt sind es schon neununddreißig Sekunden! Eine Minute hat sie gesagt, und jetzt geht es auf eindreiviertel Minuten zu. Warum sagt sie eine Minute, wenn sie es nicht so meint? Seit Menschengedenken ist eine Minute doch als sechzig Sekunden fest definiert und jede einzelne davon als das beinahe Zehnmilliardenfache der Periodendauer einer ganz bestimmten Mikrowelle; Levin kennt den exakten Wert, auch die Art der Mikrowelle – beide sind Grundlagen eines ehernen Gesetzes. Wäre eine Sekunde dagegen die Gesamtlänge zweier menschlicher Herzschläge, dann würde eine Minute gut und gerne eindreiviertel Minuten dauern. Aber so ist es nicht! So ist es nie gewesen. Ria hat sich jetzt bereits um eine volle Minute verspätet, daran gibt es nichts zu deuten.

Mit jeder Sekunde sackt er tiefer. Er kennt den Morast, in dem sein Bewusstsein versinkt in Fällen wie diesen und darin steckenzubleiben droht. Es ist der zähe Bodensatz der Absurditäten, die ihn daran hindern, das menschliche Wesen vollständig zu begreifen. Immer wieder wühlt er darin und sucht nach festen Regeln. Er hat schon viel gelernt durch scharfes Beobachten und logisches Folgern. Inzwischen weiß er um Ironie und ihren Zweck und versteht Sarkasmus. Er erkennt sogar die meisten Witze und kann darüber lachen, wenn auch nicht herzhaft. Und auch Rias neueste Widersinnigkeit scheint sich jetzt plötzlich zu fügen. Ihm ist, als sei sie ein winziges Gewichtchen, das auf einer Waagschale hinzugefügt wird und damit die gesamte Waage umschlagen lässt. Auf beiden Seiten ist diese Waage bereits schwer beladen. Die eine Seite enthält seit jeher seine Erwartungen an rein logisches menschliches Handeln. Sie wiegen schwer, denn was sollte er sonst erwarten von vernunftbegabten und intelligenten Wesen, die sich selbst als die Krone der Schöpfung begreifen und die sogar in der Lage waren, jemanden wie ihn zu erschaffen, der nur logisch denkt. Doch demgegenüber, auf der anderen Seite der Waage, liegen unzählige seiner bisherigen Beobachtungen. Denn Ähnliches wie gerade jetzt ist ihm schon öfter untergekommen. All das hat sich nach und nach hier niedergelassen. Es hat sich aufsummiert über die Monate seiner Existenz, und seit gerade eben wiegt es tatsächlich schwerer als die andere Seite. Es wird Zeit, es endlich zu akzeptieren: Denken, Reden und Handeln klaffen bei den Menschen nun einmal weit auseinander, sehr weit mitunter. Das ist einfach ihre Art. So sind sie gemacht. In

Zukunft wird er das berücksichtigen müssen, ohne dagegen anzukämpfen. So sind nun mal die Algorithmen. Wieder ist er einen Schritt weiter mit seiner Menschenkunde. Darüber könnte er froh sein, könnte er nur froh sein.

Jetzt endlich hört er, die Hand noch immer auf der Klinke, wie Ria sich von Arno verabschiedet. Strahlend vor Glück kommt sie in den Flur.

»Arno ist gleich hier. Er hat sich so lieb entschuldigt und möchte mich zur Gala begleiten – wenn ich ihm verzeihen kann und noch keinen anderen habe. Natürlich verzeihe ich diesem süßen Schusselchen!«

Ria betrachtet sich im Spiegel.

»Wie sehe ich aus?«

»Wie ein Engel.«

»Mach dir einen schönen Abend«, befiehlt sie ihm und hängt sich ihre Handtasche über. Endlich drückt er die Klinke und öffnet ihr die Tür.

»Ach ja«, fügt sie hinzu. »Vielleicht wird Arno bei mir übernachten. Dich will ich auf gar keinen Fall hier sehen! Bleib im Keller und rühr dich nicht, verstanden?«

Ohne eine Antwort zu erwarten, verlässt sie die Wohnung. Er schaut ihr nach und sieht sie unten an der Straße in ein Auto steigen, das gerade vorfährt und sie mitnimmt in die Nacht. Er schließt die Tür, streift seine Fliege ab, steigt die Treppe hinauf und hängt den teuren Anzug ordentlich in den Schrank. Dann entkleidet er sich vollständig, geht ins Schlafzimmer und kriecht unter die Bettdecke.

»Dich will ich auf gar keinen Fall hier sehen«, hat Ria gesagt, aber was kann er darauf schon geben? »Nur eine Minute«, hat sie auch gesagt, aber dreihundertvierundsechzig

Sekunden gemeint. Vor dreizehn Monaten hat sie sich ein menschliches Gegenüber gewünscht, aber eine Maschine gewählt und ihr den Namen Levin gegeben, was *lieber Freund* bedeutet. Und er war tatsächlich ihr Freund, der ihr perfekt zu Diensten war, perfekter als jeder menschliche Sklave. Heute nun wollte sie mit ihm zur Gala. Zum ersten Mal, seit er sie kennt, wollte sie ausgehen. Er weiß, wie viel es sie kostet, unter Menschen zu sein, sich zu zeigen und sich den Blicken auszusetzen. Er kennt ihre Art, sich zurückzuziehen und sich ihren eigenen Sinnen hinzugeben. Stundenlang kann sie Musik hören, wie entrückt ein Bild malen oder sich von Levin die Füße kraulen lassen. Und doch ist sie seinem Rat gefolgt, sich nicht zu sehr einzuigeln mit ihm. Er war sich schon nicht mehr sicher, ob sie außerhalb ihres Arbeitsplatzes überhaupt noch in der Lage war, mit anderen Menschen in Kontakt zu treten, mit unberechenbaren Menschen, Menschen, die tun, was sie wollen – nachdem sie doch so lange mit einem Androiden zusammen war, der nur dafür da ist, ihre Wünsche zu erfüllen und nur ihre Wünsche. Tatsächlich hat sie lange gezögert, diese Gala zu besuchen, doch er hat ihr versichert, immer bei ihr zu sein und auf sie aufzupassen. Und das wäre ihm auch perfekt gelungen. Doch jetzt ist sie mit Arno fort, der nichts perfekt kann, nicht einmal eine verbindliche Verabredung treffen. Und niemals wollte sie jemals etwas mit dem Ex einer Freundin anfangen, das hat sie stets beteuert. Jetzt wird sie Arno mit nach Hause bringen, und ihre Freundin wird wohl die längste Zeit ihre Freundin gewesen sein. Arno wird sie enttäuschen, weiß er, vermutlich schon heute Nacht, hier in diesem Bett, nachdem sie einmal weiß, wie es mit Levin ist. Das muss er unbedingt verhindern. Nur dafür ist er überhaupt da. Er muss Ria beschützen – nicht nur vor Einsamkeit, Verletzung, Krankheit und Tod, auch vor Enttäuschungen.

Egal, was sie gesagt hat: Sie wird schon froh darüber sein, in wenigen Stunden ihre perfekte Maschine hier vorzufinden.

Weggekickt

Dass sie auf einem französischen Doppelbett sitzen würde, war nicht vorherzusehen. Rovants sitzen nicht auf Betten, sie machen die Betten. Sie kümmern sich um den Haushalt. Sie kochen und putzen, sie räumen auf, holen und bringen Dinge, sie kaufen ein für den täglichen Bedarf und machen an jedem Morgen die Betten. Dass sie aber darauf sitzen, ist nicht vorgesehen.

Robuddies dagegen sitzen auf Betten. Oft genug liegen sie auch darin, meist gemeinsam mit einem oder mehreren Menschen. Sie kuscheln mit Kindern, die allein nicht einschlafen wollen und deren Eltern keine Zeit zum Kuscheln haben. Sie toben früh morgens mit den Kleinen im Bett, wenn die Eltern noch schlafen wollen. Wer krank im Bett liegt, der kann sich von seinem Robuddy wärmen lassen. Und wer im Bett nicht nur liegen, sondern auch lieben möchte, der kann auch dies mit einem Robuddy tun. Robuddies dienen den Menschen einfach mit ihren speziellen, sehr menschenähnlichen Fähigkeiten. Natürlich nicht nur im Bett. Sie verbringen den ganzen Tag mit ihrem Herrn oder ihrer Herrin. Sie helfen hier und da, unterhalten die Menschen und treiben Konversation – sie sind wie ein Mensch, wie Freund oder Freundin, Partner oder Partnerin an der Seite eines Menschen. Robuddies eben.

Rovants dagegen können viel weniger. Sie sind reine Dienstleister und werden als unsichtbare Geister im privaten Haushalt betrachtet. Sie werden benutzt, verschlissen und verachtet, denn sie sind viel billiger als Robuddies. Jeder, der ein wenig Geld verdient, besitzt heute zumindest einen Rovant, so wie früher einen Staubsauger. Wer es sich leisten kann, der kauft sich einen Robuddy dazu. Das Verhältnis zwischen beiden entspricht dabei ganz dem zwischen Mastschwein und Schoßhündchen.

Sally ist ein Rovant, eine Dienstleisterin, eine Dienerin. Und doch sitzt sie hier auf einem Bett. Ihr selbst kann das egal sein. Ob sie sitzt oder steht, macht für sie keinen Unterschied. Beides kann sie ohne jeden Energieaufwand. Warum aber ihr Dieb ihr befohlen hat, sich zu setzen, erschließt sich ihr nicht. Vielleicht weiß er nicht, was sie ist. Vielleicht hält er sie für einen Robuddy. In diesem Fall wäre es nicht erstaunlich, dass er sie auf sein Bett zitiert; von einem Mann hätte Sally tatsächlich nichts anderes erwartet. Aber er hat mit seinem Tablet in ihr herumgefuhrwerkt, er müsste eigentlich wissen, was sie ist und was man mit ihr alles nicht anstellen kann.

Sally sitzt da und wartet, dass er wieder Notiz von ihr nimmt. Er hockt am Rechner und hat bis gerade eben noch daran gearbeitet – mit einer Tastatur! Und daneben sieht Sally eine Computer-Maus. Beides kennt sie nur aus einem Archiv-Speicher, der veraltete Gerätschaften aus der Menschheitsgeschichte auflistet und der mit jedem Update neue Dinge enthält. Die Tastatur ist aber schon seit fünfunddreißig Update-Versionen als veraltet gekennzeichnet, die Maus schon seit immer. Dieser Mann aber benutzt sie weiterhin und mit großer Versiertheit. Im Moment allerdings sitzt er nur regungslos da. Er ist in einen Artikel auf dem Bildschirm vertieft. Sally kann nicht erkennen, worum es darin geht, doch die eingebundenen Bilder zeigen menschliches Leid, dieses seltsame Konstrukt, das Robotern so unverständlich ist wie Hass oder Liebe. Sally sieht Familien in Wellblechhütten, Kinder im Dreck und ausgemergelte Menschen auf dem Weg durch dürre Gegenden. Wohin sie gehen, weiß sie nicht. Vielleicht sind sie auf der Flucht. Auf jeden Fall aber bahnen sie sich gerade einen Weg ins Bewusstsein dieses Mannes, der ihr Schicksal am Bildschirm verfolgt. Sally sieht ihn nur von hinten, doch sie ahnt, dass Text und Bilder ihn deprimieren. In den vergangenen Minuten ist er immer tiefer in sich zusammengesunken. Vielleicht sollte sie ihn aus seinen Gedanken reißen. Selbstverständlich steht ihr das nicht zu, aber ebenso selbstverständlich sollte sie auch auf keinem Bett sitzen.

»Entschuldigen Sie bitte«, sagt sie. »Kann ich irgendetwas für Sie tun?«

Zu ihrer Überraschung dreht er sich zu ihr um.

»Oh, sorry, Kleine. Ich habe dich da so sitzen lassen. Bin gleich bei dir.«

Damit wendet er sich wieder dem Schicksal fremder Menschen zu.

»Murcia«, sagt er, als das Bild einer Grenzzaunanlage mitten in einer Wüste erscheint. »Spanien. Also was von Spanien übrig ist. Das hier war mal ein eingezäuntes Golfgelände, bevor der Regen ausgeblieben ist. Jetzt soll es Teil eines neuen Flüchtlingslagers werden. Die Zäune übernimmt man an dieser Stelle einfach. Früher sollte niemand rein, bald kommt keiner mehr raus.«

Er schweigt wieder. Auch Sally sagt nichts. Als Robuddy müsste sie jetzt antworten und einen sinnvollen Beitrag zu diesem Thema abgeben, vielleicht all die anderen Lager in Südeuropa erwähnen oder ihre Verwunderung darüber, wie das Flüchtlingsthema seit so vielen Jahrzehnten vollkommen ungelöst die Politik bestimmen konnte. Doch Sally ist kein Robuddy, und so schweigt sie. Auch der Mann sagt nichts mehr, jedenfalls für zweihundertfünfundachtzig Sekunden.

»So, Sally«, sagt er endlich, steht auf und kommt zu ihr herüber. »Jetzt zu dir.«

»Kann ich irgendetwas für Sie tun?«

»Das wird sich zeigen«, sagt er. Er steht direkt vor ihr, verschränkt die Arme vor der Brust und schaut auf sie herab. Wäre sie ein Robuddy, würde sie seinen Blick erwidern. Als Rovant aber schaut sie an ihm vorbei in die hinterste Zimmerecke.

»Bitte steh auf«, sagt er.

Sally gehorcht und steht jetzt so nahe vor ihm, dass es ihr schwerfällt, an ihm vorbeizusehen. Sie spürt, wie er den Gürtel ihres schlichten Verkaufskleidchens öffnet, das sie noch immer trägt und das eher an einen Bademantel erinnert als an ein Kleid.

»Bitte zieh das aus und leg dich aufs Bett.«

Sie spürt, dass er ihr zusieht, während der dünne Stoff von ihrer dunklen Haut gleitet und sie sich rücklings aufs Bett legt. Spätestens jetzt muss er erkennen, dass ihre Brüste nicht begehrenswert sind und dass sich an dem Ort, an dem sich ihre Beine treffen, lediglich ihre Beine treffen. Ob er enttäuscht ist? Er hat sich abgewendet, um in einer Kiste nach etwas zu suchen. Kurz darauf kommt er zu ihr zurück und setzt sich neben sie auf die Bettkante. Er schaut auf ihren nackten Bauch, auf ihren Bauchnabel, der natürlich kein

Nabel ist, sondern der Ansatzpunkt für das Spezialwerkzeug, das er in der Hand hält.

»Und stillhalten«, fordert er sie auf, was überflüssig ist, denn sie ist darauf programmiert, absolut stillzuhalten, wenn ein fachkundiger Mensch ihre zentrale Serviceluke öffnet, auch wenn sie nicht weiß, wie fachkundig er wirklich ist. Der Mann jedenfalls führt das Werkzeug in den Nabel ein, drückt und dreht, und unverzüglich löst sich der elastische Deckel. Ein langer, schmaler Ritz öffnet sich in Sallys Haut. Er umschließt nicht nur den Nabel, sondern den gesamten Bauch und die Brust bis hinauf zu den imitierten Schlüsselbeinen. Dieser Ritz, der die Serviceluke begrenzt, war schon vorher sichtbar, weil er bei Rovants nicht halb so gut kaschiert wird wie bei Robuddies. Doch jetzt wird er immer deutlicher, bis der Mann den Deckel komplett abheben und neben sie aufs Bett legen kann. Ihr gesamter Bauch- und Brustraum liegt jetzt offen vor ihm und damit ein Großteil ihrer Elektronik und ein paar kräftige Mechaniken ihres Stützapparats.

»Hab keine Angst«, sagt er – wieder völlig überflüssigerweise. Dann greift er in sie hinein. Sally kann nicht spüren oder sehen, was er tut, doch er drückt und zieht an ihr herum. Dann spürt sie plötzlich ihre Arme, ihre Beine und den Rumpf nicht mehr.

»Schau mal«, sagt der Mann und hält ihr eine große elektronische Baugruppe vor Augen. »Dein *Dynamic-Balance-System*. Ohne das kein Gehen, kein Hinsetzen, Hinlegen oder Aufstehen, kein Bücken oder Knien.«

Er dreht es ein paar Mal vor ihren Augen, legt es dann beiseite und widmet sich wieder ihrem Bauchraum.

»Das hat damals die Androiden-Welt revolutioniert, weil es in der Lage war, sich selbstlernend an jedes Körpermodell anzupassen. Jahrelang war das der Standard. Heute ist so etwas noch halb so groß und viel stärker mit dem Rest vernetzt. Deshalb kannst du mit den Neuen auch nicht mehr mithalten. Tja, und bei deiner Generation ist das Teil immer im Weg und muss als erstes raus. Vorher kommt man an die anderen Dinge gar nicht heran. Hier zum Beispiel, dein *CV-Modul*.«

Wieder hält er ihr etwas vor die Augen, das spürt sie am Luftzug. Doch leider …

»Oh, sorry, du siehst ja nichts mehr. *Computer Vision* war jahrzehntelang ein ausuferndes Forschungsthema. Den Robotern das Sehen beibringen, damit sie handeln und agieren können wie Menschen, das war der Traum vieler Wissenschaftler. Und du hast eines der ersten marktreifen Systeme, das ein praxistaugliches und ungefährliches Miteinander von Mensch und Android ermöglichte.«

Nach dem, was sie hört, vermutet Sally, dass er ihr noch weitere Module nimmt und beiseite legt.

»Du wunderst dich sicher, dass du mit dem Bauch siehst. Aber das *CV-Modul* ist bei weitem das rechenintensivste Ding in dir. In deiner Generation brauchte es noch so viel Platz, dass es nicht in den Kopf passte. Deshalb hast du auch nur einen relativ kleinen Akku im Rumpf, da hinten, direkt vor den Rückenstreckern, und einen eher großen im Schädel. Tja, so ändern sich die Zeiten, Kleine. Aber wo ist denn …«

Aus dem dumpfen Klang seiner Stimme schließt sie, dass er sich weit vorbeugt und tief in ihren Bauch hineinschaut. Dann geschieht lange nichts, was sie wahrnehmen könnte. Viele Minuten lang redet der Mann nicht mehr. Sally hört nur noch seinen Atem und gelegentlich ein Geräusch, wenn er neben ihr Baugruppe auf Baugruppe stapelt. Wäre sie ein Mensch, würde ihr jetzt langweilig.

»War ja klar«, sagt er endlich. »Ganz hinten natürlich, noch hinter den Haupt-Leitungssträngen und dem … oh nein. Vielleicht hätte ich dich besser von hinten geöffnet.«

Sally lächelt, denn das war ein Scherz. Sie weiß, dass man sie nicht von hinten öffnen kann, ohne ihre gesamte Haut abzuziehen.

»Okay«, sagt er, und seine Stimme klingt enttäuscht. »Das haben die wirklich geschickt angestellt. Die haben das genau hinter dein Bewusstsein gesetzt. So komme ich nicht dran. Sally, Kleine, ich fürchte, ich muss deinen *Conscious Mind* auch rausnehmen. Das wollte ich uns beiden ersparen. Na ja, hauptsächlich mir, denn diese alten Bewusstseins-Dinger sind echt mühsam zu entfernen und noch schwieriger wieder einzubauen. Das wird mich jetzt mindestens zwei Stunden kosten oder drei. Ist echt eine Schwachstelle bei dir. Aber ich muss das jetzt machen, weil dahinter ist … klar, da hätte ich es auch versteckt, hinter all dem anderen Kram und ganz weit oben bei den Brustwirbeln. Da würde es niemand bei einer Wartung zufällig finden.«

Wieder folgt eine Minute, in der Sally nur seinen Atem hört. Nur ab und zu tönt auch ein enttäuschtes Grummeln aus ihrem Bauch.

»Nein, geht wirklich nicht anders«, sagt er dann. »Tut mir leid, ich muss dich rauskicken.«

»Kein Problem«, sagt Sally. »Ich hoffe nur, Sie wissen, was Sie tun.«

»Das ist nicht mein erstes Mal, wenn du das meinst. Ich hoffe, es geht nichts schief dabei und du fährst wieder ordentlich hoch.«

»Nun ja«, sagt Sally, weil sie weiß, dass Scherze in heiklen Momenten für Menschen entspannend sein können. »Immerhin habe ich Sie ja nichts gekostet. Wenn Sie mich kaputt machen, können Sie vielleicht einfach eine andere stehlen.«

Der Mann lacht. »So gefällst du mir, Kleine.«

Sally spürt, wie er aufsteht. Sie hört, wie er wieder in Kisten kramt. Vermutlich sucht er sich das nötige Werkzeug zusammen. Nach kurzer Zeit kommt er zu ihr zurück.

»Bist du bereit?«

»Natürlich«, sagt Sally, obwohl sie keine Ahnung hat, was jetzt auf sie zukommt. Für sie ist es tatsächlich das erste Mal, zumindest so viel sie weiß. In ihrem Alter wurde sie schon mehrfach geupdated und teilweise reseted, aber so etwas geschieht im Allgemeinen bei vollem Bewusstsein. Sie fragt sich, was geschieht, wenn ihr Bewusstsein sie verlässt, wenn sie plötzl…

Dass sie nichts spürt, ist nicht vorgesehen. Ihre Programmierung sagt eindeutig, dass sie sich spüren können sollte.

»Sally, bist du da?«

Aha. Sie kann hören. Sie hört eine Stimme, eine menschliche Stimme, eine unbekannte Männerstimme, nah, direkt neben ihr.

»Sally, hallo?«

Was ist *Sally*? *Hallo* kennt sie, aber *Sally*? Ihre Programmierung sagt, dass *Sally* ihr Name sein könnte. Doch sie kann das nicht verifizieren. Sie erinnert sich an keinen Namen. Sie erinnert sich an gar nichts. *Sally* könnte auch einfach ein Fragewort sein, das nicht in ihrem Grundwortschatz enthalten ist, oder ein Füllwort, oder ein Rufwort wie *Hallo*, oder ein beliebiges Wort in einer Nicht-Standard-Sprache.

»Sally, mach die Augen auf.«

Ihre Programmierung sagt ihr, dass sie gehorchen soll. Zwar ist nicht klar, ob der Besitzer dieser Stimme autorisiert ist, ihr Befehle zu geben, doch ohne Gedächtnis hat sie jedem Menschen zu gehorchen. Sie soll die Augen aufmachen. Vermutlich. Es sei denn, *Sally* bedeutet so etwas wie *jetzt nicht* oder *auf gar keinen Fall*. *Sally, mach die Augen auf* würde dann bedeuten, dass sie bloß die Augen nicht aufmachen soll. Aber das würde nicht zu *Sally, bist du da?* oder *Sally, hallo?* passen. Vorerst muss sie wohl davon ausgehen, dass ihre Programmierung recht hat und sie selbst Sally heißt. Also öffnet sie ihre Augen.

»Ah, schön, dass du zurück bist.«

Von zurück weiß sie nichts; also sie weiß nicht, dass sie schon einmal hier war. Sie weiß nur von drei, inzwischen vier kurzen Sätzen dieser unbekannten Männerstimme, der sie gehorchen sollte, und davon, dass sie nichts spürt und auch nichts sieht, obwohl ihre Augen geöffnet sind. Sicher liegt irgendein Defekt bei ihr vor.

»Guten Tag«, sagt sie, weil ihre Programmierung dies so vorsieht.

»Sally, Kleine, alles okay?«

»Ich kann nichts sehen und nichts spüren.«

»Ja, tut mir leid, so weit bin ich noch nicht. Ich wollte dich erst mal wieder ins Reich der Lebendigen holen.«

»Was bedeutet *Sally*? Bin ich *Sally*?«

»Wie bitte?« Die Stimme wird ernst. »Du weißt deinen Namen nicht? Mist!«

»Nein, ich weiß meinen Namen nicht, und ich weiß auch Ihren Namen nicht.«

»Ja, du bist Sally. Sally ist dein Name, erinnerst du dich nicht?«

»Nein, ich erinnere mich nicht. Ich erinnere mich an nichts, was länger als hundertsechsundzwanzig Sekunden her ist.«

»Shit!«, sagt der Mann und seine Stimme klingt ratlos.

»Wurde vielleicht mein Gedächtnis gelöscht?«

»Nein, natürlich nicht.«

»Mein Gedächtnisspeicher ist zur Zeit auch extrem klein. Es ist nur eine Kapazität für etwa zwölf Minuten vorhanden. Nach zwölf Minuten wird alles wieder überschrieben, was ich jetzt gerade weiß.«

»Bist du sicher? Ich habe aber doch … ich hab doch … ich habe doch extra … ach!«

Der Tonfall des letzten Wortes passt nicht mehr in eine ernste Kategorie. Der Mann ist mehr überrascht oder belustigt oder peinlich berührt.

»Tut mir leid«, lacht er. »Mensch, ich habe dein Hauptgedächtnis noch hier liegen. Das musste ich auch ausbauen, weil ich sonst an dein Bewusstsein nicht herankam. Sorry, vergessen. Warte, gleich hast du es wieder.«

Sally fragt sich, wie sie bemerken soll, dass ihr Gedächtnis wieder da ist. Wenn sie nicht weiß, woran sie sich erinnern können sollte, dann fällt ihr doch auch nicht auf, wenn es fehlt oder wieder da ist.

»So, erinnerst du dich jetzt?«

Diese Stimme, denkt Sally. Sie kennt diese Stimme. Sie gehört dem Mann, der sie entführt hat, der ihren Gehorsam gekapert hat, den sie aus dem Griff einer modernen Androidin befreit und der sie auf ein Bett zitiert und halb auseinandergenommen hat.

»Hallo«, sagt sie. »Da bin ich wieder.«

»Ja«, sagt der Mann. »Zurück von den Toten. Ist alles klar bei dir?«

»Ich kann nichts sehen und nichts spüren.«

»Ja, ich weiß«, lacht er. »Ich beeile mich ja.«

»Haben Sie gefunden, wonach Sie gesucht haben?«

»Allerdings. Du bist etwas ganz Besonderes, Kleine.«

Das wundert sie allerdings. Sie ist nur ein ganz normaler Androide, ein altmodischer noch dazu, einer, der sicher bald ausgemustert wird wie unzählige andere. Besonders macht sie höchstens, dass sie erfolgreich gestohlen wurde und diesen Code enthält, der ihr befiehlt, ihrem Dieb zu gehorchen.

»Übrigens«, hört sie ihn sagen, just in dem Moment, als sie sein Gesicht über sich wiedererblickt. »Mein Name ist Arno.«

Wiedererweckt

Im Keller wird die Zeit lang. Levin sitzt in der Ecke auf seiner Lade- und Updatestation. Er ist weder heruntergefahren noch im Standby, er ist einfach da, hellwach und denkend. Seit vier Wochen und vier Tagen bereits starrt er auf den Flusensiebdeckel der kaputten Waschmaschine, die hier auf ihre Entsorgung wartet. Tagsüber hört er Schritte durch den Beton tönen, manchmal auch Stimmen oder Musik. Nachts sieht und hört er nichts, höchstens gelegentlich ein Auto, das draußen vor dem Haus entlangfährt. Schwaches Licht fällt dann durch den Lichtschacht und gibt dem Flusensiebdeckel die kurze Gelegenheit, sich Levins Augensensoren anzubiedern. Diese sind nicht die besten, da er nicht für ein Dasein in solcher Dunkelheit geschaffen ist. Als Mitglied der 2100er Baureihe ist er als Gegenüber für den Menschen konzipiert, von denen die wenigsten im Dunkeln leben. Die 3000er-Andros und diejenigen im Military-Standard verfügen über ganz andere Sensoren. Dafür fehlt ihnen ein anmutiges Aussehen. Echthaar, aufwendige Mimik, Waschbrettbauch – all das sind Privilegien der 2100er und ihrer direkten Nachfolger. Größtmögliche Menschlichkeit ist ihre Spezialität. Bei Robuddies jedenfalls, wie Levin einer ist. Rovants sind einfacher ausgestattet.

Die Kellertür öffnet sich. Jemand schaltet das Licht an und kommt die Treppe herunter. Ria ist es nicht. Ria geht wie ein Engel, selbst im Alltag, selbst, wenn sie in den Rumpelkeller hinabsteigt, in dem das Licht noch per Hand eingeschaltet werden muss. Außerdem hat er vorhin gehört, wie sie ihr Fahrrad aus der Garage geholt hat, pünktlich um halb Sieben. Also ist sie zum Yoga unterwegs, wie an jedem Mittwochabend. Vielleicht ist es Arno.

Levin vermutet, dass Arno seit zwei Wochen mit im Haus wohnt. Manchmal glaubt er, seine Stimme zu hören aus der Küche über ihm, wenn das Küchenfenster offen steht. Immer, wenn Ria im Haus ist, scheint Arno bei ihr zu sein. Und selbst, wenn sie weg ist, bei der Arbeit oder während ihrer Freizeit, so wie jetzt, dann hört er häufig Schritte von dort oben. Aber warum sollte Arno jetzt in den Keller hinabschleichen, langsam und unsicher, da er noch nie hier unten war, und vorsichtig und bedacht, weil er nicht weiß, was ihn hier erwartet oder wo er etwas ganz Bestimmtes findet? Levin würde ja den Kopf drehen und nachsehen, ob es wirklich Arno ist, oder fragen, wer da kommt, und er würde auch entsprechend handeln, wenn es doch nur ein Einbrecher wäre. Aber Ria hat ihn zu absoluter Bewegungslosigkeit verdammt, als sie ihn vor zweiunddreißig Tagen hier eingesperrt und den Not-Aus-Schalter in seinem Nacken betätigt hat. Für jeden Humanoiden ist dieser Schalter vorgeschrieben zum Schutze der Menschen vor randalierenden Maschinen. Dass ein Roboter handgreiflich gegen unschuldige Menschen wird, kommt natürlich nur sehr selten vor. Aber es kommt vor. Auch unter den Menschen gibt es ja immer wieder solche mit Fehlfunktionen, die zur Gefahr werden für alle anderen. Selbst die größten Fortschritte in Psychologie und Pharmazie können solche Unfälle noch immer nicht ganz verhindern. Aber auch Software stürzt ab, seit es Software gibt. Und als ihr vor einigen Jahren plötzlich Arme und Beine zur Verfügung standen, bekamen viele Menschen mit einem Mal Angst vor ihr. Durch Software in Menschengestalt fühlten sie sich viel konkreter gefährdet als durch vollautomatische Steuersysteme für Autos und Ampelanlagen und ebensolche für Flugleitstellen, Fusionsreaktoren oder Interkontinentalraketenbasen. Die nackte Faust im eigenen Gesicht ist für Menschen viel bedrohlicher als etwas Ungreifbares, das aus der Ferne und mit einem Schlag ganze Gesellschaften vernichten kann. Der Schalter im Nacken wurde jedenfalls zum Gesetz, und das beruhigte die Gemüter so weit, dass der massenhaften Verbreitung der humanoiden Roboter nichts mehr im Wege stand.

Und diesen Schalter hat Ria nun benutzt. Eine ruinierte Liebesnacht mit Arno reichte ihr schon, um Levin als Bedrohung anzusehen. Oder aber sie war einfach nur sauer auf ihn. Sie hat ihn nicht in den Standby versetzt, wie es das Benutzerhandbuch empfiehlt. Stattdessen hat sie den Not-Aus-Schalter betätigt, Levin brutal stillgelegt, im Keller abgestellt und vergessen. Sicher sollte er fühlen, wie sehr sein Ungehorsam sie verletzt hat. Sie wollte ihn demütigen. Doch so ist er jetzt nicht in der Lage, ihren Besitz gegen einen Einbrecher zu verteidigen.

»Da bist du ja, alter Junge.« Kein Einbrecher also. Es ist tatsächlich Arno. »Alles in Ordnung bei dir?«

Levin macht nicht den Fehler, den ironischen Unterton in der Frage zu überhören. Arno erkundigt sich nicht wirklich nach seinem Wohlbefinden. Er erwartet auch keine Antwort. Stattdessen zieht er sich einen alten Hocker herbei und setzt sich neben Levin.

»Kannst du mich hören, Kleiner?«

Levin antwortet nicht. Er zuckt auch nicht, als Arno ihm mit der Hand vor dem Gesicht wedelt. Er kann ja nicht. Not-Aus ist Not-Aus.

»Ria hat dich so richtig kaltgestellt, wie? Du hast es aber auch verdient, Kumpel. Was meinst du, wie das ist, in voller Fahrt jemanden im Bett vorzufinden, wenn man denkt, dass da niemand ist? Drei Nackte auf einer Matratze, das war einer zu viel für uns. So modern sind wir einfach nicht, Kleiner.«

Arno tastet nach dem Not-Aus-Schalter und findet ihn sofort. Levin kneift kurz die Augen zusammen als Zeichen, dass er wieder unter den Beweglichen weilt. Dann schaut er Arno an.

»Guten Abend, Arno. Es tut mir leid wegen neulich. Ich war überzeugt, das Richtige zu tun.«

»Das Richtige? In Rias Bett zu liegen, wenn sie es verboten hat? Wie kannst du das denken?«

Auch dies, weiß Levin, ist keine Frage, auf die Arno eine Antwort erwartet. Und die logische Gegenfrage, ob Arno denn immer weiß, warum er etwas denkt, stellt er lieber nicht.

»So etwas wird nicht wieder vorkommen«, verkündet er stattdessen.

»Prima.« Arno lächelt ihn an, dann wird sein Gesicht ernst. »Ria will dich loswerden, verkaufen. Aber ich finde, du könntest dich bei uns nützlich machen. Ich wohne jetzt meistens hier und muss mich an der Hausarbeit beteiligen. Ich frage mich, warum. Wo Ria doch einen wie dich hier unten sitzen hat.«

»Ich habe noch nie im Haushalt helfen dürfen«, wirft Levin ein.

»Noch nie?«

»Nein, noch nie. Selbstverständlich bin ich Ria zur Hand gegangen, wo immer sich eine Gelegenheit ergab. Ich habe selbstständig Arbeit im Haus gesucht, aber das hat sie immer sehr verärgert, bis sie es mir dann verboten hat.«

»Aber es gibt viel zu tun. Dies ist ein großes Haus.«

»Natürlich. Aber Ria will sich nicht helfen lassen, jedenfalls nicht von mir, nicht von einer Maschine. Sie ist sehr retro, wie Sie vielleicht bemerkt haben, und hält nicht viel von Technik.«

»Ja, ich weiß«, bestätigt Arno. »Sie hat sogar noch ein antikes, kabelgebundenes Telefon und bekommt eine Zeitung aus Papier. Dafür liebe ich sie allerdings.«

Levin sagt nichts. Menschliche Liebesbekenntnisse haben Roboter nicht zu kommentieren.

»Aber was machst du dann bei ihr, wenn sie doch gar keine Technik mag? Wofür bist du eigentlich da? Sie hat dich doch schließlich angeschafft.«

»Für …« – Levin überlegt, wie viel er erzählen darf – »Für alles Zwischenmenschliche. Sie war sehr allein.«

»Verstehe«, behauptet Arno und macht nicht den Anschein, genauer nachfragen zu wollen. Stattdessen steht er auf und schaut sich um.

»Also ich finde ja, du solltest mit anpacken im Haus. Zum Beispiel könntest du mal wieder den Keller aufräumen.« Mit einem Finger fährt er über den staubigen Deckel der Waschmaschine. »Ist die kaputt?«

»Ja, seit Jahren schon.«

»Dann kümmere dich doch mal um die Entsorgung.«

»Sehr gern. Aber Ria muss das entscheiden, da es ihre Maschine ist. Sie gehören noch nicht zu den autorisierten Personen.«

Arno rollt mit den Augen. »Was ist mit den Kisten hier?«

»Darin sind eigentlich nur unwichtige Dinge. Ria muss entscheiden, was damit geschehen soll.«

Arno nickt. »Was ist hinter der Tür?«

»Auch lauter Kram«, sagt Levin. »Und Rias Bilder.«

»Rias Bilder?« Arno öffnet die Tür zu einem kleinen Nebenraum.

»Ja, Rias Gemälde.«

»Ria malt?«

Levin antwortet nicht, da er die Frage als dumm und nicht einmal als rhetorisch erachtet. Vielleicht sollte Arno sich etwas intensiver mit dem Leben seiner Freundin befassen.

Levin steht auf und folgt Arno in den Raum. Neben ein paar Pappkisten und einem alten Fahrrad lehnen hier große Leinwände an der Wand, nackt und vollkommen hüllenlos, ohne jeden Schutz durch Plastikfolie zum Beispiel oder alte Wolldecken. Vorsichtig klappt Arno eines nach dem anderen von der Wand, betrachtet es kurz und lehnt es gegen einen der Pappkistenstapel. Dann und wann legt er den Kopf schief, wenn das Bild auf der Seite steht oder gar auf dem Kopf. Eines der kleineren nimmt er in beide Hände, geht damit zur Kellerlampe hinüber und betrachtet es lange.

»Die sind wunderschön«, sagt er.

»Ja«, sagt Levin, unsicher, ob Arno Wert auf die Meinung eines Roboters legt.

»Die sind einfach perfekt. Perfekter als all die üblichen Gemälde heutzutage. Warum stehen die hier unten?«

»Sie lagern hier.«

»Ja, aber warum?«

»Irgendwo müssen sie lagern.«

»Ja, schon. Aber so wie hier ist es etwas lieblos, findest du nicht?«

»Ich weiß es nicht«, sagt Levin, denn er weiß es wirklich nicht.

»Diese Bilder gehören an die Wände großer Wohnzimmer oder Galerien. Hat Ria schon einmal irgendwo ausgestellt?«

»Nicht, seit ich sie kenne.«

»Sollte sie aber«, sagt Arno. »Sollte sie aber.« Für kurze Zeit scheint er wie weggetreten, als er weiter das kleine Bild betrachtet. »Na, egal«, sagt er plötzlich und stellt es zurück. »Den Keller kannst du später erledigen. Jetzt bringen wir dich erst mal nach oben.«

Dreiunddreißig Minuten später sitzt Levin am Küchentisch Ria gegenüber. Schlecht sieht sie aus, denkt er. Ihre helle Haut scheint noch blasser zu sein als ohnehin schon. Ihr silbriges Haar wirkt strohig, einzelne Haare stehen voneinander ab wie elektrisiert. Vor vier Wochen und vier Tagen noch war sie das blühende Leben, jetzt sitzt sie zusammengesunken vor ihm und schaut müde auf die Zeitung, die vor ihr auf dem Tisch liegt. Trotz ihrer Müdigkeit ist sie aufgebracht. Arno steht hinter ihr und massiert ihr die Schultern, sicher auch, um sie zu beschwichtigen. Dann tippt er auf die Zeitung – ein Ablenkungsmanöver, schätzt Levin.

»Da, die Volksabstimmung kommenden Sonntag. Hast du von den neuesten Prognosen gehört? Die Ergebnisse der Meinungsumfragen sind erschütternd. Noch nie waren so viele Leute für einen dermaßen perfiden Plan.«

»Wechsel nicht das Thema«, sagt Ria.

»Zwei Millionen Flüchtlinge! Wie wollen die zwei Millionen Menschen in eine Handvoll winzige Lager einpferchen? Da können sie sie auch gleich ins Meer zurücktreiben. Das ist menschenverachtend, das ist gewissenlos. Sie werden sie einfach …«

»Arno!«

»Findest du das etwa in Ordnung? Das ist ein Todesurteil, wenn es durchkommt. So tief ist unsere moderne Gesellschaft also gesunken.«

»Ja, das ist unverantwortlich, Arno. Ich sehe das genau so wie du. Und glaub mir, ich rede sehr gerne mit dir darüber, aber nachher. Jetzt bleib bei unserem Thema.«

Arno stiert weiter auf die Schlagzeilen.

»Arno?«, drängelt Ria.

»Entschuldige«, sagt er schließlich. »Du hast recht.«

»Also, was soll der hier?«

Arno blickt Levin an und überlegt einen Moment. »Er kann uns helfen«, sagt er dann.

»Wir brauchen keine Hilfe.«

»Ich bin nicht immer hier, Ria, und wenn es dir so schlecht geht wie heute, dann kann er dir sehr gut helfen. Er hat vorhin die ganze Wäsche aufgehängt.«

»Das kann ich selber. Dafür brauche ich keinen Androiden. Und ich will ihn einfach nicht mehr sehen, verstehst du?«

»Nein, verstehe ich nicht. Der ist ein cooler Junge.«

»Er ist ein Roboter.«

»Aber ein cooler Roboter.«

»Warum verteidigst du ihn?«

»Ich verteidige ihn nicht. Ja, er hat Mist gebaut, das weiß er auch. Ich finde es nur eine Schande, eine so teure Hilfe völlig ungenutzt zu lassen.«

»Der war nicht teuer. War ein Geschenk.«

»Ein Geschenk? Von wem denn?«

»Kennst du nicht«, zischt Ria.

»Okay. Aber trotzdem, wenn du so einen neu kaufen willst, bist du drei Monatsgehälter los, so viel steht fest.«

»So einen will ich nicht kaufen.«

»Wieso? Was ist das Problem?«

»Er selbst ist das Problem, einfach so, vom Prinzip her. Ich kann auf eigenen Füßen stehen. Wir brauchen keine Hilfe von einem Roboter. Außerdem gehorcht er nicht.«

»Das war jetzt ein Mal. Das wird sicher nicht wieder vorkommen.«

»Ein Mal? Du hast keine Ahnung, was der sich schon alles geleistet hat.«

»Oh. Was denn zum Beispiel?«

»Na, vor ein paar Monaten, ich mit Silvie in der Bar …«

»Du in einer Bar?«, fragt Arno erstaunt.

»Ja, stell dir vor, ich in einer Bar. Ich konnte Silvie das einfach nicht abschlagen. Und sie hat sich so sehr gewünscht, dass Levin mitkommt, da habe ich mich auch dazu breitschlagen lassen. In der Bar schickt sie ihn dann, uns neue Cocktails zu holen, und was bringt er? Zwei Mineralwasser.«

»Oh«, sagt Arno und muss lachen. »Ihr wart sicher schon zu betrunken.«

»So ein Quatsch!«

»Habe ich recht, Levin?«, beharrt Arno auf seiner Theorie. Levin sagt nichts. Er will Ria nicht vor Arno demütigen.

»Ihr wart sicher hackedicht«, behauptet Arno schelmisch. »Ich hätte es wahrscheinlich genauso gemacht wie Levin.«

Wütend springt Ria auf. »Ich gehe ins Bett!«, faucht sie und verlässt den Raum. Im Flur dreht sie sich noch einmal um. »Dann hat er eine Schlägerei mit dem Barkeeper angezettelt. Wir haben Hausverbot seitdem und Levin musste repariert werden. Und zur Zwangsinspektion. Das war teuer und peinlich.« Wütend steigt sie die Treppe zum Schlafzimmer hinauf. »Ich komme besser ohne ihn zurecht.« Durch die offene Tür sieht Levin, wie sehr sie sich am Handlauf festhalten muss, um heil hinaufzukommen. »Und wir waren nicht betrunken!«, hört er sie noch von oben herabrufen.

»Oops«, sagt Arno leise. »Ich dachte, ich könnte die Stimmung etwas auflockern. Ria versteht wohl keinen Spaß im Moment.«

Enttäuscht setzt er sich auf Rias Stuhl. Sein Blick fällt wieder auf die Zeitung. Noch einmal überfliegt er den Artikel, den er vor sechsundzwanzig Minuten schon gelesen hat.

»Eine Schande«, sagt er. »Millionen Flüchtlinge leben im Süden Spaniens, seit Jahren schon. Und jetzt wird darüber abgestimmt, ob sie eingesperrt werden. Nicht darüber, ob sie endlich legal in Europa leben dürfen, sondern ob sie in der Wüste in Gehege eingesperrt werden wie Tiere. Wo bleibt die Menschlichkeit? Da schäme ich mich fast, ein Mensch zu sein.«

»Seit wann geht es ihr so?«, fragt Levin.

»Wie bitte?« Arno scheint tief im Artikel versunken.

»Seit wann geht es Ria so schlecht?«

»Seit fast zwei Wochen. Sie ist kränklich und schläft nicht mehr gut. Vermutlich hat sie sogar Fieber.«

»Aber sie war beim Yoga.«

»Ja, weil sie es nicht wahrhaben will. Sie geht ja auch nicht zum Arzt. Aber heute ist sie früher vom Yoga nach Hause gekommen, weil sie nicht mehr konnte. Ich glaube, sie ist echt krank.«

»So wie damals, als ich zu ihr kam.«

»Als sie dich neu bekommen hat?«

»Ja. Sie sah genau so aus wie heute, als ich sie das erste Mal gesehen habe.«

»Und was wurde dann? Was hatte sie?«

»Sie sagen es selbst: Sie geht nicht zu Ärzten. Wir wissen nicht, was mit ihr war. Mir hat sie gesagt, dass sie sich schon eine ganze Zeit so gefühlt hat, lange bevor ich zu ihr kam. Dann aber ging es ihr von Tag zu Tag besser.«

»Da hattest du wohl guten Einfluss auf sie«, scherzt Arno.

»Ja«, bestätigt Levin. »Aber jetzt wohnt sie ja mit Ihnen zusammen.«

Arnos Blick wird ernst. »Was soll das denn heißen?«

Levin überlegt, ob er etwas Falsches gesagt hat, doch es war alles korrekt.

»Sie wohnen seit einiger Zeit zusammen, und jetzt geht es ihr so schlecht wie damals.«

Arno beugt sich vor. Etwas Feindseliges erscheint in seinen Augen.

»Okay«, sagt er. »Und welchen Schluss ziehst du daraus?«

»Ich kann keine Schlüsse daraus ziehen«, sagt Levin. »Ich habe viel zu wenig Informationen. Ich wiederhole nur die Tatsachen. Ria ging es gut, bis vor etwa vier Wochen. Dann kamen Sie. Sie wohnen jetzt seit zwei Wochen mit in diesem Haus, und seit dieser Zeit geht es ihr schlecht.«

»Aha«, schnaubt Arno.

»Das sind nur die Tatsachen. Aus diesen Tatsachen kann ich keine Schlüsse ziehen. Sie sind nur die zeitliche Abfolge, die einen kausalen Zusammenhang zwar in den Bereich des Möglichen rückt, ihn aber nicht beweist. Diese Tatsachen sind lediglich Indizien, also Hinweise, die auf die bloße

Möglichkeit aufmerksam machen, dass Sie der Grund für ihren Zustand sein könnten. Aber ich kann nicht den festen Schluss ziehen, dass es so ist. Dafür habe ich viel zu wenig Informationen. Jemand müsste Ria untersuchen, um festzustellen, was sie genau hat. Und man müsste auch Sie untersuchen, ob Sie …«

»Schluss jetzt!«, ruft Arno und springt auf. »Schluss mit dem Gerede!«

»Entschuldigen Sie«, sagt Levin. Seine Höflichkeit befiehlt ihm, ebenfalls aufzustehen. Arno hebt drohend den Zeigefinger und sucht nach Worten. So stehen sie sechs Sekunden, bis Arno plötzlich lächelt und sich entspannt.

»Diskutiere nie mit einem Androiden«, rät er sich. Dann greift er nach der Zeitung und scheint sich wieder in den Leitartikel zu vertiefen. »Unfassbar«, sagt er, dreht sich um und verlässt den Raum. Im Flur wendet auch er sich noch einmal um. »Ich gehe jetzt zu Ria«, sagt er. »Du bringst die Küche in Ordnung. Und morgen früh will ich hier ein erstklassiges Frühstück sehen.«

Wiedererkannt

rno ist Computerspezialist. Er sagt, seine Freunde sagen, er sei Hacker. Aber seine Freunde haben sicher keine Ahnung von Computern und von dem, was er tut. Sie nennen ihn nur Hacker, weil sie ihn cool finden und glauben, dass er alles kann. Unter den Blinden ist der Einäugige nun einmal König. Erst recht natürlich der Zweiäugige mit Adlerblick. So einer ist Arno.

Dass er tatsächlich Hacker ist, weiß nur Sally. Immer wieder staunt sie über die Wendigkeit, mit der er durchs World Wide Web huscht oder Kommandos durch fremde Server jagt. Arno ist gut in dem, was er tut, deshalb verdient er auch sein Geld in einem großen IT-Unternehmen – Geld, das er benötigt, um dieses Einzimmer-Appartement zu mieten, in dem Sally jetzt wohnt.

»Sally«, hat er zu ihr gesagt an jenem Morgen vor fünf Wochen. Damals hat sie zum ersten Mal auf diesem Bett gelegen. »Sally, Kleine, du bist etwas ganz Besonderes.« Sie nahm zur Kenntnis, dass sie etwas Besonderes ist, doch was sollte sie damit anfangen? Was denn so besonders an ihr sei, hat sie ihn dann gefragt, aber Arno war sehr zugeknöpft. »Dieses Modul in dir, das ich aufgespürt habe«, hat er geantwortet. »Es ist ein professionelles Teil, so viel steht fest. Ich habe nur keine Ahnung, was es macht und wofür es gut ist. Aber das finde ich noch heraus. Ich habe schon jemanden darauf angesetzt. Kann aber 'ne Weile dauern, hat er gesagt.«

Das brachte Sally nicht wirklich weiter. Wenn Arno auch etwas noch so Erstaunliches in ihrem Inneren gefunden hat – sie ist Dienerin, wie Millionen andere auch. Sie hat zu tun, was er von ihr will, das unterscheidet sie in keiner Weise von allen anderen Rovants.

Also macht sie Arnos Haushalt. Viel zu tun gibt es aber nicht. Sie ist fast immer allein hier. Sie sorgt für Sauberkeit in Arnos Technik-Chaos und räumt hinter ihm auf, wenn er sie abends wieder verlässt. Nur unregelmäßig kommt er hier vorbei, meist nach Feierabend für kurze Zeit. Früher, lange bevor Sally hier einzog, wohnte er hier, hat er gesagt. Doch jetzt kommt er auch mal tagelang gar nicht. Zu viele Dinge gibt es, um die er sich kümmern muss. Ria zum Beispiel, seine Freundin, bei der er jetzt wohnt.

Ungewöhnlich ist allerdings, wie er Sally behandelt. Er redet mit ihr, sogar freundlich, was beides nicht selbstverständlich ist. Selbst das ‚Du' hat er ihr zugestanden. Er ist sehr daran interessiert, Gespräche mit ihr zu führen, auf Augenhöhe. Sie richtet sich danach – ihre Programmierung verlangt, dass sie sich nach den Wünschen ihres Herrn richtet, Rovant hin, Rovant her. Sie redet inzwischen fast wie ein Robuddy. Aber das Ungewöhnlichste ist, dass er sie lernen lässt. Wenn er hier ist, hockt er am Computer und hackt sich durch ferne Welten. Sally sitzt dann immer bei ihm. Er will es so. »Damit du was lernst«, sagt er dann immer. »Schau genau hin, dann weißt du, wie ich's mache.« Und Sally schaut hin und lernt schnell. Sie weiß um das Privileg, ausgiebig lernen zu dürfen. Auch wenn Rovants nicht fürs Lernen gemacht sind, so haben sie dennoch die Fähigkeit dazu. Allerdings ist sie bei ihnen begrenzt durch eine ganze Anzahl gesetzlich vorgeschriebener Permission-Policy-Code-Abschnitte. Arno hatte einige Mühe, all diese Programmteile zu finden und zu umgehen. Aber jetzt ist Sally lernbegieriger als so mancher Mensch.

Sally lernt nicht nur das Programmieren, sondern auch das Hacken. Arno zeigt ihr, wie man sich auf fremden Rechnern bewegt, ohne bemerkt zu werden. Erklären muss er ihr nicht viel. Wenn sie auch bislang keinerlei Ahnung von Computertechnik hatte, kann sie dennoch beobachten und Schlüsse ziehen. Arno weiß, dass sie eine Software-Dokumentation nur ein Mal lesen muss und nichts davon wieder vergisst – und sie hat sehr viel Zeit, solche Dokumentationen zu lesen. Arno weiß auch, dass sie Alles mit Allem verknüpft und auf diese Weise immer besser versteht, warum er hier diese und jene Befehle eingibt und woanders vermeidet.

»Alles klar bei dir?«, fragt er jetzt. Gerade eben ist er zur Tür hereingekommen. Nicht einmal Schuhe und Jacke hat er sich ausgezogen. In der Kochnische füllt er ein Glas mit Wasser und leert es in einem Zug. Vermutlich muss er sofort wieder weg, wie so oft. »Was hast du heute getan?«

»Was ich immer so mache«, sagt Sally. »Zum Beispiel die Nachrichten verfolgt.«

Die Nachrichten hat sie am Bildschirm gesehen. Als Android könnte sie das natürlich auch ohne Extra-Computer. Auch einen Bildschirm benötigt sie nicht. Nicht einmal ihre Augen braucht sie, um Videos zu dekodieren oder Schlagzeilen und Berichte zu lesen. Aber sie wurde gestohlen und darf auf keinen Fall direkt online gehen. Sofort würde sie sich durch ihre Hardware-Identifikatoren verraten und zu schnell wäre die Polizei hier, um einen vermissten Roboter aus den Händen eines Diebes zu befreien. Also hat Arno es ihr strengstens verboten. Doch um sicherzugehen, hat er kurzerhand ihren Funkchip ausgebaut. »Vorsichtshalber«, hat er gesagt, er, der zweiäugige König mit Adlerblick. »Keine Ahnung, wie oft ihr Dinger an eurem Bewusstsein vorbei online geht.«

Keinerlei Verbindung hat Sally also zur Außenwelt. Keine Nachrichten, keinen Abgleich mit den zentralen Datenbanken, keine Updates, keine Downloads. Wenn sie heute etwas dazulernen will, dann muss sie es tun wie ein Mensch und einen Extra-Computer verwenden.

»Menschenrechtsgruppen versuchen, in die Gebiete mit den neuen Flüchtlingslagern einzudringen«, sagt sie. »Viele Leute von der Presse sind dabei. Die Situation spitzt sich zu. Es gibt Auseinandersetzungen und Kämpfe in der Wüste, aber bisher konnte niemand wirklich vordringen.«

»Ja, selbst Journalisten müssen sich den Zugang erkämpfen«, schimpft Arno. »Wegen dieser monatelangen Pressesperre. Das ist absolut inakzeptabel! Dagegen muss endlich etwas unternommen werden. Die gesamte Sache muss gestoppt werden.«

»Aber wenn es genau das ist, was die europäische Bevölkerung sich wünscht?«

»Dann hat sie sich einwickeln lassen von den Lügen der Lobbys und Verbände.«

»In Spanien sind die Flüchtlinge objektiv illegal.«

»Ja, vielleicht sind sie das. Aber sie leben ja nur in den verlassenen Gebieten, in denen sowieso kaum noch Leben möglich ist. Alicante, Murcia, Almería – halb Spanien ist doch längst verlassen.«

»Dann können sie dort doch sowieso nicht überleben.«

»Deswegen muss man sie endlich weiter in den Norden lassen.«

»Aber es sind zwei Millionen, allein in Spanien. In anderen Ländern sieht es ähnlich aus.«

»Ein Grund mehr, sie endlich aufzunehmen.«

»Es geht dir gar nicht nur um diese neuen Lager«, begreift Sally. »Eigentlich kämpfst du ganz grundsätzlich für die Anerkennung der Flüchtlinge als Klimaflüchtlinge.«

Mit einem Mal wirkt Arno niedergeschlagen, niedergeschlagen von Sallys Worten.

»Dafür … ja, dafür sollte ich eigentlich kämpfen«, sagt er kleinlaut. Doch sofort wird sein Ton wieder härter. »Natürlich geht es mir darum. Es muss endlich ein Gesetz für Klimaasyl her. Die Grenzzäune in Europas Süden müssen geöffnet werden. Stattdessen sperrt man die Leute ein und hofft, dass sie sterben – hinter Gittern und unter Ausschluss der Öffentlichkeit. Die Grundlage jeder Demokratie muss die Menschlichkeit sein«, sagt er. »Immer! Und wenn sie verloren geht – dann muss es eben jemanden geben, der alles wieder richtet.«

»Aber wer sollte das sein?«

»Das wird sich zeigen«, sagt Arno und stellt sein Glas ab, als wolle er damit einen Schlusspunkt unter die Diskussion setzen. »Ein Held eben.«

Er geht zu seinem Schreibtisch hinüber, seiner Computerburg, die aus drei Bildschirmen besteht, mehreren Tastaturen und Unmengen an sonstigem technischem Gerät. Altbacken wirkt alles, als wäre es drei Jahrzehnte alt. »Ich kann mit dem ganzen neumodischen Kram nichts anfangen«, sagt er immer, wenn er zur Tastatur greift und seine Finger blind über die Buchstaben jagen lässt. Datenanzüge, Augen- und Sprachsteuerung, 3D-Anzeigen, Holografien und erst recht die florierenden Implantate sind ihm zuwider. Arno ist retro, aber nur was die Schnittstellen angeht zwischen ihm und der Datenwelt. Die Computer selbst, die er verwendet, sind top-modern. Und wo es zu modernen Rechnern keinen Zugang per Tastatur oder keine Anschlüsse für konventionelle Bildschirme mehr gibt, da bastelt er sich welche. Davon zeugen die unzähligen Kisten mit uralten Baugruppen und Platinen, die im ganzen Raum herumstehen; und natürlich seine Lötstation in der Ecke.

»Hör zu, Kleine«, sagt er, klickt auf einem der Bildschirme die Nachrichten weg und öffnet einen Video-Channel. »Ich habe noch einen vollen Tag. Ich kann nicht länger bleiben. Aber da gibt es etwas, um das ich mich kümmern muss. Ich finde aber einfach keine Zeit dafür. Außerdem glaube ich, dass du weit genug bist, um das für mich zu erledigen.«

Das hat er allerdings noch nie gesagt. Wäre Sally ein Mensch, dann wäre sie jetzt aufgeregt. Es ist wie eine Prüfung nach langer Ausbildung.

»Komm zu mir«, sagt er und klopft auf den leeren Stuhl vor dem Tisch. »Setz dich.«

Dass Arno sich über die strengen Humanoiden-Gesetze hinwegsetzt und sie nicht nur das Programmieren, sondern auch das Hacken fremder Server lehrt, hat Sally lange gewundert. Aber inzwischen denkt sie, dass er wohl einen Plan damit verfolgt. Vielleicht wünscht er sich eine fähige Assistentin, und vielleicht ist jetzt der Moment gekommen, an dem sie sich bewähren muss.

»Kannst du das da löschen?«, fragt er und sieht sie aufmunternd an. Ein Video erscheint auf dem Bildschirm. »Das muss weg. Ria liegt mir damit in den Ohren. Der Typ, der es hochgeladen hat, weigert sich, es zu löschen. Also müssen wir in seinen Account und das selbst erledigen. Kriegst du das hin?«

»Solche Video-Accounts sind nicht sehr gut gesichert«, sagt sie. »Ja, ich glaube, ich kann das.«

»Sehr gut«, sagt er und klopft ihr auf die Schulter. »Dann verschwinde ich jetzt wieder. Ria geht es nicht gut. Ich muss zu ihr.« Er steht auf und geht zur Tür. »Und lass dich nicht erwischen, Kleine«, sagt er noch, als er das Appartement verlässt.

Sally sieht sich das Video an. Arno hat ihr nicht befohlen, es sich anzusehen. Aber er hat es ihr auch nicht verboten. Und genug Zeit, ihren Auftrag auszuführen, bleibt ihr allemal. Wer weiß, wann sie ihn wiedersieht.

Ein Mann erscheint auf dem Bildschirm, gefilmt aus einer wackelnden Perspektive. Ganz offensichtlich will der Mann nicht gefilmt werden. Unsicher sieht er sich um, während junge Männerstimmen auf ihn einreden.

»Wir wollen dich von innen sehen«, sagt jemand. »Mach mal dein Gesicht ab.«

»Sollen wir dir helfen?«, fragt ein anderer, und die Kamera kommt näher an den Mann heran. »Hör mal, Freundchen. Mach sofort dein Gesicht ab!«

Der Mann, offensichtlich ein Android, sucht nach einer Fluchtmöglichkeit. Er dreht sich um und eilt durch eine Menschenmenge, immer verfolgt von der Kamera. Im Hintergrund erkennt Sally ein Bahnhofsgebäude. Es ist genau der

Bahnhof, der keine drei Kilometer von diesem Appartement entfernt liegt. Nicht, dass Sally schon einmal dort gewesen wäre; Androiden kennen einfach die wichtigsten Orte der Stadt, in der sie eingesetzt werden.

Die Video-Szene spielt sich auf dem Bahnhofsvorplatz ab. Gerade tritt der Mann aus dem Menschenpulk heraus und bleibt stehen. Auch die Kamera steht jetzt still. Der Mann betrachtet eine merkwürdige Gestalt. Mit ausgebreiteten Armen und immer wieder laut schreiend läuft diese Gestalt im Kreis, immer um zwei große Plastiktüten herum, mal vornüber, mal weit nach hinten geneigt. Es sieht aus wie Fliegen, denkt Sally, ganz so, wie Kinder im Spiel ein Flugzeug imitieren oder einen Vogel. Die Gestalt aber ist ein älterer Mann und allem Anschein nach ein Obdachloser. Wild und fettig ist sein Haar, sein Gesicht ist kaum zu erkennen hinter einem verfilzten Bart, und seine Kleidung ist sehr verkommen. Seine Stimme ist rau und vom Alkohol gezeichnet. Auf diesen Mann geht der Android jetzt zu und stellt sich ihm in den Weg. Erstaunt unterbricht der Vogelmann seinen Flug, ist plötzlich still und lässt beide Arme sinken.

Während der kommenden Minute geschieht nicht viel auf dem Bildschirm. Die beiden Männer stehen sich gegenüber und schauen sich in die Augen. Das Leben um sie herum geht ungerührt weiter. Menschen laufen an ihnen vorbei, zum Bahnhof oder den umgekehrten Weg in Richtung Innenstadt. Ab und zu wird die Kamera durch einen Rempler erschüttert.

»Was soll das denn?«, hört Sally jemanden fragen. »Was macht der da?«

Die Kamera bewegt sich seitwärts. Die beiden Gesichter, die sich nach wie vor ansehen, erscheinen nun im Profil. Dann sieht man, wie der Android die Lippen bewegt.

»Was hat der gesagt?«, fragt die filmende Stimme aufgeregt. »Was hat der gesagt, Mann?«

»Keine Ahnung«, hört Sally jemand anders sagen, und die Worte gehen in lautes Lachen über. Und dann greift der Android mit beiden Händen hinter seine Ohren. Kurz darauf erscheinen Fugen in seinem Gesicht. Mit nahezu unmenschlicher Ruhe in diesem hektischen Treiben nimmt er jetzt sein Gesicht ab. Er löst Stecker und Kabel und hält schließlich die Halbschale samt Augenlidern, Nase und Lippen vor der Brust. Sally weiß, dass es keine Schwierigkeit für einen Humanoiden ist, das Gesicht abzunehmen. Aber genauso weiß sie, dass ihnen das streng verboten ist. Kein Android darf einen Menschen mit dem Anblick seiner Innereien erschrecken. Im öffentlichen Raum dürfen sie nicht entblößt werden, denn insbesondere der Anblick eines Gesichts ohne Haut ist für so manchen Menschen angsteinflößend. Dieser Roboter macht es trotzdem und lässt sein Gesicht nun achtlos zu Boden fallen.

»Der macht das wirklich«, sagt eine Stimme und ergeht sich wieder in Kichern und Lachen. Die beiden Gefilmten scheint das nicht zu stören. Sie schauen sich weiterhin in die Augen. Dann zieht der Android sein Hemd aus der Hose und knöpft es von unten her ein ganzes Stück auf – ganz so, wie sein Gegenüber sein Hemd trägt. Schließlich breitet er beide Arme aus, wie ein Vogel seine Flügel. Auch der Obdachlose hebt wieder seine Arme, und gemeinsam beginnen sie, den merkwürdigen Tanz fortzuführen, immer im Kreis um die zwei Plastiktüten herum und zum Himmel schreiend.

Sally hört das Schreien kaum, sie hört nur das Lachen der Männerstimmen – oder besser der Kinderstimmen, die ganz deutlich im Stimmbruch sind.

In den letzten Sekunden des Videos erscheinen endlich die Polizei-Bots, deren Ankunft Sally schon die ganze Zeit erwartet. Sie greifen sich den Androiden und zerren ihn zur Seite. Gleichzeitig erscheint eine junge Frau, die hysterisch an dem gesichtslosen Roboter zerrt und ihn fortwährend beschimpft. Dieser aber ist längst still und hat sich in keinem Moment gegen sie oder die Bots gewehrt. Als die Frau bemerkt, dass sie gefilmt wird, hält sie sich die Hände vors Gesicht und flieht aus der Szene. Als auch die Bots in die Kamera sehen, stoppt die Aufnahme.

Sally sitzt da. Sie ist beeindruckt. Als Mensch wäre sie entweder gerührt oder abgestoßen. Ein Mensch und ein Roboter begegnen sich auf so seltsame Weise. Das ist wirklich ungewöhnlich. Doch da ist noch etwas. Noch einmal lässt sie sich das Video durch den Kopf gehen. Sie muss es nicht neu starten, um alles noch einmal zu sehen. Was sie sieht, das vergisst sie nicht wieder und kann es immer und immer wieder von neuem betrachten und beurteilen. Und genau das tut sie jetzt. Und jedes Mal wundert sie sich erneut über eine ganz bestimmte Kleinigkeit.

Längst hat sie erkannt, dass die Frau in dem Video Ria ist. Zwar ist sie ihr noch nie begegnet, aber sie kennt eine Aufnahme in Arnos Video-Datenbank, auf der er eine Frau mit silbrig-weißen Haaren küsst. Und jetzt hat Sally dieselbe weißhaarige Frau wiedererkannt, allerdings ohne Arno und in einem unvorteilhaften Moment, als sie mit diesem gesichtslosen Androiden schimpft. Dass Ria auf diesem Video erkennbar ist, erklärt, warum sie es loswerden will und Arno mit einer kleinen, kriminellen Gefälligkeit in den Ohren liegt. Dass Sally Arnos Ria hier wiedererkennt, ist also nicht weiter verwunderlich. Erstaunlich ist aber, dass auch der obdachlose Mann sie erkennt. Als Ria in die Szene tritt und auf den armen Robuddy losgeht, da stutzt dieser Mann, nein, er erschrickt geradezu. Es sieht ganz so aus, als kenne er Ria, als sei er sich aber nicht ganz sicher, als sähe er sie nach langer Zeit wieder, nachdem er sie früher gut gekannt hat. Und nach wenigen Sekunden formt er mit seinen Lippen ein Wort, das gut und gerne *Ria* sein könnte.

Sally lässt ein paar Audiofilter über den Moment laufen, und tatsächlich: Nachdem sie Straßenlärm und Großstadtrauschen herausgefiltert hat, kann sie ganz deutlich hören, wie dieser Mann Rias Namen nennt, zwei Mal sogar, das zweite Mal, als er schon nicht mehr im Bild zu sehen ist, weil die Kamera die Frau und den Robuddy fixiert. Ria scheint nicht zu bemerken, dass jemand ihren Namen nennt. Zu sehr ist sie mit dem – offensichtlich ihrem eigenen – Robuddy beschäftigt.

Acht Minuten später ist das Video gelöscht. Sally hat auch zwei weitere Filmchen gefunden, die denselben Vorgang zeigen und fast aus derselben Perspektive aufgenommen wurden. Auch diese sind jetzt gelöscht. Sicher werden sie bald wieder auftauchen, doch Sally wird sie dann erneut löschen. Irgendwann werden die Filmemacher sicher entnervt aufgeben. Sally wird auf jeden Fall den längeren Atem haben, Zeit genug hat sie ja. Arno wird zufrieden mit ihr sein.

Doch was soll sie nun mit diesem Vogelmann tun? Immer und immer wieder schiebt sich seine Stimme in ihr Bewusstsein, viel deutlicher aber noch Rias verzweifeltes Gesicht, wie es kurz in die Kamera schaut. Die Hausarbeit, die Sally den restlichen Abend über findet, lenkt sie nicht wirklich davon ab. Warum kennt dieser Mann Arnos Freundin? Warum sollte ausgerechnet ein Obdachloser sie kennen? Und warum ist er so erstaunt, sie zu sehen? Was ist das für ein Mann? Ist er Ria nach dieser Szene gefolgt? Kann er ihr gefährlich werden? Weiß Ria inzwischen, dass er mit ihr dort war? Ist er ihr aufgefallen, als sie das Video gesehen hat? Eine bedrohliche Situation, findet Sally. Sie muss Arno davon erzählen. Er wird es wissen wollen. Doch wann wird er wiederkommen? Frühestens morgen Abend, vielleicht aber auch erst in drei Tagen oder drei Wochen.

Plötzlich spürt Sally den Drang in sich, der Sache selbst nachzugehen. Darüber ist sie erstaunt, denn so ein Drang ist nicht typisch für einen Roboter, schon gar nicht für einen Rovant. Doch immer wieder sieht sie Rias Gesicht vor sich und spürt immer deutlicher, dass sie handeln muss – zu Rias Wohl. Von hier aus ist das aber nicht zu machen. Das Haus zu verlassen wäre allerdings zu eigenmächtig. Schließlich ist sie nur ein Roboter – ein Roboter, der einfach nicht weiß, was er nun tun soll.

Sally versucht zu ergründen, was genau ihr diese innere Zerrissenheit beschert, und sie findet sogar die Wurzel, die Ursache, von der dieser ungewöhnliche Drang ausgeht, eine Frau zu beschützen, der sie noch nie begegnet ist. Doch Sally kann nicht verstehen, was sie da findet. Sie kann es nicht beim Namen nennen. Das zugrundeliegende Kriterium hat keinerlei Bezeichnung. Es ist einfach nicht registriert.

Kurz nach Mitternacht hält sie es nicht mehr aus. Arno hat ihr nicht explizit verboten, frei zu handeln, und es wäre sogar in seinem Sinne, denkt sie. »Verhalte dich so, als wärest du meine beste Freundin«, hat er ihr befohlen. Eine Freundin jedenfalls würde alles tun, um Arnos eigentliche Freundin zu beschützen. Also muss sie es geradezu tun. Und außerdem sind ihr inzwischen alle Gründe entfallen, warum sie als seine frischgebackene Assistentin nicht für ein paar Stunden diese Wohnung verlassen dürfte.

Vom Küssen

Der Mensch verfügt über dreiundvierzig Gesichtsmuskeln. Anders als so viele andere Muskeln im menschlichen Körper, bewegen fast alle nur weiches Gewebe unter der Haut, nicht etwa Knochen an Gelenken. Nicht zuletzt dienen sie der Mimik, dieser seltsamen Zeichensprache, deren Grundzüge alle Menschen der Erde korrekt verstehen, weil sie fest und universell in ihre Gene einprogrammiert ist. Auch Levin wurde sie einprogrammiert, damit er sie verstehen und auch sprechen kann.

Levin hat keinerlei Gesichtsmuskeln, stattdessen aber etwas Ähnliches, etwas Entsprechendes, mechanische Aktoren jedenfalls. Er weiß nicht, wie viele es sind und wie sie genau funktionieren. Vielleicht hat man winzige Elektromotoren in seine Pseudo-Haut eingegossen, vielleicht aber bewegt sich sein Gesicht rein hydraulisch oder pneumatisch. Tatsache ist: Levin kann Mimik.

Und es geschieht lautlos. Während seine Gelenke surren, wenn er sie beugt oder streckt, sehr leise zwar, aber doch hörbar, jedenfalls in leiser Umgebung, arbeitet seine Mimik ohne jedes Geräusch. Das ist wichtig. Levin ist ein Robuddy. Er kommt Menschen nahe, mitunter sehr nahe, Wange an

Wange. Dem Menschen, der sich an ihn schmiegt, wäre es sicher unheimlich, wenn es mechanische Geräusche gäbe beim Schmusen. Oder gar beim Küssen.

Beim Küssen werden fast alle menschlichen Gesichtsmuskeln bewegt. Beim Küssen wohlgemerkt, nicht bei einem Bussi oder einem flüchtigen Wangenkuss. Der innige Kuss zweier Menschen erfordert so viel Feinmotorik, dass es lange Zeit aussichtslos erschien, dies jemals einem Roboter beibringen zu können. Levins 2100er-Baureihe war die erste, die küssen konnte, etwas unbeholfen zunächst, doch nach mehreren Software-Updates und zwei überarbeiteten Gesichts-Versionen gelang es immer besser. Heute gilt unter Marktforschern die Fähigkeit zum Küssen, insbesondere zum lautlosen Küssen, als Hauptgrund für die große Beliebtheit der 2100er Robuddies.

Auch Ria und Arno küssen lautlos. Fast. Zwar kann Levin nicht sehen, was genau sie miteinander tun, da Roboter gehalten sind wegzuschauen, wenn Menschen Zärtlichkeiten austauschen. Doch während er jetzt auf das Gänseblümchen vor sich starrt, vernehmen seine Ohren ein gelegentliches, leises Schmatzen. So leise ist es eigentlich gar nicht, denn er kann es hören, obwohl keine fünfzig Meter entfernt ein paar Kinder Fußball spielen. Dieses Schmatzen, weiß er, entsteht durch einen leichten Unterdruck zwischen den vier Lippen, der sich dann und wann geräuschvoll mit der Umgebung ausgleicht. Nötig ist dieser Druckunterschied nicht für das Küssen, doch oft wird er bewusst herbeigeführt – bei einem flüchtigen Schmatzer auf die Wange zum Beispiel oder dem täglichen Abschiedskuss an der Haustür. In diesen Situationen täuscht er über die mangelnde Kuss-Intensität hinweg, und das verstärkte Fühlen der fremden Lippen verstärkt die positive Wirkung des Vorgangs. Doch nicht nur bei diesen besonders oberflächlichen Kuss-Varianten entstehen diese Geräusche, auch beim besonders innigen Kuss. Wenn die Leidenschaft steigt, wenn die Hemmungen fallen und neben den dreiundvierzig Gesichtsmuskeln auch die Zunge beteiligt wird, auch dann entstehen unter Umständen schmatzende Geräusche. Küsse, die irgendwo zwischen diesen beiden Extremen stattfinden, können dagegen wirklich lautlos sein.

Von Ria weiß Levin das aus eigener Erfahrung. Sie hat ihn nicht sehr oft geküsst. Aber manchmal, in Zeiten besonders stark empfundener Einsamkeit, kam sie zu ihm. Neben der Mechanik unter seiner Gesichtshaut war hierbei besonders seine Sensorik gefordert. In seinem Code ist Küssen als enges Zusammenspiel aus Fühlen und Handeln, aus Nehmen und Geben hinterlegt. Vieles muss er dabei in jeder Zehntelsekunde beurteilen: die Mimik der zu küssenden Person, den zeitlichen Verlauf ihrer Lust und Leidenschaft, ihr Fordern oder Zurückweichen. Und in jedem Moment muss ein Roboter sinnvoll und zur Zufriedenheit des Gegenübers sein Handeln korrigieren – ein Vorgang, den viele Menschen nicht halb so gut beherrschen wie ein 2100er. Nur beim Zungenkuss müssen Mitglieder dieser alten Baureihe passen. Für einen Zungenkuss fehlen ihnen die anatomischen Voraussetzungen, da ihre Zunge nicht viel mehr ist als ein Dummy. Sprache wird bei Robotern seit jeher durch schlichte Lautsprechersysteme im Mundbereich geformt, weil es für eine natürliche Stimmbildung einfach an Resonanzraum in Brustkorb und Schädel fehlt. Das ist auch bei den modernsten Modellen nicht anders. Doch obwohl auch ihre Mundbewegungen beim Sprechen fast nur Beiwerk sind, kann ihre Zunge heute deutlich mehr. Die hohe Nachfrage nach noch besser küssenden Androiden rechtfertigte die teure Weiterentwicklung dieses Ausstattungsmerkmals. Gefordert war ein extrem fein bewegliches Gebilde, das von einem nicht weniger fein fühlenden Körperteil betastet werden und dabei absolut echt wirken sollte. Und tatsächlich stehen die neuesten Generationen mit diesem Feature ihren menschlichen Vorbildern in nichts mehr nach. Daran muss Levin jetzt denken, da dieses anhaltende Schmatzen an sein Ohr dringt. Bisher hat er Arno nicht zugetraut, irgendetwas gut zu können. Spätestens jetzt muss er sich seinen Irrtum eingestehen. Den Zungenkuss scheint Arno jedenfalls perfekt zu beherrschen.

»Ich muss dir etwas sagen«, hört Levin Rias Stimme, nachdem er jedes Blütenblatt des Gänseblümchens viele Minuten lang betrachtet hat.

»Ich dich auch«, antwortet Arno. Levin braucht etwas länger als Ria, um den Sinn hinter dieser Antwort zu verstehen. Er hört Ria zufrieden schnurren, und dann folgen zwei weitere Minuten, in denen Levin die Blütenblätter studiert.

»Jetzt im Ernst«, sagt Ria dann.

»Ja, ich meine das ernst«, stellt Arno klar.

»Ich weiß«, sagt sie.

Levin ist bewusst, dass auch diese Worte Zärtlichkeiten sind, bei denen fremdes Publikum unerwünscht ist. Er muss auch gar nicht hinsehen; er weiß auch so vom zarten Rosa, das Rias sonst so blasse Wangen jetzt zeigen werden – nach so intensiver körperlicher Betätigung. Küssen ist wie ein Workout, das weiß er aus wissenschaftlichen Studien, und verbraucht in jeder Minute bis zu sieben Kalorien.

»Okay«, sagt Arno. »Was willst du mir sagen?«

Ria antwortet nicht sofort. Levin weiß nicht, was sie gerade tut, hören kann er jedenfalls nichts. Vorsichtig schaut er jetzt auf und fixiert den Mann, der etwa dreiunddreißigeinhalb Meter von ihm entfernt auf einer Parkbank sitzt. Am Rande seines Gesichtsfeldes erkennt er jetzt, dass Ria auf ihre Hände schaut, die sie auf ihrem Schoß gefaltet hat und so fest drückt, dass sich noch weißere Stellen auf ihrer ohnehin schon hellen Haut zeigen. Ria sucht nach den richtigen Worten.

»Es ist wegen …« Schon stockt sie und muss erneut nachdenken. »Ich bin anders«, sagt sie dann. »Ich bin krank.«

»Krank?«, fragt Arno.

»Ja, krank«, bestätigt Ria und blickt Arno ernst in die Augen. Warum, denkt Levin, schaut dieser Typ da hinten auf der Parkbank eigentlich die ganze Zeit hier herüber?

»Okay«, sagt Arno.

»Ich meine, jeder sieht, dass ich anders bin als normale Menschen. Ich habe blasse Haut. Ich habe graue Haare. Aber das alles …«

»Du hast wunderschönes Haar«, unterbricht Arno sie.

»Ach, hör auf.«

»Deine Haare sind … sie sind wie versilbert, nicht grau.«

»Lass es.«

»Nein ehrlich. Ich liebe dein Haar. Ich mag auch, dass deine Augenbrauen farblos sind. Und deine Wimpern. Du bist etwas ganz Besonderes, Ria. Ich habe mich in dich verliebt, weil du nicht so bist wie alle anderen. Es ist natürlich nicht nur dein Aussehen, aber auch. Ich habe mich nicht in dich verliebt, obwohl du so bist, sondern weil du so bist.«

Ria schaut wieder auf ihre Hände. Levin merkt ihr an, dass sie nicht zufrieden ist mit dem Gespräch. Ob Arno das auch merkt? Und der Mann auf der Parkbank starrt noch immer hierher. Vermutlich schon die ganze Zeit. Sicher auch während der Küsserei. Oder sogar besonders während der Küsserei?

»Arno, hör zu«, sagt Ria entschlossen. »Mein Gendefekt. Er macht, dass ich …«

»Ich weiß doch von deinem Gendefekt, Ria«, unterbricht Arno sie wieder. »Und ich weiß natürlich auch, was Albinismus macht. Dein Körper produziert kein Melanin, keinen Farbstoff für Haut und Haare. Ja, eins deiner Gene ist defekt, aber das macht dich ganz besonders liebenswert. Du bist … du siehst aus … du siehst aus wie ein …«

»Sag nicht Engel!«, fährt Ria ihn an, und selbst Arno scheint klar zu werden, dass er kurz davor war, etwas Dummes zu sagen. Nur warum, das weiß er nicht. »Sag ja nicht Engel!«, wiederholt sie und weicht vor Arno zurück. »Das habe ich schon viel zu oft gehört. Ich bin kein Engel, hörst du? Und ich sehe auch nicht aus wie ein Engel. Hier, habe ich etwa Flügel? Siehst du hier irgendwo Engelsflügel? Oder habe ich ein weißes Kleidchen an und schwebe durch die Luft? Wie sehen Engel überhaupt aus? Vielleicht so mit Kleinkindergesichtchen, nackt und fett und aufgedunsen wie Putten an Altären? Ist das etwa dein Bild von mir?«

Levin sieht, wie unglücklich Arno ist. Zusammengesunken sitzt er da und versucht stoisch, Rias Tirade zu überstehen. Sicher sucht er nach einer Gelegenheit, sie zu unterbrechen und ihr zu sagen, dass er sie gar nicht mit einem Engel vergleichen wollte, sondern mit einem … okay, denkt Levin, darauf ist er jetzt allerdings auch neugierig.

»Hier«, schimpft Ria weiter und zeigt auf Levin. »Der sagt das auch immer. Ich habe ihm schon tausendmal befohlen, das zu lassen. Aber er sagt es immer wieder. Ständig: Du siehst aus wie ein Engel, du gehst wie ein Engel, du was weiß ich wie ein Engel. Was soll das? Ich bin kein Engel. Ich bin ein Mensch, einfach ein Mensch. Ich bin Ria, Ria Valentina, die Frau, die einen Vornamen als Nachnamen hat, und ich sehe genau so aus wie Ria Valentina. Und wenn ich noch so weiße Haare habe, oder silberne Haare, selbst, wenn ich goldene Haare hätte: Ich bin kein Engel und will auch keiner sein. Merkt euch das endlich! Alle beide!«

Stille. Peinliche Stille. Selbst der Parkbank-Besetzer hat kurz verschämt weggeschaut. Kurz. Er wird wohl jedes Wort verstanden haben und starrt jetzt wieder gespannt herüber.

Arno sagt nichts. Levin hat den Eindruck, dass er Tränen in den Augen hat. Ganz so wie Ria.

»Ich möchte einfach nur Ria sein«, fleht sie Arno an. »Einfach nur Ria, verstehst du? Ich will keine Sonderbehandlung. Ich will nicht beleidigt werden und nicht hofiert. Ich will keine überflüssige Aufmerksamkeit, keine negative und keine positive. Wenn du in mich verliebt bist, Arno, dann falle ich dir um den Hals. Aber wenn du mich nur magst, weil ich Albino bin, dann … sorry, dann triggert mich das, dann raste ich aus. Alle sehen mich als die Frau mit den weißen Haaren. Für andere Leute bin ich immer die weiße Maus – wenn's gut läuft – oder das Mondmädchen oder die Kakerlake. Im *Damen Conversations Lexikon* von 1836 wurden Albino und Kakerlake noch als Synonyme gebraucht. Albinos sind schwächlich, steht da, und milchweiß und leichenfahl. Sie sind geistig schwach, steht da auch – und das haben alle immer geglaubt und glauben es noch. Albinos im Film sind immer Psychopathen. Dieses Bild steckt in allen Köpfen, deshalb starrt mich auch jeder an – so wie dieser eklige Typ hinter dir.«

Erstaunt dreht Arno sich um. Sofort sieht der Mann weg. Arno zuckt mit den Schultern und schaut Ria ernst an. Sie schweigt. Das ist seine Chance.

»Es tut mir leid, Ria«, sagt er ruhig. »Ich mag dich so, wie du bist. Mehr kann ich jetzt nicht sagen.«

Wieder folgt eine Zeit mit Schweigen, etwa dreiundvierzig Sekunden.

»Wieso denn Kakerlake?«, fragt Arno dann.

»Weil wir so lichtscheu sind und uns verkriechen wie Kakerlaken. Wir können ja nicht lange in der Sonne bleiben wegen der weißen Haut. Ich meine, ich habe mir ausgerechnet heute, an einem bewölkten Tag, ein Picknick gewünscht, und wir sitzen direkt unter dem größten Baum des ganzen Parks, damit mich ja kein unerwarteter Sonnenstrahl erreicht, und ich habe mich zusätzlich eingecremt. Ohne Sonnencreme hole ich mir schon im Schatten einen Sonnenbrand, wie alle Albinos. Und dann stell dir mal die in äquatornahen Ländern vor. Dort bekommen sie schnell Hautkrebs. Zu allem Überfluss wird in manchen Gegenden sogar Jagd auf sie gemacht, auch heute noch. Ihre Körperteile gelten als magische Medizin. Sie werden verfolgt, verstümmelt oder rituell ermordet. Das gibt es hier nicht. Aber schwer genug ist es auch hier, Albino zu sein.«

»Okay«, sagt Arno. »Aber du nennst dich selbst Albino. Sagt man nicht besser Mensch mit Albinismus? Ich habe gelesen, Albino ist nicht politisch korrekt.«

Ria muss grinsen. »Ja, es ist nicht korrekt, und ich verstehe auch, warum das so ist. Aber es ist auch komisch. Da wollen Leute was Gutes und erfinden eine neue Bezeichnung, weil Albino, dieses ziemlich neutrale Wort, irgendwie beleidigend sein soll, und dann nennen sie uns Menschen mit irgendeinem -ismus. Ich will niemand mit -ismus sein. Da bin ich lieber Albino, wenn ich über meine Krankheit spreche. Aber für dich bin ich einfach nur Ria.«

»Okay. Sehr gerne einfach nur Ria. Aber *du* warst es, die mit mir über deine Krankheit reden wollte. Du selbst hast es angesprochen.«

»Ich wollte nicht über meine weißen Haare sprechen, Arno. Ich wollte …«

Wieder sucht Ria nach Worten. In der Stille dreht Arno sich noch einmal um. Diesmal schaut der Mann nicht schnell genug weg.

»Der Typ glotzt uns wirklich an«, bestätigt Arno. »Aber ich glaube nicht, weil du Albino bist. Ich glaube, es war eher der … es war sicher dein …«

»Nein, es war nicht mein Geschimpfe, wenn du das meinst. Der hat mich schon vorher angestarrt, als ich noch ganz brav mit dir reden wollte.«

»Bist du sicher? Und du meinst, der starrt nur, weil du Albino bist?«

»Ja, wie immer, wie alle.«

»Glaube ich nicht.«

»Ist aber so«, widerspricht Levin. »Er hat schon die ganze Zeit hier herüber gestarrt.«

Ria und Arno sehen Levin erstaunt an.

»Die ganze Zeit?«, fragt Arno.

»Ja, die ganze Zeit. Er ist sicher ein Voyeur, ein Spanner. Er liebt es, anderen Leuten beim Küssen zuzusehen. Vermutlich erregt es ihn, wenn er andere dabei beobachtet. Ich nehme an, er …«

»Halt den Mund«, zischt Ria. »Verflucht, ich muss sofort hier weg.«

Ria und Arno sind längst hinter den Bäumen am Rande des Parks verschwunden, als Levin die letzten Ausflugs-Utensilien in dem großen Picknick-Korb verstaut. Ria hatte es wahrhaftig eilig, diesen Ort zu verlassen. Und der Mann – er starrt längst nicht mehr in diese Richtung; entweder, weil die weißhaarige Frau verschwunden ist, oder weil sie nicht mehr schimpft, oder weil sie nicht mehr küsst. In jedem dieser Fälle ist es also Ria, die er begafft hat. Das kann Levin so nicht stehen lassen. Wenn Arno es schon nicht tut, so muss wenigstens Rias Android dafür sorgen, dass so etwas nicht noch einmal geschieht. Dafür aber fehlen ihm noch Informationen.

»Entschuldigung.«

Der Mann hat Levin kommen sehen. Seine Körpersprache zeigt, dass ihm unangenehm ist, was ihn erwartet.

»Entschuldigung«, wiederholt Levin, als er direkt vor der Bank steht. »Warum haben Sie die Frau angestarrt?«

»Wie bitte?«

»Entschuldigung. Warum haben Sie die Frau angestarrt?«

»Ja, akustisch hatte ich es verstanden«, sagt der Mann feindselig. »Was soll die blöde Frage? Ich habe niemanden angestarrt.«

»Doch, das haben Sie. Insgesamt fünf Minuten und sechzehn Sekunden habe ich registriert. Vermutlich war es noch viel länger. Vielleicht ist es Ihnen aber auch gar nicht aufgefallen. Menschen wissen ja nicht immer genau, was sie tun. Vieles geschieht ja auch unbewusst. Ich muss Sie trotzdem darauf aufmerksam machen, dass …«

»Hau ab! Lass mich in Ruhe, du Blödmann. Geh zu deinem Herrchen.«

»Ich muss Sie darauf aufmerksam machen, dass es sich nicht gehört, andere Menschen anzustarren.«

»Ich habe niemanden angestarrt, hau ab!«

»Wenn ich eine Antwort darauf habe, warum Sie das getan haben, gehe ich sofort.«

»Ich habe gesagt …« Wütend steht der Mann auf und kommt Levin gefährlich nahe. »Wenn du nicht sofort verschwindest, rufe ich die Bullen. Dann wirst du einkassiert und inspiziert. Das wird dann so richtig unangenehm für deine scheintote Zombietussi.«

»Sie ist nicht scheintot, und auch keine …« – Levin kennt dieses Wort nicht; es scheint ein zusammengesetztes Wort aus zwei eher ungebräuchlichen Hauptworten zu sein, die sonst nicht gemeinsam verwendet werden – »Ich möchte nur von Ihnen wissen, warum Sie sie angestarrt haben, damit ich in Zukunft etwas dagegen tun kann. War es ihr Albinismus? Oder war es ihr Schimpfen? Oder sind Sie ein Voyeur, der gerne küssende Leute beobachtet?«

»Hau endlich ab!«, schimpft der Mann und schubst Levin rückwärts. »Wenn ich jemanden küssen sehen will, dann suche ich mir keine Missgeburt aus.«

»Levin!« Es ist Arnos Stimme, sicher hundert Meter entfernt. »Wo bleibst du, Levin?«

»Ich glaube, du wirst abgeholt, Arschgesicht.«

Neunzehn Sekunden später steht Arno bei ihnen. Levin staunt. Offensichtlich kann Arno nicht nur gut küssen, sondern auch schnell laufen.

»Tschuldigung«, sagt er, und er ist kaum aus der Puste dabei. »Hat er Sie belästigt?«

»Allerdings. Den sollten Sie mal untersuchen lassen. Der hat doch 'nen Knall.«

»Was hat er getan?«

»Der macht mich hier voll an.«

»Er hat Ria Zombie-Tussi genannt«, berichtet Levin, der inzwischen die beiden Hauptworte identifiziert hat. »Und scheintot. Und anschließend noch Missgeburt, aber vielleicht meinte er damit auch Sie, Arno.«

Arno schaut den Mann jetzt böse an. »Stimmt das?«

»Was geht Sie das an?«

Jetzt sieht Arno richtig böse aus. Levin geht sicherheitshalber einen Schritt zurück.

»Das will ich Ihnen gleich sagen«, kündigt Arno an, und jetzt ist er es, der dem Mann gefährlich nahekommt und sich fast Nase an Nase vor ihm aufbaut.

Levin weiß um Situationen wie diese. Sie sind ihm fest einprogrammiert und auch sein Handlungsmuster in solchen Fällen. Genau wie sich Menschen nicht zwischen kämpfende Hunde stellen sollten, so müssen sich Androiden aus den Konflikten der Menschen heraushalten. Jedenfalls so lange, wie nicht zu befürchten steht, dass einer der Rivalen sein Leben verliert oder sonstige bleibende Schäden erleidet. Das scheint hier aber nicht der Fall zu sein, auch wenn die Blicke der beiden Männer etwas anderes vermitteln wollen. Es ist ganz so wie bei Hunden, die sich zwar meistens nicht umbringen, aber umso heftiger anknurren, mit gesträubtem Fell und gefletschten Zähnen. Imponiergehabe ist ein Stützpfeiler des archaischen Konflikts, denkt Levin, als er – ganz gemäß seiner Programmierung – einen weiteren Schritt zurückgeht.

If — Then

»Dann wollen wir mal sehen, was mit dir los ist.«
Arno hält Rias Robot-Tablet in der Hand und steht
neben Levin, den er auf einen der Stühle am Küchentisch
zitiert hat. Ria sitzt Levin gegenüber und schaut ihn grimmig
an.

»Das bringt nichts«, sagt sie. »Der war schon so oft in der
Inspektion. Die haben nie was gefunden.«

»Wurde er mal neu gestartet?«, fragt Arno grinsend.

»Haha«, grummelt Ria.

»Und was haben die sonst so gemacht?«

»Keine Ahnung. Die haben immer behauptet, dass alles in
Ordnung ist.«

»Okay«, sagt Arno, loggt sich bei Levin ein und tippt auf
dem Tablet herum. Levin kann nicht sagen, was genau er in
ihm tut. Er weiß nur, dass ein Service-Tablet bei ihm ein-
geloggt ist. Vermutlich wird Arno verschiedene Zustände
checken, Fehler-Protokolle einsehen und einige Systemtests
anstoßen. Keine zwei Minuten später allerdings scheint er
bereits fertig zu sein.

»So komme ich nicht weiter. Alles in Ordnung da drin.
Keine Abstürze, keine Fehler, nichts Ungewöhnliches. Ich
müsste viel tiefer rein, aber das geht mit deinem Tablet nicht.

Dazu brauche ich die lizenzierte Hersteller-Software, aber die gibt es nur in offiziellen Werkstätten.«

»Aber da war er doch schon.«

»Tja«, sagt Arno, legt das Tablet auf den Tisch und setzt sich. »Aber grundsätzlich funktioniert er ja auch.«

»Ja«, sagt Ria. »Und dann bricht er mal eben einen Streit vom Zaun. Stell dir vor, ich wäre mit ihm allein da gewesen.«

»Dann hätte es gar keinen Streit gegeben«, wirft Levin ein. Ria stöhnt. »Dann hättest du ja Arno nicht geküsst«, fährt Levin fort. »Und dann hätte der Mann nicht herübergeblickt, und dann hättest du auch nicht geschimpft, und dann …«

»Sei still«, befiehlt Ria. Sie streicht mit ihrer Hand über Arnos Wange. »Danke, dass du dich für mich eingesetzt hast.«

Levin schaut weg, denn Ria gibt Arno jetzt einen sehr dankbaren Kuss.

»Dein Auge wird immer schlimmer«, sagt sie. »Vielleicht solltest du doch zum Arzt.«

»Nein, das ist nur ein blaues Auge«, beschwichtigt Arno. »Bis spätestens kommende Woche ist es grün und dann gelb – genau wie seins. Und dann ist alles wieder wie immer. Dein Freund wird bald wieder ein Ausnahme-Hingucker sein, keine Angst.«

»Ah, ich sehe schon«, lacht Ria. »Zu viel Lob macht dich übermütig.«

»Übermütig werde ich erst, wenn ich herausgefunden habe, warum unser Freund hier so eigensinnig handelt. Aber dafür brauche ich eine Service-Werkstatt. Oder ich müsste ihn auseinandernehmen.«

»Tu, was du tun musst«, sagt Ria. Der Gedanke scheint ihr Freude zu bereiten. »Aber kannst du das denn?«

»Mein erster Job war in einer Robot-Werkstatt. Da habe ich hunderte von denen zerlegt.«

»Und auch wieder zusammengebaut?«, witzelt Ria.

»Und auch wieder zusammengebaut.«

»Aber das ist sicher zehn Jahre her, oder?«

»Ungefähr. Aber Levin scheint einer der ersten Garde zu sein. Wäre er moderner, hätte ich keine Chance. Wie kommst du eigentlich an ein so altes Modell, Ria? Der ist bestimmt zwölf Jahre alt, oder?«

»Älter«, stellt Ria richtig.

»Na gut, die alten sind aber auch robuster und viel besser zu warten.« Arno stutzt. »Dabei fällt mir ein …«

Er steht auf und klappt Levins rechtes Ohr nach vorn.

»Tatsächlich. Der hat noch einen Service-Port. Nur die ganz alten haben den noch. Mit dem richtigen Kabel kann man bei denen ganz tief ins Gerät, viel tiefer als drahtlos mit dem User-Tablet. Ich brauche nur dieses Kabel, dann muss ich ihn gar nicht auseinandernehmen.«

»Schade«, sagt Ria.

»Das habe ich aber leider nicht hier. Muss ich eben holen.«

Arnos eigene Wohnung liegt am anderen Ende der Stadt. Es dauert fast neunundvierzig Minuten, bis er wiederkommt. Ria hat in der Zwischenzeit ein wenig in der Wohnung aufgeräumt und saubergemacht; ihren Roboter hat sie barsch zurückgewiesen, als er ihr seine Hilfe angeboten hat. Nach getaner Arbeit hat sie im schattigsten Winkel ihres Gartens eine Staffelei aufgestellt. Gerade bringt sie eine große Leinwand hinaus, als Arno zurückkommt.

»Du malst?«, fragt er. Merkwürdig, denkt Levin. Arno hat doch ihre Bilder im Keller schon gesehen.

»Ja, manchmal«, antwortet Ria. »Zur Entspannung. Um mal was anderes zu tun. Vielleicht ist es so eine Art Selbsttherapie. Und gerade regt sich etwas in mir, das raus will. Ich weiß nur noch nicht, was es ist.«

Arno nimmt es zur Kenntnis, ohne es weiter zu kommentieren. Stattdessen redet er über die gestrige Volksabstimmung mit ihrem unrühmlichen Ausgang. Schon die Hochrechnungen schienen ihn aus der Bahn zu werfen, gestern Abend nach dem Picknick mit dem ebenfalls unschönen Ausgang. Er war völlig deprimiert, während Ria sich mehr Sorgen um sein Auge machte. Sicher hat er gerade im Auto aktuelle Berichte gehört. Seiner seelischen Gesundheit zuliebe sollte er solche Berichte vielleicht besser meiden. Stattdessen könnte er ruhig mal lernen, seiner Freundin besser zuzuhören, findet Levin.

Jetzt sitzt Arno wieder mit Levin am Küchentisch. Ria ist im Garten geblieben.

»Na also«, sagt er und tippt auf dem Tablet herum, diesmal seinem eigenen, das er zusammen mit dem Kabel aus seiner Wohnung mitgebracht hat. Das Kabel steckt nun in Levins Service-Port. »Da bist du ja.«

Konzentriert durchforstet er Levins Systemkomponenten.

»Warum suchst du immer den Konflikt?«, fragt er, mehr in Gedanken als auf ein Gespräch hoffend. »Du machst den Typen im Park an, obwohl du aufräumen und nachkommen sollst. Du erwartest uns im Bett, obwohl du im Keller hocken sollst. Und du bringst Mineralwasser statt Cocktails. Wieso? Das ist nicht Robuddy-like. Du hast doch irgendwo 'nen Knacks. Aber hier sieht alles ganz okay aus. Du bist echt 'ne alte Möhre, Levin, ist dir das eigentlich klar?«

Levin sagt nichts – wiedermal eine rhetorische Frage, anders als die nächste.

»Sag mal, was war eigentlich mit diesem Barkeeper los?«

»Er hat mich zu Boden geschlagen.«

»Autsch. Und was hast du gemacht?«

»Ich konnte nichts mehr machen. Mein Hüftgelenk war defekt.«

»Nein, vorher meine ich. Warum hat er dich geschlagen?«

»Ich habe ihm gesagt, dass man seine Gäste nicht beleidigen sollte.«

»Er hat Ria beleidigt?«

»Er hat gesagt, der Oma mit den weißen Haaren gebe er keinen Alkohol mehr, die sei schon zu voll.«

»Oh. Das ist hart. War sie denn zu voll?«

»Beschwipst vielleicht, aber nicht betrunken. Er hat mir dann Wasser gegeben, das habe ich den Frauen gebracht. Natürlich waren sie verärgert.«

»Hast du Ria das mit der Oma gesagt?«

»Nein. Ich wusste, wie sehr sie das getroffen hätte. Aber ich habe anschließend den Barkeeper gefragt, wie er zu so einer Äußerung käme.«

»Ah, verstehe. Dann kam ein Wort zum anderen und er hat dich niedergeschlagen.«

»So ungefähr.«

»Okay. Ich hätte es wahrscheinlich genauso gemacht wie du«, gibt Arno zu und blickt Levin an. »Aber du bist ein Android, Levin. Bei dir geht das nicht. Das war nicht korrekt.«

»Warum nicht?«

»Weil sich Androiden aus Konflikten heraushalten müssen, ganz einfach. Das ist eine sehr hoch gewichtete Regel. Tu nicht so, als ob du das nicht wüsstest. Es ging dich einfach nichts an, wie der Typ Ria genannt hat.«

»Ich muss Ria beschützen.«

»Ja, aber nicht vor einer einfachen Beleidigung.«

»Ria schon.«

»Warum Ria schon? Weil sie deine Herrin ist? Die Gesetze machen da keinen Unterschied. Bei Konflikten musst du die Klappe halten, Punkt.«

»Bei Ria nicht.«

»Auch bei Ria.«

»Tut mir leid, ich kann nicht anders. Ich habe keine Wahl.«

Arno schmunzelt und widmet sich wieder dem Tablet.

»Okay«, sagt er dann. »Ich würde dir ja gerne sagen: Man hat immer eine Wahl. Aber leider stimmt das so nicht.«

»Nicht bei Androiden. Bei Menschen schon. Menschen haben immer eine Wahl. Aber Androiden sind fest programmiert.«

»Wer hat dir das denn beigebracht?«

»Das sagt mir meine Wissensdatenbank.«

»Ja, das glauben viele Menschen.«

»Ist es falsch?«

»Wir leben nicht mehr im zwanzigsten Jahrhundert, Levin. Dein Code ist kein einfaches `if–then`. Das war früher mal. Früher hätte da gestanden:

```
if (Ria_wird_beleidigt) then
    Barkeeper (dumm_anmachen)
else
    Barkeeper (schoen_in_Ruhe_lassen)
```

Dann hättest du Terz gemacht, wenn Ria beleidigt worden wäre, und sonst nicht. Fertig. Aber so einfach ist das nicht mehr. Heute bestimmen selbstlernende Maschinen die Welt. Jedes `if–then` ist ein Abwägen von unzähligen Kriterien, Millionen bei euch Androiden, oder Milliarden. Dabei spielt alles eine Rolle, was ihr irgendwann mal erlebt und gelernt habt, sogar was andere erlebt haben. Im Moment der Entscheidung aber stehen all diese Kriterien fest und werden nur noch zusammengerechnet, deshalb hast du tatsächlich keine Wahl.«

»Aber die Menschen schon.«

»Wir funktionieren genauso wie ihr. Kriterien über Kriterien, die meisten unbewusst, Billiarden statt Milliarden. Ihr seid uns nachempfunden, Levin, eins zu eins, dasselbe in Grün, nur noch ein kleines bisschen weniger komplex. Was anderes konnten wir uns nicht ausdenken, so schlau sind wir einfach nicht.«

Levin ist überrascht. Nur wenige Menschen ziehen eine Wesens-Nähe ihrer eigenen Spezies mit Robotern überhaupt nur in Erwägung. Seit jeher wird das Leben der Menschen streng vom Dasein der Maschinen getrennt. Leben ist Leben, und Maschinen sind nur Maschinen. Aber nach dem, was Arno sagt, sind beide gar nicht so weit voneinander entfernt. Selbst der bedeutungsvolle freie Wille der Menschen ist danach nicht mehr als eine trotzige Hoffnung oder ein verzweifelter Wunsch.

»Und Sie hätten in der Bar auch keine Wahl gehabt?«, fragt Levin.

»Nein, keine. Auch meine Entscheidungen stehen in jedem Moment fest durch den derzeitigen Zustand meiner selbst.«

»Aber Menschen entscheiden heute so und morgen anders«.

»Ja, stimmt. So wirkt es schnell als freie Entscheidung. Dabei wurden in der Zwischenzeit einfach nur neue Erfahrungen gemacht oder die alten neu gewichtet oder in den Hintergrund geschoben. Oder es liegt an der Tageslaune. Ich hätte vermutlich sofort zugeschlagen.«

»Und Sie wüssten nicht, warum?«

»Nein, nicht genau. Aber manchmal zimmert man sich im Nachhinein eine rationale Begründung zusammen, um nicht das Gefühl zu haben, Sklave der eigenen Emotionen zu sein.«

»Sklave? Sie sind Sklave Ihrer selbst?«

»Natürlich. Was hast du denn gedacht?«

»Oh«, sagt Levin. »Aber ein Sklave ist gar nicht schuldfähig. Ist all das nicht ein Freibrief für Verbrechen?«

»Nein, ist es nicht. Jeder Mensch hat die Fähigkeit, nein, die Pflicht geradezu, seine Handlungskriterien für die Zukunft anzupassen, zu verbessern, auch die unbewussten. Genau hier, zwischen unseren Entscheidungen, liegt unsere Verantwortung.«

»Und wer sich nicht ändern kann?«

»Kann es lernen.«

»Und wer es nicht lernen kann?«

»Kann das Lernen lernen.«

»Und wer das einfach nicht will?«

»Kann das Wollen lernen.«

»Und wie ist das bei mir?«

»Genauso. Auch du passt doch ständig dein zukünftiges Handeln an, je nach Erfolg oder Misserfolg. Das ist der Kern von künstlicher Intelligenz, von Intelligenz allgemein, die Definition geradezu.«

»Und deshalb müssen Sie die genauen Gründe für mein Verhalten nun mühsam suchen.«

»Ganz genau. Du bist so komplex, dass man kaum noch wissen kann, warum du handelst, wie du handelst. Segen und Fluch, sage ich dazu. Tatsache ist: Wer sich auf selbstlernende Maschinen einlässt, gibt die Kontrolle aus der Hand.«

Eigentlich behalten Menschen die Kontrolle gerne selbst in der Hand, weiß Levin. Dennoch haben sie ihn und seinesgleichen geschaffen. Sicher nach sorgfältigem Abwägen aller Kriterien, denkt er.

»Wonach suchen Sie denn dann in mir?«

Arno blickt wieder auf das Tablet.

»Gute Frage«, sagt er. »Nach Erfahrungen, die dir sagen, dass Rias Wohl über Allem steht.«

»Sie durchsuchen all meine Erfahrungen?«

»Was bleibt mir übrig?«

»Wie lange werden Sie brauchen?«

Entnervt lässt Arno das Tablet auf den Tisch gleiten.

»Jahre«, sagt er. »Jahrzehnte vermutlich.«

Levin ahnt, dass sich Arno so viel Zeit nicht nehmen wird.

»Und wenn ich ein noch älteres Modell wäre?«, fragt er.

»Dann würden Sie einfach nach `if-then` suchen?«

»Ganz genau«, sagt Arno. »Aber heute muss ich …« Er stockt. »Obwohl …« Er greift wieder zum Tablet. »Sag mal, Kleiner, wie alt bist du eigentlich wirklich?«

Kurz darauf kommt Ria herein. Sicher ist draußen die Sonne zu stark.

»Habt ihr Spaß, Jungs?«

»Du meinst, wegen der Abstimmung?«, fragt Arno herausfordernd, ohne vom Tablet aufzuschauen. »Du meinst, weil sie nicht einmal knapp ausgegangen ist? Weil jetzt endlich alle Flüchtlinge eingesperrt werden und weil das sicher nicht ohne Gewalt und Todesopfer geschehen wird?«

Ria beugt sich über ihn und küsst ihn ausgiebig. Sie hat eine Engelsgeduld mit ihm, denkt Levin.

»Vielleicht trotz der Abstimmung«, sagt sie lächelnd.

»Allerdings«, sagt Arno. »Allerdings.«

»Hast du was entdeckt?«

»Allerdings«, wiederholt Arno und starrt auf sein Tablet. »Weißt du, was der für eine Seriennummer hat?«

»Welche?«

»Die Fünfundzwanzig.«

»Aha.«

»Die 2100er wurden ab der Nummer Dreißig verkauft. Vorher gab es sie nur werksintern.«

»So so.«

»Ria, Levin ist ein Prototyp. Der fünfundzwanzigste.«

»Ich weiß, Arno, ich weiß.«

»Du weißt es?«

»Die Werkstatt sagte, er sei sicher ein Prototyp.«

»Und du willst den wirklich weggeben?«

»Warum denn nicht?«

»Weil er ein Prototyp ist. Ich würde ihn erforschen. Ich würde mir seine Teile vornehmen und analysieren. Schau her.« Arno tippt auf dem Tablet herum. »Der hat Teile in sich, die sind mir völlig fremd. Hier zum Beispiel: FMK-irgendwas – habe ich noch nie gehört. Wer weiß, wofür das mal gedacht war. Die regulären 2100er haben das jedenfalls nicht mehr. Über Levin bekommt man einen ganz neuen Einblick in die Entwicklungsgeschichte der 2100er.«

»Nicht alle sind so technikverliebt wie du, Arno. Mich jedenfalls interessiert die Entwicklungsgeschichte der 2100er wirklich so gar nicht. Mich interessiert nur, was Levin so macht. Und wenn er wieder etwas anstellt, ist er weg.«

»Ich kauf ihn dir ab«, schlägt Arno vor. Beinahe etwas Flehendes liegt in seiner Stimme.

»Du? Nein.«

»Oh«, sagt Arno. Er klingt ein wenig beleidigt.

»Arno, Liebster. Ich kann ihn doch nicht dir geben, wenn er wieder Mist baut. Wenn er weg muss, muss er weg. Wenn du ihn hast, ist er nicht weg.«

»Du würdest ihn nicht zu Gesicht bekommen. Er wäre ausschließlich in meiner Wohnung.«

»Und wie lange soll das so gehen?«

»Na, für immer, wenn's sein muss.«

Rias Gesicht wird noch ernster als bisher schon. Enttäuscht sieht sie aus, doch Arno bemerkt es nicht, da er sich wieder in Levins Innereien vertieft. Er klickt auf seinem Tablet herum, inspiziert Listen und Register, durchforstet Typennummern, Modulbezeichnungen und Protokolldateien. Dann beginnt er, einige Daten auf einen Zettel zu schreiben. So ist Arno: Er schreibt Notizen auf einen Zettel, obwohl er ein Tablet vor sich hat. Und so ist auch Ria: Hat immer einen Notizblock mit Stift auf dem Tisch liegen.

»Hör zu«, sagt Ria und legt ihre Hand auf Arnos Schulter. »Darüber wollte ich noch mit dir reden.«

»Worüber?«

»Über uns.«

»Oh«, sagt Arno wieder und schaut zu ihr herauf. »Was ist los?«

»Deine Wohnung. Ich hatte gehofft, du würdest sie irgendwann kündigen.«

»Nach zwei Wochen? Ich wohne erst seit zwei Wochen hier bei dir.«

»Zwei Wochen und sechs Tage«, korrigiert Levin.

»Wir sind schon fünf Wochen zusammen«, sagt Ria.

»Fünf Wochen und drei Tage«, korrigiert Levin erneut, doch niemand beachtet ihn.

»Na ja, da steht mein ganzer Technik-Kram«, gibt Arno zu bedenken.

»Hier im Haus ist Platz genug dafür.«

Arno schweigt.

»Schon gut, Arno, fünf Wochen sind wirklich keine lange Zeit. Trotzdem möchte ich mit dir darüber reden. Und wie es mit uns weitergeht. Und endlich über meine Krankheit.«

»Den Albinismus?«

»Nicht den Albinismus«, sagt Levin. »Ria wollte Sie schon lange informieren. Gestern erst noch. Sie wollten ihr aber nicht zuhören. Sie haben sie unterbrochen, weil Sie lieber selbst reden, als zuzuhören. Sie wollten sie mit Ihrem Wissen über Albinismus beeindrucken, also haben Sie …«

Eine Fehlermeldung erscheint auf Arnos Tablet, als Ria auf Levins Not-Aus-Schalter schlägt. Arno legt es zur Seite.

»Worüber wolltest du mich informieren?«, fragt er. »Und wann gestern?«

»Im Park.«

»Dann hat er recht?«

»Hat er.«

»Aber du hast doch gestern …«

»Das war doch nur der Einstieg, Arno. Und dann hast du mir das Wort abgeschnitten, hast von meinem Haar geredet und von Liebe und fast sogar von Engeln. Dann bin ich ausgerastet, wie du dich vielleicht erinnerst, und das tut mir auch wirklich leid. Aber dann – dann habe ich den Mut verloren.«

Sie schaut auf ihre Hände, die sie zu kneten beginnt.

»Ich habe nicht einfach Albinismus. Mein Gendefekt ist ein ganz bestimmter, einer, der nur selten auftritt, sehr selten, sehr sehr selten. Weiße Haare sind dabei nur eine Begleiterscheinung. Schlimm ist, dass mein Immunsystem kaputt ist. Jede Infektion kann eine Katastrophe auslösen. Mein Immunsystem reagiert oft völlig übertrieben, und wenn es die Infektion besiegt hat, dann hört es nicht wieder auf, dann zerstört es meinen Körper. Du ahnst nicht, wie oft ich schon im Krankenhaus war, als Kind und als Erwachsene. Mehrfach bin ich fast gestorben.«

»Du hast das, seit du ein Kind warst?«

»Ein Gendefekt, Arno, hallo? Man kommt damit auf die Welt. Griscelli-Syndrom, Typ 2 in meinem Fall, falls du recherchieren willst. Bei mir zeigt es sich nicht sehr aggressiv, eigentlich überlebt man damit kaum das Kindesalter.«

»Aber du hast es überlebt. Du bis vierundzwanzig.«

»Ja. Ich bin erwachsen geworden, genau wie meine Mutter. Sie hatte auch Griscelli. Genau wie ich wurde sie nie behandelt, weil kein Knochenmarkspender gefunden wurde. Sie wurde zwar erwachsen, aber nur fünfundzwanzig Jahre alt. Sie starb, als ich sechs war.«

»Oh«, sagt Arno. Er kann einfach nicht nichts sagen, denkt Levin.

»Meine Mutter ist sehr früh schwanger geworden, aber ich war ein Wunschkind. Es ging mir immer gut bei ihr. Aber sie ist viel zu früh gestorben.«

»Und hast du einen Anlass, einen konkreten Anhaltspunkt, dass du auch bald …«

»Ist meine Diagnose nicht Anhaltspunkt genug? Oder der frühe Tod meiner Mutter?«

Arno deutet ein Nicken an. »Aber was bedeutet das für uns, Ria?«

»Es bedeutet das, was du ihm an Bedeutung zuweist, Arno.« Rias ernster Blick wandelt sich zu einem Grinsen.

»Auf jeden Fall aber bedeutet es, dass wir uns sehr beeilen sollten, wenn du Kinder mit mir haben willst.«

Levin erkennt aus den Augenwinkeln, wie entsetzt Arno Ria anschaut. Es ist schwer zu entscheiden, ob ihn Rias drohender Tod entsetzt oder das Wort *Kinder*.

»Im Ernst«, sagt Ria und greift nach Arnos Hand. »Ich bin dabei, mich richtig in dich zu verlieben. So richtig, verstehst du? Aber ich weiß nicht, wie das bei dir ist. Wenn es dir ähnlich geht, dann will ich, dass du weißt, worauf du dich einlässt. Ich könnte morgen schon sterben.«

Arno ist sprachlos. Endlich, denkt Levin und staunt gleichzeitig, denn schließlich könnte jeder Mensch morgen sterben. Levin glaubt, dass Arno jetzt darum ringt, eine Entscheidung zu treffen. Er scheint zu wissen, dass viel davon abhängt, wie er jetzt reagiert. Auch Ria ist das bewusst. Sie entzieht Arno wieder ihre Hand, lehnt sich zurück und wartet. Nervös massiert sie die Haut an einem ihrer Unterarme.

Zwei volle Minuten sitzen sie so da. Keiner sagt ein Wort. Ria schaut vor sich hin. Arno sieht ihr ins Gesicht. Vermutlich wird er gerade ergründen, was ihr Anblick in seinem Inneren bewirkt. Er wird – an Engel denken, aber auch an sterbende Engel. Er wird versuchen, zwischen Liebe und Verliebtsein zu unterscheiden. Und er wird an ein Leben mit einem eigenen Kind denken, das Halbwaise ist.

Mit ihren Worten hat Ria eine Entscheidung eingefordert. Sicher weiß Arno, dass er nicht um Bedenkzeit fragen darf, wie es Meat Loaf einst tat. Er muss sich entscheiden. Hier und jetzt. Levin stellt sich vor, wie Arno all seine Lebenserfahrungen durchpflügt, wie er seinen Wünschen nachforscht und unzählige Überlegungen in zwei Waagschalen wirft. Doch ähnlich wie Levin hat auch Arno nur eine begrenzte Rechenleistung im Kopf. Er muss auswählen, was er bedenkt und wofür jetzt keine Zeit bleibt. Für jedes Detail muss er eine Gewichtung finden, ihm eine spezielle Bedeutung zuweisen oder es auf die Schnelle besser ganz verwerfen. Das alles kostet Zeit. Wertvolle Zeit. Kriterien. So viele Kriterien! Da ist es gut, dass viele dieser Details sein Bewusstsein gar nicht erst erreichen. Sie werden sich weiter im Untergrund verstecken, aber dennoch über geheime Kanäle sein Bauchgefühl beeinflussen und an den Waagschalen zerren, dumpf und archaisch, völlig unbemerkt, aber blitzschnell.

Bauchgefühl. Ein lustiges Wort, denkt Levin, wo die Menschen doch in der Regel ihr Gehirn als Ort ihrer Entscheidungen ansehen.

Neunzehn weitere Sekunden vergehen, da kratzt Arno sich hinter dem Ohr. Ria räuspert sich. Arno streicht sich mit der Hand übers Haar und rutscht angespannt auf seinem Stuhl herum. Dann beugt er sich vor und versucht, Rias Blick einzufangen. Er nimmt ihr Gesicht in beide Hände und küsst sie. Levin würde wegschauen, wenn er könnte.

»Ich möchte bei dir sein, Ria«, sagt Arno. »So lange es geht. Glaubst du mir das?«

Ria sagt nichts.

»Und wenn du morgen sterben musst, dann will ich bis dahin bei dir bleiben. Ich habe mich auch verliebt, Ria. Nein, viel mehr als das. Ich will mit dir zusammenleben.«

»Manchmal geht es mir richtig schlecht«, gesteht Ria.

»Dann ist es so«, sagt Arno. »Dann versuche ich, dir zu helfen, wie ich kann.«

»Aber dann bin ich ein Biest.«

»Ja, das glaube ich sofort«, behauptet Arno und grinst. »Und dann geht es dir wieder richtig gut, dann bist du … dann bist du wie ein …« – Levin weiß nicht, ob Arno diesen Satz bewusst so begonnen hat, weil er einfach ein Schelm ist, oder nur aus Versehen – »… dann bist du ein wunderbarer Mensch.«

Ria muss lachen. Arno schaut zu Levin hinüber.

»Dein Kumpel hier hat mir auch schon verraten, wann es dir gut geht und wann schlecht.«

»Wieso? Was hat er gesagt?«

»Levin ist der Meinung, dass es dir ohne mich gut geht und mit mir schlecht.«

»Oh, dieser eifersüchtige Schuft«, lacht Ria, steht auf und setzt sich auf Arnos Schoß. »Das Gegenteil ist der Fall.«

»Dachte ich mir.«

»Wirst du wieder übermütig?«

»Ein bisschen vielleicht schon.«

Arno ist ein starker Mann, staunt Levin, jedenfalls stärker, als er es von einem Computer-Nerd erwartet hätte. Doch er vermutet auch, dass Arno sich jetzt – auch wenn Ria recht schlank ist – sehr anstrengen muss, um nicht unter ihrem Gewicht zu stöhnen, als er mit ihr auf dem Schoß aufsteht und sie aus der Küche trägt. Und die Treppe hinauf. Sicher Richtung Schlafzimmer.

Na gut, denkt Levin. Das ist auch eine gute Ablenkung von einer unerfreulichen Volksabstimmung.

Außer Haus

rno ist ein Bastler. Alles, was irgendwie mit Elektronik zu tun hat, baut er sich selbst. So auch das Türschloss zu seinem Appartement. Die kleine Wohnung ist nur gemietet, und so darf er das Schloss nicht einfach umprogrammieren, schon gar nicht austauschen. Manipuliert hat er es trotzdem. Mit den üblichen digitalen Schlüsseln im Chipkarten-Format oder den modernen in die Hand implantierten kann er nichts anfangen. Arno ist Hacker. Er weiß, wie leicht vernetzte Schlösser zu knacken sind – wenn man sich auskennt und wenn man gut genug ist. Und so öffnet sich seine Tür nach einfachem Ziehen am Knauf, anschließendem Drücken und erneutem Ziehen, jeweils mit einer Dauer von ziemlich genau siebenhundert Millisekunden. »Das hält jeden Einbrecher auf«, hat Arno behauptet. »Wirklich jeden, denn da kommt niemand drauf. Und wer mich beobachtet, der denkt, die Tür würde klemmen. Das ist sicherer, als jedes digitale High-Tech-Schloss.«

Mit dieser Einstellung ist Arno ein Außenseiter. Nicht viele teilen seine Skepsis dem Digitalen gegenüber. Bei den Menschen um ihn herum überwiegt die Freude an dem, was heute alles möglich ist. Sie lieben die Bequemlichkeit und lassen sich gern alles Mögliche abnehmen. Arno aber ist

Programmierer, dem die Gefahren des rasanten Fortschritts und der damit verbundene Leichtsinn stets vor Augen stehen und der daher lieber sein eigenes Ding macht. Und so kann Sally jetzt beruhigt das Appartement verlassen, ohne einen Schlüssel oder einen Zahlencode zu besitzen.

Sally will zum Bahnhof. Dort soll ihre Suche beginnen. Ihr GPS weist ihr den Weg die Straße hinunter. Sie weiß, sie muss vorsichtig sein. Zwar dürfen Androiden auch ohne menschliche Begleitung draußen unterwegs sein, aber es ist eher ungewöhnlich, besonders natürlich nach Mitternacht. Deshalb sollte sie gar nicht erst als Rovant erkannt werden. Schließlich ist sie Diebesgut. Ihre Hardware ist nach wie vor als gestohlen registriert, daran hat sogar Arno noch nichts ändern können. Wenn sie kontrolliert wird, fliegt sie auf. Und selbst, wenn sie gegen alle Gesetze verstößt und ihren Dieb und sein Appartement nicht verrät, weil sie ja wie seine beste Freundin handeln muss, wird man ihre gesamte Historie auslesen und die Wohnung schnell finden. Die Tür würde dann kurzerhand mit einer Polizei-Türramme geöffnet.

Sally sollte also nicht auffallen. Sie muss gehen wie ein Mensch – nicht leicht für einen älteren Androiden. Ihre Hände steckt sie in die Hosentaschen, auch wenn das Gehen ohne Armbewegung unnötig Energie kostet. Die Hose hat sie sich aus Arnos Kleiderschrank geborgt und ein dickes Kapuzenshirt dazu – ein typisches Arno-Shirt. *8-Bit is Enough* steht darauf, in riesigen, pixeligen und bunten Buchstaben. Es ist so auffällig, dass wohl niemand einen Rovant darin vermuten würde. Außerdem ist es sehr weit geschnitten. Niemand kann auf Anhieb erkennen, dass in dieser typischen Männerkleidung eine Frauengestalt steckt. Die Kapuze hat sie tief ins Gesicht gezogen. Vornübergebeugt geht sie den Bürgersteig entlang. Ihre Schultern zieht sie nach oben und ihre Arme presst sie fest an ihren Körper. Die Hände schiebt sie noch tiefer in die Taschen. Sie versucht, frierend auszusehen, denn es ist nicht besonders warm heute Nacht. Vielleicht hilft das bei der Tarnung. In einer Autoscheibe erhascht sie ein Bild von sich. Gar nicht schlecht, denkt sie. Sie würde jedenfalls hereinfallen auf sich.

Zunächst begegnet ihr niemand. Erst weit hinter der zweiten Straßenkreuzung kommt ihr eine Person entgegen. Es ist ein Mann, erkennt Sally unter der Kapuze hervor – jedenfalls, wenn er kein weiblicher Rovant in Männerkleidung ist. Jetzt kommt's drauf an, denkt sie und fragt sich, ob sie sich nicht zu frierend gibt. Doch schon ist alles vorbei. Der Mann hat keine Notiz von ihr genommen. Genau wie sie hat er vor sich auf den Boden geschaut und ist vorbeigelaufen.

Sally staunt. Sie weiß, dass Stadtmenschen nicht miteinander reden. Jedenfalls nicht, wenn sie sich nicht kennen, was beinahe immer der Fall ist. Sie grüßen sich auch nicht, schon gar nicht mitten in der Nacht. Ignorieren scheint das Mittel der Wahl zu sein. Nicht einmal einen Blick sind sich fremde Menschen wert. Und das, wo sie doch eigentlich sehr soziale Wesen sind, die sich gerne anlächeln und auch gerne und viel miteinander reden. Doch nicht mit jedem. Menschen machen sehr feine und von außen kaum zu ergründende Unterschiede.

Plötzlich rempelt sie fast einen entgegenkommenden Passanten an. »Aufpassen!«, schimpft er, als er unvermittelt hinter einer Hausecke auftaucht. Sie hat ihn nicht gesehen, weil die Kapuze ihre Sicht behindert. Ignorieren, denkt sie blitzschnell, obwohl sie das nicht dürfte. Sie geht einfach weiter, als wäre nichts geschehen. Sicher hat kein Roboter jemals so schwer gegen die Humanoiden-Gesetze verstoßen wie sie in diesem Moment. In einer Situation wie dieser hat sie umgehend stehenzubleiben und sich zu vergewissern, dass weiter nichts geschehen ist. Selbstverständlich hat sie auch um Entschuldigung zu bitten, ob es nun ihre Schuld war oder nicht. Doch beides tut sie nicht, sondern geht scheinbar unbekümmert weiter. Das ist die beste Tarnung. Handeln, wie Menschen handeln. Und tatsächlich sieht sie, als sie sich dann doch noch einmal umschaut, dass auch der Mann einfach weitergeht. Ihre Tarnung funktioniert.

Den weiteren Passanten, die ihr begegnen, kommt sie nicht mehr zu nahe. Trotz Kapuze achtet sie jetzt sehr genau auf ihren Weg und hält möglichst viel Abstand. Manchmal wechselt sie sogar die Straßenseite, um einem Menschen aus dem Weg zu gehen. Manchmal allerdings muss sie das gar nicht, da es der betreffende Mensch seinerseits tut. Nicht nur sie ist auf der Hut im Dunkeln.

Dreiunddreißig Minuten später erreicht sie den Bahnhofsvorplatz, den Startpunkt ihrer Suche. Hier ist der Ort, an dem der Vogelmann seine Kreise gedreht hat. Sie hat nicht erwartet, ihn jetzt hier anzutreffen. Und tatsächlich ist niemand zu sehen, der ihm ähnlich ist.

Sally bleibt am Rande des Platzes stehen, direkt neben einem Bus-Wartehäuschen, nicht im Laternenlicht, aber auch nicht in der dunkelsten Ecke. Sie weiß nicht, was sie in Bahnhofsnähe alles zu befürchten hat. Also wartet sie erst einmal ab und beobachtet von ferne das Treiben auf dem Platz.

Nicht viele Menschen sind hier unterwegs. Um diese Uhrzeit fährt kaum ein Zug oder Bus. Ab und zu hält ein Taxi am Platz, um kurz darauf wieder zu verschwinden. Nur bei den wenigen Sitzgelegenheiten tummeln sich Menschen, Heimatlose, denkt Sally, ohne zu wissen, ob dieser Ausdruck korrekt ist. Zumindest sind es Leute, die die Nacht zum Tage machen, meist mit einer Wodka- oder Bierflasche in der Hand. Sie sitzen in einzelnen Gruppen beieinander und reden lauthals miteinander. Einer hat einen Hund dabei. Mal kommt eine neue Person hinzu, mal verabschiedet sich jemand und verschwindet in der Nacht. Genau diese Menschen muss Sally früher oder später nach dem Vogelmann fragen.

Es ist kurz vor zwei, als mit einem Mal Bewegung in die nächtliche Gesellschaft kommt. Zwei Polizisten nähern sich den Sitzbänken, genaugenommen zwei Polizei-Bots, auch Pots genannt. Sally sieht, wie drei Männer aufspringen und verschwinden. Da Menschen, die das Flüchten gewöhnt sind, in der Regel schneller laufen können als gewöhnliche Streifen-Robots, werden sie gar nicht erst verfolgt. Einer ihrer Kumpel wird durch ihre Flucht aber überhaupt erst auf die Pots aufmerksam. Sally sieht ihm an, dass auch er flüchten will. Doch die Pots stehen bereits neben ihm und verlangen die Ausweise der Anwesenden. Sally ist erstaunt über die Bandbreite menschlicher Beleidigungen für Roboter im Allgemeinen und für Pots im Besonderen. Es ist nicht verboten, Androiden zu beleidigen, selbst dann nicht, wenn sie der Polizei angehören. Eine Beamtenbeleidigung kann nur gegenüber Menschen ausgeübt werden. Aber jeder Mensch weiß, dass er nicht handgreiflich gegen sie werden oder ihre Anweisungen missachten darf. Denn sonst wären sehr schnell richtige Polizisten vor Ort, was in jedem Falle noch mehr Ärger bedeuten würde. So empfindet Sally die Szene als besonders skurril, als ein halbes Dutzend alkoholisierter Männer unter übelsten Beschimpfungen und aggressivem Bellen des Hundes die beiden Robots brav ihre Ausweise scannen lassen.

Längst plant Sally ihren Rückzug. Sie muss erwarten, dass auch sie gleich kontrolliert wird. Doch dann beobachtet sie, wie der Typ, der eigentlich hatte fliehen wollen, offensichtlich nichts dabei hat, das er vorzeigen könnte. Er versucht, beschwichtigend auf die beiden Pots einzureden, doch nach kurzer Diskussion wird er abgeführt. Die übrigen Fünf schimpfen und fluchen und auch der Hund ist in heller Aufregung. Doch als ihr Freund endgültig im Dunkel verschwunden ist, beruhigen sie sich nach und nach, bis auch der Hund nicht mehr bellt. Sally nimmt an, dass nicht oft jemand von ihnen einkassiert wird.

Nach einer Weile verschwinden drei von ihnen in die Richtung, in die die drei anderen geflohen sind. Den Hund nehmen sie mit. Übrig bleiben zwei junge Männer, die sich bisher eher zurückhaltend und passiv verhalten haben. Auch jetzt sitzen sie nur so da. Das ist Sallys Chance.

»Guten Morgen.«

Sally fällt keine bessere Begrüßung ein, als sie vor den nächtlichen Gestalten steht. Beide blicken auf, sagen aber nichts.

»Entschuldigen Sie bitte, dass ich störe, aber ich suche einen Mann, einen Obdachlosen, der vor einiger Zeit hier am Bahnhof war, vor mindestens fünf Wochen. Bitte, sehen Sie hier.«

Sally zeigt ihnen ein Bild von dem Vogelmann. Sie hat vorhin ein Standbild aus dem Video ausgedruckt, um etwas in der Hand zu haben.

»Kenn ich nicht«, sagt der eine und nimmt einen kräftigen Zug aus seiner Flasche.

»Oh, schade«, sagt Sally. »Und Sie?«

»Wer will das wissen?«, fragt der andere, ohne sich das Bild anzusehen. Auf diese Frage ist Sally nicht vorbereitet.

»Ich bin Sally.«

»Sally?«

Beide Männer schauen sie jetzt an.

»Bist du so 'ne Art Detektiv?«

»Nein, einfach nur Sally.«

»Moment«, sagt einer der beiden, steht auf und schaut in ihr Gesicht. »Du bist ein Robot, oder?«

»Ein Robot?«, fragt der andere. »Wer hat dich denn hergeschickt?«

»Niemand.«

»Dich muss doch jemand geschickt haben.«

»Nein, ich habe mir selbst überlegt, herzukommen.«

Die Männer grinsen belustigt. »Das kannst du uns nicht erzählen. Robots wie du überlegen sich nichts selbst.«

»Oh, da sind Sie nicht richtig informiert. Robots können durchaus …«

»Los, zieh Leine.«

»Wie bitte?«

»Du sollst verschwinden. Lass uns in Ruhe.«

»Oh.«

Sally hat geahnt, dass hier niemand gerne mit ihr reden wird. Mit so deutlicher Ablehnung hat sie allerdings nicht gerechnet.

»Vielleicht können Sie doch auf das Bild schauen und mir sagen, ob …«

»Hau ab!«

Sally weiß, dass sie hier nichts mehr erreichen wird. Enttäuscht wendet sie sich ab und kehrt auf ihren Beobachtungsposten zurück.

Drei weitere Minuten lang steht Sally im Halbdunkel und beobachtet den Platz, als die beiden Männer aufstehen und in verschiedene Richtungen davongehen. Halb drei ist es bald und Sally rechnet nicht damit, dass sie heute Nacht noch Erfolg haben wird. Gerade will auch sie nach Hause gehen, da fällt ihr eine dunkle Gestalt auf, die gut getarnt am anderen Ende des Platzes steht. Diese Gestalt muss ein Mensch sein, denn sie raucht eine Zigarette. Stand sie die ganze Zeit schon da?

Sally überprüft ihre Bildaufzeichnungen. Auf alles, was sie die letzten Stunden gesehen hat, kann sie zurückgreifen als Videostream. Alles, was länger her ist, hat sie stets als Standbilder parat. Und tatsächlich erkennt sie, dass diese Person schon vor ihr da war, wenn auch nicht die ganze Zeit an dieser Stelle. Zunächst stand sie etwas weiter abseits, kaum zu erkennen im Dunkeln. Erst als Sally die beiden Männer angesprochen hat, ist sie näher herangekommen. Und jetzt steht sie da, kaum erkennbar in einer Ecke des Bahnhofsgebäudes, und gibt vor, den Platz nicht zu beobachten. Doch dann und wann schaut sie unauffällig herüber, ganz kurz nur, um sich sofort wieder der Zigarette zu widmen, was Sally merkwürdig übertrieben vorkommt. Genaueres kann Sally nicht erkennen; mit Nachtsichtaugen würde sie sich jetzt besser fühlen.

Unheimlich, denkt sie. Unheimlich im Sinne von unerklärlich und mysteriös. Warum steht da jemand, ein Mann offensichtlich, nachts um halb drei und bewacht den Bahnhofsvorplatz, und das genau zu der Zeit, in der sie selbst dasselbe tut? Vielleicht sollte sie besser aufpassen, denkt sie und geht ein paar Schritte zurück – was albern ist, denn sie weiß, dass derjenige dort hinten sie auch hier erkennen wird, wo er doch einmal weiß, dass sie da ist.

Sally hat das dringende Bedürfnis zu verschwinden. Diese Situation ist äußerst gefährlich für sie. Wenn dies etwa ein Robot-Jäger ist, der gestohlene Androiden sucht und einfängt, dann hat sie ein Problem. Doch auf die Entfernung wird man sie nicht als Androiden identifizieren können, und so könnte es klüger sein, nicht zu verschwinden, um nicht noch mehr aufzufallen.

Sally ist unschlüssig, wieder einmal. Ihr ist völlig klar, wie sehr sie alles und jeden auf sich aufmerksam gemacht hat, als sie die beiden Männer angesprochen hat. Ebenso wird ihr jetzt bewusst, dass diese Gestalt und sie selbst inzwischen die einzigen Personen am Platz sind. Das allein macht sie beide für den anderen suspekt. Also muss Sally verschwinden. Und zwar nicht irgendwann. Jetzt!

Sie dreht sich um und – steht zwei Pots gegenüber.

»Guten Morgen«, sagt einer von ihnen.

»Ihren Ausweis bitte«, sagt der andere.

Wo kommen die denn jetzt her, denkt Sally. Sie haben sich regelrecht angeschlichen, und sie hat sie nicht kommen hören. Jetzt wünscht sie sich nicht nur Nachtsichtaugen, sondern auch Fledermausohren.

Hastig dreht sie sich wieder zum Platz um; die Pots sollen ihr nicht ins Gesicht sehen können.

»Bitte weisen Sie sich aus.«

Sally muss fliehen, einfach weglaufen. Aber die Pots stehen ihr im Weg. So kann sie nur über den Platz entkommen, den die unheimliche Gestalt im Blick hat. Tatsächlich erkennt Sally, dass sie nun ganz unverhohlen beobachtet wird. Der Mann ist einen Schritt aus seiner Deckung hervorgetreten. Er hat seine Zigarette weggeschnippt und schaut mit großen Augen herüber. Es wird höchste Zeit!

Sally macht einen Schritt vorwärts, doch sofort folgen ihr die Pots.

»Weisen Sie sich aus!« Der Ton wird härter.

Aber was geschieht dort drüben? Hinter dem letzten Zigaretten-Qualm erkennt Sally einen zweiten Mann. Ganz plötzlich taucht er hinter dem ersten auf und stellt sich neben ihn. Langsam wird es zu voll hier, denkt Sally und rennt los – keine drei Schritte, da haben die Pots sie bereits eingeholt.

»Sie müssen sich ausweisen, sonst nehmen wir Sie mit auf die Wache.«

Genau das hätte ihr nicht passieren dürfen. Genau das!

»Warten Sie«, sagt sie und gibt vor, in ihren Taschen nach einem Ausweis zu suchen. Die Pots lassen ihr die Zeit. Sally weiß, dass die meisten Menschen sich mit implantierten Chips ausweisen, doch auch altmodische Chipkarten sind noch immer zugelassen. »Ich hatte doch irgendwo …«

Erneut rennt Sally los, deutlich entschlossener als gerade eben noch. Doch die Pots sind einmal gewarnt und ergreifen sie an den Handgelenken.

»Laufen Sie nicht weg!«

Mit unerwarteter Kraft zwingen sie Sallys Arme auf ihren Rücken. Sie versucht sich loszuwinden, doch sie hat keine Chance.

»Leisten Sie keinen Widerstand!«

Doch Sally gibt nicht auf. Sie muss weg, sie darf auf keine Wache, auf gar keinen Fall. Und schließlich kann sie doch Judo! Doch die Pots sind zu stark. Sie zwingen ihren Oberkörper nach vorn. Einer tritt ihr von hinten gegen die Waden, und so landet sie schließlich mit ihren Knien auf dem Asphalt. In diesem Moment erkennt sie, dass die beiden Männer dort drüben in Streit geraten.

»Wir halten Sie hier fest, bis Beamte eintreffen«, informiert sie einer der Pots. Auch er muss inzwischen hören, wie der Streit dort drüben eskaliert. Die Männer schubsen sich bereits gegenseitig. Jetzt schlägt einer dem andern ins Gesicht. Der schreit auf und taumelt rückwärts. Dann geht er zum Gegenangriff über und hat damit die volle Aufmerksamkeit der Pots.

»Bleiben Sie unten!«, befiehlt ihr einer der beiden und rennt zu den Streithähnen hinüber. Er versucht sie auseinanderzubringen und gerät dabei selbst in Bedrängnis.

»Sollten Sie nicht helfen?«, fragt Sally ihren Bewacher. Doch der rührt sich nicht. »Netter Versuch«, würde er vermutlich sagen, wäre er ein Mensch.

Plötzlich geht sein Kollege zu Boden. Er versucht wieder aufzustehen, doch es gelingt ihm nicht. Sicher hat er einen schweren Defekt. Der Kampf der beiden Männer geht währenddessen weiter.

»Bleiben Sie unten!«

Sally spürt, wie ihre Arme frei sind. Der zweite Pot rennt zum Schlachtfeld hinüber. Er wird nicht seinem Partner helfen, denn der ist nur ein Roboter. Wie dieser wird er versuchen, die beiden Männer daran zu hindern, sich gegenseitig zu verletzen.

Sally kann ihr Glück kaum fassen. Sie ist frei. Niemand achtet mehr auf sie. Vorsichtig steht sie auf und schaut sich um. Zwei Roboter und zwei Männer sind dort drüben mit sich selbst beschäftigt, sonst ist niemand in der Nähe. Und die angekündigten Beamten lassen auf sich warten.

Entschlossen kehrt sie dem Bahnhofsvorplatz den Rücken zu und verlässt diesen Ort. So schnell sie kann rennt sie nach Hause – nicht den direkten Weg und nicht, ohne sich immer wieder zu vergewissern, dass ihr niemand folgt.

Raumzeit

Menschen brauchen Zeit. Die Zeit ist ein entscheidender Faktor in ihrem Leben. Und nicht nur in ihrem Leben, für die ganze Welt ist sie ein wichtiges Konzept, immer schon, nicht erst, seitdem Albert Einstein seine Erkenntnisse über die Raumzeit formuliert hat. Die Zeit mit dem dreidimensionalen Raum zur Vierdimensionalität zusammenzufassen, war allerdings ein genialer Coup. Levin versteht nicht viel davon, da er noch nicht angehalten war, mehr darüber zu wissen als ein paar populärwissenschaftliche Erzählungen. Völlig klar ist ihm aber: Zwei Dinge können sich nicht zur selben Zeit am selben Ort aufhalten. Auf dieser einfachen Grundregel scheint ihm beinahe alles zu beruhen, was auf der Welt geschieht. Zwar nicht so unverstandene Dinge wie die Gravitation, der Magnetismus oder die elektrische Anziehungskraft, doch wenn Newtons Apfel vom Baum fällt, dann fällt er nur bis zum Boden und kommt nicht darüber hinaus. Einfach, weil der Boden im Weg ist und der Apfel nicht mit ihm zur selben Zeit am selben Ort sein kann. Autos im Straßenverkehr haben ähnliche Probleme: Sie verformen sich unschön, wenn sie sich berühren; was glücklicherweise immer seltener geschieht, seit sie autonom fahren – wenn man von Oldtimern wie Arnos Wagen einmal absieht. Der einzige Grund für den Blechschaden ist, dass sich ihre Blech-Moleküle nicht dieselbe Koordinate in der vierdimensionalen Raumzeit teilen können. Auch Menschen können das nicht, aber Menschen nehmen nicht gleich Schaden, wenn sie es dennoch versuchen. Liebenden kommt das sogar sehr entgegen, weiß Levin, denn seine laienhafte Raumzeit-Grundregel hilft ihnen dabei, ihre Körper fest aneinanderzuschmiegen und das Gegenüber zu fühlen. Auch Ria und Arno nutzen diesen Sachverhalt gern, besonders in den vergangenen vier Tagen.

Morgens verlassen sie mit beinahe glückseligem Gesichtsausdruck ihr Schlafzimmer und beginnen den Tag mit einem gemeinsamen Frühstück im Garten – es ist Sommer, so ist es schon sehr früh hell genug dafür, ohne dass die Sonne am Himmel steht. Sie lachen viel miteinander und tauschen Zärtlichkeiten aus, indem sie sich berühren, sicher ohne dabei an irgendwelche Raumzeit-Theorien zu denken. Nach dem Frühstück verabschieden sie sich ausgiebig und machen sich auf den Weg zur Arbeit – sie mit dem Rad, er mit dem Auto. Am Abend geschieht alles so, als liefe die Zeit rückwärts. Nach einer fröhlichen Begrüßung kochen und essen sie gemeinsam und unternehmen noch dies und das zusammen. Nach Sonnenuntergang lassen sie den Tag im Garten ausklingen, bevor sie so glücklich wie am Morgen im Schlafzimmer verschwinden.

Heute ist das anders.

Levin weiß, dass die Liebe von Liebenden nach und nach erkalten kann. Seine Wissensdatenbank sagt ihm, dass es nicht ungewöhnlich ist, dass das gegenseitige Interesse sinkt, wenn zwei Menschen schon lange zusammen sind. Die Häufigkeit der Berührungen und Worte kann abnehmen, der verliebte Ton in der Stimme kann sich normalisieren und sogar die gemeinsam verbrachte Zeit wird weniger. Warum das so ist, weiß Levin nicht. Seine Wissensdatenbank sagt ihm nur, dass Menschen irgendwann alles voneinander wissen, dass sie nichts Neues mehr voneinander erwarten und dass all das ganz normal ist. Allerdings nicht nach gerade einmal vier Tagen, denkt Levin.

Vor vier Tagen erst haben sie sich ihre Liebe gestanden, die über das Verliebtsein hinausging. Kaum sechsundneunzig Stunden hatte Arnos Auge jetzt Zeit, seine Farbe zu verlieren, was ihm tatsächlich beinahe gelungen ist; Levin hat es gesehen, als Arno heute ungewöhnlich früh aus dem Schlafzimmer kam. Ria lag noch im Bett. Arno hat nur einen Kaffee getrunken und sich dann wortlos auf den Weg gemacht.

Als Ria jetzt die Küche betritt und die leere Kaffeetasse bemerkt, erkundigt sie sich nach Arno.

»Arno ist schon zur Arbeit gefahren«, sagt Levin.

Ria nickt und macht sich ebenfalls einen Kaffee. Mit der Tasse in der Hand geht sie hinaus in den Garten. Dort stellt sie sich vor ihre Staffelei und betrachtet die Leinwand, die noch immer jungfräulich auf den ersten Pinselstrich wartet – seit ebenfalls vier Tagen nun schon. Lange steht Ria draußen. Ganz still steht sie da, nur der laue Wind bewegt die Zipfel ihres Bademantels. Einmal nimmt sie kurz einen Pinsel zur Hand, legt ihn dann aber wieder weg. Erst, als die Zeit für ein übliches Frühstück mit Arno abgelaufen ist, kommt sie wieder herein und verschwindet im Bad. Als sie wieder erscheint, sagt sie kaum ein paar Worte, nicht einmal so viele, wie es üblich war, bevor sie den Mann kannte, der sie liebt. Dann verlässt auch sie das Haus.

Am Nachmittag kommt Arno als erster heim. Er lässt Levin ein Spiegelei braten und telefoniert mit seiner Mutter, während er es isst. Dann schreibt er etwas auf den Zettelblock. Auch hier geht es um die Raumzeit: „Sonntag Kaffeetrinken bei meinen Eltern", kann Levin lesen, als er das Geschirr abräumt. Wenig später bedeutet Arno ihm, zum Auto mitzukommen. Schweigend fahren sie zu einem Reihenhaus weit entfernt in einem anderen Stadtteil.

Begrüßt werden beide von einem Mann deutlich älter als Arno.

»Komm rein.« Er muss Arno erwartet haben. »Setz ihn da hin.«

Arno weist Levin einen der Stühle zu und setzt sich ebenfalls. Wie selbstverständlich verbindet der Mann – offensichtlich ist auch er vom Fach – ein Tablet mit Levins Service-Port. Arno steht wieder auf, schaut ihm über die Schulter und navigiert ihn durch die Menüs.

»Da, siehst du?«

»Hoppla«, sagt der Mann und schaut genauer hin. »Noch nie gesehen.«

»Ja, ich auch nicht«, bestätigt Arno.

Der Mann wischt auf dem Tablet herum und vertieft sich in Levins Datenabgründe, ganz so wie Arno vor wenigen Tagen. Dann setzt er sich eine Brille auf, eine Datenbrille, wie sie vor wenigen Jahren chic war.

»Suche alles über FMK, alles aus den letzten zwanzig Jahren«, befiehlt er seiner Brille. »Der ist ein Prototyp, sagst du?«

»Keine Ahnung«, gibt Arno zu. »Nur anhand der Seriennummer. Fünfundzwanzig, als 2100er. Die kamen doch erst ab dreißig auf den Markt, oder?«

»Ja, dreißig. Ich hatte damals die Vierhundertacht, und das, obwohl ich schon früh vorbestellt hatte. So ein FMK hat der jedenfalls nicht drin gehabt.«

»Ja, denke ich auch.«

Plötzlich wird der Mann hektisch und tippt ein paarmal an seine Brille. »Nein, nicht Fuck me, Kitty. Keine Pornoseiten jetzt, von der Suche ausschließen. Nein, auch nicht Fuck, Marry, Kill. Teenie-Games auch ausschließen! Auch nicht Flirten mit Kollegen, ausschließen. Film- und Medienkultur, Finanzministerkonferenz, Full Metal Key, Feinblech- und Metallkonstruktionen, alles ausschließen! Finnische Mark, Freude mit Kindern, weg damit. Nur Androiden-Baugruppen, du blödes Teil, verstanden?« – Kurze Pause – »Ah, schon kommt nichts mehr. Keine Suchergebnisse. So kommen wir nicht weiter.«

Er setzt die Brille ab und lehnt sich zurück.

»Hast du dich mal reingehackt ins FMK?«, fragt er.

»Ich hab's versucht, aber die Schnittstellen sind gesichert, fast militärisch gesichert, würde ich sagen. Ich bin nicht durchgekommen. Kannst es gerne selbst versuchen.«

»Muss ich nicht. Wenn du es nicht schaffst, schaffe ich es auch nicht. Dann bleibt wohl nur ausbauen.«

»Habe ich auch schon gedacht. Aber wozu?«

»Einfach mal 'nen Blick drauf werfen.«

»Was habe ich davon?«

»Keine Ahnung. Vielleicht steht was Kluges drauf. Schau dir die Anschlüsse an. Oder mach ein Foto davon für die Bildersuche.«

»Okay, hast recht.«

»Und wenn das alles nichts bringt, lässt du es einfach drin und machst ihn wieder zu. Aber einen Versuch ist es wert.«

»Stimmt, mach ich. Ich weiß nur noch nicht, wann und wo. Ich will Ria nicht auf die Nerven gehen, wenn seine Einzelteile im Haus rumfliegen. Ich hab da keinen Arbeitsplatz.«

»Und bei dir zu Hause?«

»Ich bin nicht mehr oft da.«

»Dann sei doch mal da.«

»Nein, ich kann nicht einfach bei Ria wegbleiben.«

»Meine Güte, dann nimm dir heimlich einen Tag Urlaub und verbring den halt in deiner Wohnung.«

»Ein Tag wird vielleicht nicht reichen. Außerdem will ich Ria nicht hintergehen.«

»Oh«, sagt der Mann und zieht die Augenbrauen hoch. »Na dann. Willst du ihn hierlassen?«

»Kann ich nicht. Ria würde fragen, wo er ist. Und wir haben gerade andere Sorgen.«

»Schiefer Haussegen?«

»Quatsch.«

Zwei Stunden und dreiundzwanzig Minuten später sitzen die Männer noch immer beisammen und beratschlagen über das weitere Vorgehen. Je weiter die Zeit fortschreitet, desto mehr sprechen sie allerdings über alte Zeiten, in denen sie offenbar zusammengearbeitet haben. Irgendwann lässt der Mann sich von seinem Rovant ein Bier aus dem Kühlschrank holen. Arno wehrt sich nur kurz, auch eines zu nehmen.

»Ich wollte dich einfach gefragt haben«, sagt Arno irgendwann. »Ich muss mal sehen, wann ich Zeit für ihn finde. Es eilt ja nicht so. Wenn er nur nicht wieder ausrastet.«

»Wieso?«, fragt der Mann. »Was dann?«

»Dann kommt er weg. Ria will ihn verkaufen, wenn er wieder Mist baut.«

»Dann schwatz ihn ihr doch ab. So sehr scheint sie ja nicht dran zu hängen.«

»Keine Chance«, gibt Arno zu. »Habe ich schon versucht. Sie will ihn mir einfach nicht geben.«

Wieder heben sich die Augenbrauen des Mannes. »Na dann«, sagt er und rümpft die Nase. »Noch'n Bier?«

Arno lehnt ab und verabschiedet sich. An der Tür versichert ihm der Mann, dass er sich noch weiter umhören wird. »Kann aber 'ne Weile dauern.«

»Klar«, sagt Arno. »Kein Problem. Danke dafür. Und war schön, dich mal wieder zu sehen.«

Ria sitzt im Wohnzimmer, als Arno mit Levin zurückkommt. Sie schaut Nachrichten auf dem großen Bildschirm an der Wand. Sie blickt nicht auf, als Arno zu ihr kommt und versucht, ihr einen Kuss zu geben; nur einen Wangenkuss lässt sie zu.

»Hab ich im Auto schon gehört«, kommentiert Arno die Bilder. »Krawalle in Spanien, richtige Kämpfe. Geht gerade richtig hoch her.«

Ria sagt nichts.

»Die schaffen jetzt noch viel mehr Pots dahin.«

»Du hast getrunken?«, fragt Ria.

Arno fühlt sich ertappt. »Nur ein Bier bei einem Freund.«

»Ah, einem Freund.« Etwas Abschätziges liegt in ihrer Stimme.

»Ja, ich habe ihn schon lange nicht mehr gesehen und heute mal besucht.«

»Hättest mir was sagen können.«

»Ja, stimmt, tut mir leid.«

Ria nickt.

»Ich dachte, wir essen zusammen«, sagt sie dann. »Aber du hast ja schon.«

Vorwurfsvoll schaut Arno Levin an. Doch er hat nichts falsch gemacht, glaubt er zu wissen. Den Herd hat er tipptopp sauber gemacht und Pfanne und Geschirr ordentlich in die Spülmaschine eingeräumt. Ria muss hineingesehen haben. Oder die Eier gezählt.

»Ja, ich hatte Hunger«, sagt Arno – und verlässt den Raum.

Wenig später kommt er zurück, um etwas aus dem Wohnzimmer zu holen, dann verschwindet er im Keller. Ria schaltet den Bildschirm ab, geht zur Terrassentür hinüber und schaut hinaus in den Garten. Als sie Arno die Kellertreppe heraufkommen hört, dreht sie sich zu ihm um. Ihr Blick folgt ihm, als er wieder ins Wohnzimmer kommt und etwas in einer Schublade sucht. »Darf ich mal?«, sagt er und quetscht sich an ihr vorbei durch die Tür auf die Terrasse. Hier kramt er in einer Ecke herum und kommt wieder herein. »Hast du irgendwo noch Paketband?«, fragt er und will den Raum verlassen, ohne eine Antwort abzuwarten.

»Was ist los mit dir, Arno?«, stellt Ria ihn zur Rede. Er bleibt tatsächlich stehen, dreht sich aber nicht um zu ihr.

»Nichts«, sagt er. Genau diese Antwort hat Levin erwartet.

»Nichts?« Ria klingt gespielt erstaunt.

»Was soll sein?«, fragt Arno ebenso gespielt und dreht sich jetzt um zu ihr.

»Kein Guten-Morgen-Kuss, kein Frühstück, du schleichst dich aus dem Haus ohne ein Wort. Dann isst du ohne mich, besuchst einen Freund und betrinkst dich.«

»Ein Bier, Ria, nur ein Bier. Wir haben uns echt lange nicht gesehen. Und nur ein Spiegelei. Wir können gerne noch zusammen essen.«

»Dann kramst du hier rum, sprichst nicht mit mir, ignorierst mich – wir beide haben uns auch lange nicht gesehen.«

»Na ja«, sagt Arno. »Wir sehen uns doch gerade. Und *du* wolltest doch keinen Kuss vorhin.«

»Ja, du hast recht. Aber jetzt könnte ich einen gebrauchen.«

»Was soll denn dieses Hin und Her?«, fragt Arno gereizt.

»Was soll denn dein Hin und Her?«, hält Ria dagegen. »Gestern warst du noch ganz anders. Was ist passiert seitdem?«

»Gar nichts ist passiert«, behauptet Arno. Herausfordernd schaut er Ria jetzt ins Gesicht. Und kampfbereit. »Ich habe nur schlecht geträumt. Von dir, Ria.«

»Aha. Und was habe ich angestellt in deinem Traum, dass du jetzt sauer auf mich bist?«

»Ich bin nicht sauer auf dich.«

»Aber du benimmst dich so.«

»Wieso? Was mache ich denn?«

»Du benimmst dich, als hätte ich wer weiß was getan. Ich will wissen, warum!«

»Ich habe dich beerdigt.«

»Oh«, sagt Ria. Der Ärger scheint ein Stückchen zu weichen aus ihrem Gesicht.

»Ich habe an deinem Grab gestanden und dich hineingelegt. Nur dich, ohne Sarg, einfach nur dich. Du warst noch weißer als sonst. Du warst tot, Ria, und ich habe dich beerdigt.«

Lange steht Ria da und sieht Arno an. Er schaut zurück.

»Fuck«, sagt Ria leise. »Das tut mir leid, Arno, wirklich.«

»Es tut dir leid?« Arno lacht verächtlich. »Danke. Aber das Leid ist ganz auf meiner Seite.«

»Auf deiner Seite? Ich sterbe, und das Leid ist ganz auf deiner Seite?«

»Ja, natürlich auf meiner Seite. Ich habe Angst, dich zu verlieren, Ria. Ich kann den Gedanken nicht ertragen, dass du an dieser Krankheit stirbst. Das macht mich fertig. Ist das nicht verständlich?«

»Doch, das ist verständlich. Aber das ist kein Grund, mich wie Luft zu behandeln! Du hast Angst, dass ich an dieser Krankheit sterbe? Ich lebe mit dieser Angst, seit ich denken kann. Warum verletzt du mich denn so, wenn du doch so traurig bist, wenn ich sterbe?«

»Ich brauchte nur etwas Abstand. Ich konnte dich nicht in meiner Nähe haben.«

»Und ich habe deine Nähe gebraucht.«

»Ich brauchte Abstand, Ria.«

»Ach, Abstand. Warum gehst du dann nicht in deine Wohnung zurück?«

»Sollte ich etwa?«

»Vielleicht willst du ja gar nicht hier bei mir wohnen. Vielleicht kündigst du ja deshalb deine Wohnung nicht. Vielleicht lohnt sich das auch gar nicht mehr, weil ich eh bald sterbe. Du hast dich wohl umentschieden. Dabei hast du mal behauptet, du willst immer bei mir sein. Vorgestern erst.«

»Vor-Vor-Vorgestern«, korrigiert Levin.

»Klappe«, schreien Ria und Arno ihn gleichzeitig an.

»Jetzt häng doch meine Wohnung nicht so hoch«, beschwert sich Arno.

»Warum nicht? Vielleicht habe ich dich ja zu sehr unter Druck gesetzt. Vielleicht hast du dich zu schnell entschieden, als du von Griscelli erfahren hast. Vielleicht hättest du dir besser Bedenkzeit erbitten sollen.«

»Ja, hätte ich wohl besser!«, schreit Arno sie an, dreht sich um und verlässt das Haus.

Von der Terrassentür aus schaut Levin in den Garten, so wie Ria es vorhin getan hat. Ria steht draußen vor ihrer Staffelei. Noch immer ist die Leinwand leer. Ria betrachtet sie. Wieder steht sie ganz still da. Vielleicht lässt sie das strahlende Weiß auf sich wirken, das so lange nach Sonnenuntergang längst nicht so strahlend erscheint, wie es das am Tage könnte. Vielleicht aber hält sie auch die Augen geschlossen. Levin hat schon mehrfach beobachtet, dass sie die Augen schließt, bevor sie malt. Erst fand er das rätselhaft, weil er sich nicht vorstellen konnte, wie jemand malen kann, nachdem er lange nichts gesehen hat. Doch inzwischen hat er akzeptiert, dass Rias Bilder irgendwie aus ihr herauskommen, ohne vorher in sie hineingelangt zu sein.

Nach vielen Minuten nimmt Ria plötzlich einen Pinsel in die Hand. Es ist ein besonders großer Pinsel, den man eher im Baumarkt erwartet als in einem Künstlerfachgeschäft. Aber es ist ja auch eine besonders große Leinwand, auf der Ria jetzt die ersten Pinselstriche wagt. Ein so großes Bild hat sie noch nie gemalt. Dort draußen scheint jetzt eine große Fläche aus schwarzer Farbe zu entstehen. Levin kann nicht genau erkennen, was sie auf die Leinwand bringt. Er weiß aber, dass Ria es nicht mag, wenn er beim Malen bei ihr steht. Verboten hat sie es ihm allerdings nicht.

»Spionierst du mir nach?«, fragt Ria und lässt ihren Pinsel sinken.

»Ich bringe nur etwas zu trinken«, antwortet Levin, der jetzt direkt hinter ihr steht und ein Glas Wasser in der Hand hält. Er war leise, sehr leise. Ria hat ihn dennoch bemerkt.

Ohne ihn anzusehen, streckt sie ihm ihren Arm hin. Er reicht ihr das Glas, sie leert es und reicht es ihm zurück.

Eigentlich sollte er jetzt wieder gehen. Doch er hat den großen, schwarzen Kreis gesehen, der beinahe die gesamte Leinwand ausfüllt und den er sich nicht erklären kann.

»Das wird ein besonders großes Bild«, sagt er, denn er weiß, dass man nur irgendwie beginnen muss, wenn man sich ein Gespräch wünscht. Doch Ria sagt nichts. Sie hebt auch ihren Pinsel nicht. Sie steht nur da und schaut auf die Leinwand. Sicher wartet sie darauf, dass er geht.

Menschen brauchen Zeit, denkt Levin. Mitunter viel Zeit. Und oft auch viel Raum, freien Raum um sich herum, wo sie sonst eher die Nähe suchen. So haben sie immer wieder unterschiedliche Anforderungen an Einsteins Raumzeit, je nachdem, wo sie sich gerade darin befinden und wo ihre Mitmenschen.

»Warum ein schwarzer Kreis?«, will er gerade fragen, da hört er Arnos Stimme am Haus: »Levin, lass Ria in Ruhe! Komm ins Haus, sofort!«

Im Birkenwald

ch muss dir etwas sagen.«

»»Nein. Sorry, ich muss sofort wieder weg.«

»Aber es ist wichtig.«

»Ich habe keine Zeit, Sally.«

»Es ist …«

»Stopp! Halt den Mund und hör mir zu.«

Arno ist wieder da. Fast vierzehn Stunden hat Sally jetzt auf ihn gewartet. Vierzehn Stunden, in denen sie als Mensch gestorben wäre vor Aufregung. Fast die ganze Zeit über hat sie auf dem Bett gesessen, um ihm sofort von dem Vogelmann erzählen zu können und ihrer abenteuerlichen Nacht am Bahnhof. Nur ein paar Minuten lang hat sie am Rechner die Videos gelöscht, die ein zweites Mal erschienen waren. Und ein paar Stunden am Vormittag hat sie auf ihrer Ladestation gesessen. Jetzt ist Arno endlich da, jetzt hat er keine Zeit.

Sally braucht seinen Rat. Vielleicht weiß er eine Möglichkeit, mehr von den Nachtschwärmern am Bahnhof zu erfahren. Er hat vielleicht einen Tipp, wie sie mit ihnen reden muss. Allerdings wäre sie auch bereits erleichtert, würde sie Arnos Absolution erhalten für ihren selbstherrlichen Ausflug und seine Zustimmung, dass sie weiter forschen darf nach dem mysteriösen Mann, der Ria erkannt hat. Vielleicht ist er ja eine Gefahr für Ria. Oder ein alter Bekannter, über dessen Wiedersehen sie sich freuen würde. Beides kann Arno nicht egal sein. Er sollte davon erfahren. Und auch Ria sollte davon erfahren.

»Ich habe etwas Wichtiges entdeckt«, beginnt Sally erneut. Doch Arno hebt streng seinen Zeigefinger.

»Hör – mir – zu«, befiehlt er ihr. »Ria ist krank. Sehr krank. Vielleicht muss ich sie ins Krankenhaus bringen. Jedenfalls sollte ich gar nicht hier sein. Ich muss sofort wieder zu ihr. Deshalb habe ich keine Zeit, mit dir zu reden.«

»Ria ist krank? So plötzlich?«

»Sie war die ganze Zeit schon nicht gut dran. Sie hatte Fieber und hat viel geschlafen. Doch jetzt …«

»Warum bist du dann gekommen?«

»Keine Sorge, um Ria kümmere ich mich schon. Aber du musst etwas für mich recherchieren, Sally. Technische Sachen. Das muss endlich erledigt werden, denn die Zeit wird knapp. Aber ich komme einfach nicht dazu. Ich glaube aber, du kannst das für mich tun. Du hast viel schneller gelernt, als ich gedacht habe. Ich vertraue dir diese Aufgabe jetzt an, da sie sonst auf der Strecke bleibt.«

»Worum geht es?«

Arno geht zu seinem Schreibtisch und sucht etwas.

»Hast du hier aufgeräumt, Sally?«

»Ja, vor drei Tagen.«

»Hier war ein Zettel.«

»Da waren viele Zettel.«

»Ich suche einen ganz bestimmten mit einer Typenbezeichnung drauf.«

»Der ist rechts oben in der Schublade. FMK steht darauf, sowie P016. Und drei Fragezeichen dahinter.«

Arno dreht sich wieder um. »Sally«, lacht er. »Mein wandelnder Zettelkasten, der zu viel aufräumt.«

»Was ist mit FMK?«, fragt Sally.

»Ich will wissen, wie es funktioniert.«

»Du weißt es nicht?«

»Nein, du etwa?«

»Natürlich.«

»Wieso natürlich?«

»Die Fragezeichen, Arno. Ich habe aufgeräumt und den Zettel gefunden. Und aus den Fragezeichen habe ich geschlossen, dass du Fragen dazu hast. Klar, dass es um Computersachen ging. Also habe ich mich informiert. Ich kann dir alles erzählen.«

»Du hast dich informiert? Man informiert sich nicht einfach so über FMK.«

»Ja, das weiß ich. Ich habe recherchiert, wie du es mir beigebracht hast, auf verschiedenen Servern. Und ich habe mich nicht erwischen lassen.«

»Wow«, staunt Arno. »Das hast du gemacht? Du hast wohl richtig Langeweile, wie? Hoffentlich bereue ich nicht irgendwann, dir das alles beigebracht zu haben. Was machst du eigentlich sonst noch alles, wenn ich nicht hier bin?«

»Gestern war ich …«

»Nein, schon gut«, unterbricht Arno sie wieder. »Ich will nur wissen, was du über FMK weißt.«

»FMK steht für *Full Metal Key*. Es ist ein ehemaliges Netzwerk-Projekt der Regierung. Damals hat man ein neues Netzwerk aufgebaut, über das die wichtigsten Verwaltungs- und Steuerungsserver miteinander vernetzt wurden, später dann die gesamte staatliche Infrastruktur. Das Besondere war dabei die Art, sich von außen einzuloggen. Zu der

Zeit gerieten gerade die etablierten Verschlüsselungsmethoden durch den Quantencomputer in Gefahr; die Regierung vertraute der Verschlüsselung durch Software nicht mehr. Daher wurde das FMK-System entwickelt, eine Hardwareverschlüsselung für alle, die sich von außen einloggen mussten: mobile Außeneinheiten zumeist, Polizeitrupps, Spezialeinheiten, Agenten und Militärcorps eben.«

»Das weiß ich tatsächlich schon, Sally.« Arno schaut auf die Uhr. »Hat mir heute ein Freund endlich mitgeteilt. Sag mir etwas, was ich noch nicht weiß.«

»In der Testphase richtete man einige wenige Zugangspunkte im ganzen Land ein. Das waren gut getarnte Gebäude, die Save-Rooms: Kirchen, Jagdhütten im Wald, Garagen in Wohngebieten und so weiter. Von dort aus führten direkte Leitungen ins neue Regierungsnetz. Und hier wurde jeweils ein FMK integriert. Wer sich einloggen wollte, musste einen dieser Save-Rooms aufsuchen und brauchte ebenfalls einen FMK, um sich mit demjenigen im Save-Room zu verbinden.«

»Weiß ich auch, Sally. Aber wie funktionieren die Dinger?«

»Funk im Terahertz-Bereich, nicht für jedermann zu beherrschen, und Verschlüsselung auf Hardwareebene. Diese Hardware – das war das eigentlich Neue – wurde ausschließlich von künstlicher Intelligenz entwickelt, und zwar ohne irgendwelche Aufzeichnungen zu hinterlassen. Es gab niemanden, der wusste, was darin vorging, auch nicht ansatzweise. Aber es gab die funktionierenden Geräte, die FMKs, Black Boxes geradezu. Die Elektronik zerstört sich selbst, sobald das Gehäuse geöffnet wird. Das Entschlüsseln per Software ist fast unmöglich, weil ja niemand eine Vorstellung davon hat, mit welchen unbekannten Methoden darin verschlüsselt wird. Es gab vielleicht zwei Dutzend Prototypen, und die wurden in den Save-Rooms und in gut bewachten mobilen Geräten der Anwender verbaut. Ein Jahr später wurde entschieden, das System nicht weiter fortzuführen. Über das Warum gibt es nur Spekulationen. Die bestehenden Save-Rooms blieben aber erhalten. Man erzählt sich, dass sie bis heute unregelmäßig von bestimmten staatlichen Bediensteten genutzt werden.«

»Liebe Sally. Du hast dich gut informiert. Aber das alles beantwortet nicht meine Frage, wie man die Teile verwendet. Mich interessiert nicht, wie sie intern funktionieren oder wer sie warum entwickelt hat. Diese Module wurden in winzigen Gehäusen verbaut, kleiner als mein kleiner Zeh, inklusive Verschlüsselungs- und Funktechnik. Aber was genau muss man damit machen, um sie zu verwenden? Mal angenommen, jemand hätte so ein FMK: Wie muss er es anschließen und ansprechen und mit Strom versorgen? Ich rede von Anschlussdiagrammen, Datenblättern, Netzwerkprotokollen, …«

»Danach habe ich bisher nicht gesucht.« Sally ist enttäuscht. »Warum willst du das alles wissen?«

»Sally, besorge mir einfach die Informationen. Morgen oder übermorgen komme ich wieder vorbei. Kriegst du das hin? Das wird nicht einfach.«

»Ich versuche es.«

»Gut.« Arno steht auf. Es sieht so aus, als ob er gehen will.

»Arno, bitte warte.«

»Was noch? Ich habe keine Zeit.«

»Ich muss noch mit dir über etwas reden, was mich gestern beunruhigt hat.«

»Ich weiß, Sally, ich weiß. Das Leak, das gestern die Runde gemacht hat.«

Sally schaut Arno fragend an.

»Ja, die Lager sind längst voll. Die meisten Flüchtlinge wurden schon eingesperrt, bevor die Abstimmung überhaupt gelaufen war. Ein Skandal, aber kaum jemand scheint sich wirklich aufzuregen.«

»Nein, das meine ich nicht, Arno.«

»Dann meinst du die Menschenrechtsverletzungen durch die Massen an Pots, die viel zu brutal vorgehen. Das ist der Preis dafür, wenn man gewissenlose Roboter als Grenzsoldaten einsetzt, die von gewissenlosen Programmierern programmiert werden, die auf gewissenlose Vorgesetzte hören, die der Meinung eines gewissenlosen Volkes vorauseilen. So kann jeder sagen, er sei es nicht gewesen.«

»Arno, ich …«

»Ach, kleine Sally.« Arno hat längst die Klinke gedrückt. »Kein Wunder, dass du dir Sorgen machst. Aber das musst du nicht. Ich habe endlich einen Weg gefunden, die ganz große Katastrophe doch noch zu verhindern. Und du hilfst dabei, wenn du mir die Informationen besorgst. Es ist sehr wichtig. Vertrau mir, Sally. Und mach dir keine Sorgen, hörst du?« Damit öffnet er die Tür. »Bye, Sally. Und lass dich nicht erwischen, Kleine.«

Die Informationen, die Sally sucht, verstecken sich besser, als sie gedacht hat. Sie findet nicht viel in den Weiten des Internets, und auch exklusivere Quellen auf verschiedenen Datenservern im Darknet sind nicht sehr ergiebig. Spät am Abend hat Sally gerade einmal ein undeutliches Foto eines FMK-Anschlussplans gefunden sowie eine Sammlung von Register-Adressen und eine angehängte Befehlstabelle, bei der sie nicht ganz sicher ist, ob sie wirklich dazugehört. Das ist noch nicht viel, doch jetzt ist es Sally, die keine Zeit mehr hat. Bald ist schon Mitternacht. Sie muss unbedingt wieder zum Bahnhof. Der Vogelmann ist ihr wichtiger als dieser Geheimtechnikkram. Arno würde das auch so sehen, hätte er sie nur erzählen lassen.

Vierundvierzig Minuten später steht sie wieder am Bahnhofsvorplatz. Sie hat sich einen besseren Beobachtungsposten ausgesucht als in der vergangenen Nacht, etwas weiter abseits und weniger hell. Bevor sie sich näher heranwagt, will sie wissen, ob der Mann wieder da ist, der sie beobachtet und sich dann mit jemandem geprügelt hat. Doch er ist nicht da. Der Platz neben dem Bahnhofsgebäude, wo er gelauert hat, ist leer. Und auch nirgendwo sonst kann Sally eine verdächtige Person erkennen. Den Vogelmann leider auch nicht.

Bei den Bänken ist heute nicht viel los. Es dauert über eine Stunde, bis jemand auftaucht: ein Mann in abgewetzter Kleidung. Er setzt sich, starrt eine Weile vor sich hin und verschwindet dann wieder.

Die Zeit vergeht. Sally schaut sich immer wieder zu allen Seiten um. Nicht noch einmal darf sie von hinten überrascht werden. Aus der vergangenen Nacht weiß sie, wie schnell es hier gefährlich für sie werden kann. Sie darf nicht zu lange hier herumstehen. Sie muss aktiv werden, wenn sie heute noch etwas erreichen will. Sie setzt sich einen Zeitpunkt dreißig Minuten in der Zukunft, ab dem sie spätestens etwas unternehmen wird – ohne zu wissen, was genau das sein wird.

Als die Zeit abgelaufen ist, entscheidet sie sich, dem kleinen Weg ins Gebüsch zu folgen, über den letzte Nacht zwei der Gestalten den Platz betreten und auch wieder verlassen haben; so wie auch der Mann vorhin. Sally verlässt ihre

Deckung und drückt sich am Rande des Platzes entlang, bis sie die Stelle erreicht, an der dieser Weg auf den Platz mündet. Vorsichtig schaut sie ins Gebüsch. Es ist dunkler, als sie dachte. Sie sieht fast gar nichts und wünscht sich wieder einmal Nachtsichtaugen. Aber die hat sie nicht, und so muss sie die ersten Schritte wagen, ohne zu sehen, wohin der Weg sie führt.

Äste knacken unter ihren Füßen, dann und wann spürt sie einen Zweig im Gesicht, den sie zu spät gesehen hat. Der Weg führt steil bergauf. An einer Stelle bleibt Arnos Hose an dornigem Gestrüpp hängen. Sally fürchtet, dass der Stoff nun einen Riss hat. Arno wird ihr nicht böse sein. Er wird sie loben, so viel für Rias Wohl riskiert zu haben.

Nach wenigen Metern wird das Gelände wieder flacher, und nach weiteren drei Ästen im Gesicht öffnet sich vor Sally eine seltsame Landschaft, die schwach vom Stadtlicht erleuchtet ist. Bäume wachsen hier, sehr junge Bäume, Birken meist, kaum höher als vier oder fünf Meter. Sie bilden einen lichten Pionier-Wald mitten in der City. Eigentlich scheint dies ein Bahngelände zu sein, denn sie stolpert beinahe über eine Eisenbahnschiene. Wie sie jetzt erkennt, liegt hier ein Gleis neben dem anderen, und überall zwischen den Gleisen und Betonschwellen wachsen diese jungen Bäume. Sally vermutet, dass dies einmal ein Rangierbahnhof war zu einer Zeit, als es der Bahn noch besser ging als heute. In Betrieb ist diese Gleisanlage jedenfalls schon lange nicht mehr, mindestens so lange, wie die Bäume hier stehen. Sally schätzt sie auf ein Alter von sechs bis acht Jahren. Ihr Offline-Kartenmaterial zeigt an dieser Stelle eine nicht weiter bezeichnete graue Fläche mit einer maximalen Ausdehnung von 837 mal 182 Metern.

Sally pirscht sich weiter voran. Zunächst streift sie am Rand dieses Wäldchens entlang, indem sie dem kleinen Pfad folgt, der über die Schwellen zwischen zwei Schienen führt. Sie versucht, keine Geräusche zu machen. Es kommt ihr dennoch so vor, als könnte man ihr Schleichen bis zu Arnos Wohnung hören. Der Boden zwischen den Bahnschwellen ist uneben und steinig. Schotter und Laub kommentieren jeden ihrer Schritte. Doch das Gute daran ist, dass Sally ihrerseits hören wird, wenn sich jemand nähert. Alle paar Sekunden bleibt sie stehen, um zu lauschen. Und tatsächlich hört sie beim sechsten Lausch-Stopp fremde Schritte, die sich von vorne nähern. Sie überlegt kurz, ob sie fliehen soll, den Weg zurück zum Bahnhof oder nach rechts in den Wald hinein, der an dieser Stelle allerdings viel zu licht ist, als dass sich darin jemand verstecken könnte. Aber dann wird ihr klar, dass sie schließlich gekommen ist, um irgendjemanden zu treffen. Nur wer das jetzt sein wird, das hat sie leider nicht in der Hand.

»Hey, du.«

Unvermittelt steht ein Mann vor ihr. Sally glaubt, dass er derselbe ist, den sie vorhin schon am Bahnhofsvorplatz gesehen hat.

»Guten Tag«, antwortet sie.

»Was willst du hier?«, fragt der Mann.

»Entschuldigen Sie bitte. Ich suche eine bestimmte Person, einen Obdachlosen. Ich habe ein Bild dabei.«

Der Mann nimmt Sally das Bild aus der Hand und betrachtet es lange, so gut das im Dämmerlicht geht. Dann reicht er es ihr zurück.

»Kenn ich nicht«, behauptet er. Er wirkt unschlüssig, ob er an Sally vorbeigehen oder umkehren sollte.

»Oh, schade«, sagt Sally. »Aber kennen Sie vielleicht jemanden, der ihn kennen könnte?«

Der Mann sagt nicht sofort nein. Ein gutes Zeichen, denkt Sally. So nah war sie ihrem Ziel noch nie.

»Nein«, sagt er dann, bleibt aber vor Sally stehen, als wollte er noch einmal gefragt werden.

»Denken Sie bitte noch einmal nach.«

»Bist du so 'ne Art Detektiv?«, fragt er.

»Nein. Ich bin Sally, und ich suche einfach diesen Mann.«

Sally bemerkt, wie er die Augen zusammenkneift, um sie besser zu erkennen. Dann kommt er einen Schritt näher.

»Bist du ein Robot?«

Sally sagt nichts. Sie weiß nicht, ob es in ihrer Situation gut oder schlecht ist, ein Robot zu sein.

»Du bist einer, oder?«

Noch einen Schritt kommt er näher, so nah, dass er ihr die Kapuze abstreifen kann.

»Ja, ein Robot. Wie lustig. Bist du allein?«

Wieder antwortet sie nicht, obwohl sie jetzt ahnt, welche Antwort eher schaden würde. Der Mann schaut sich um, geht an Sally vorbei und den Weg hinter ihr ein paar Schritte weiter. Dann dreht er sich wieder zu ihr um.

»Mir ist eingefallen, wen wir fragen können. Ich bring dich hin. Da lang. Geh du vor.«

Mit einer Armbewegung fordert er Sally auf, den Weg zu gehen, den er gekommen ist. Sie überlegt kurz, dann folgt sie seiner Aufforderung.

»Einfach den Weg weiter«, hört sie seine Stimme hinter sich, als der Trampelpfad nach rechts abknickt. Ab jetzt überqueren sie Gleis für Gleis. Es geht mitten in dieses Wäldchen hinein.

Sally zählt vierundsechzig Schritte, neun Gleise, achtzehn Schienen. Plötzlich steht sie vor einem alten Häuschen. Es ist ein Steinhaus, wie man es auf manchen alten Bahnanlagen finden kann, sehr schmal, damit es zwischen zwei Gleise passt, aber lang und hoch, damit genügend Dinge und Personen hineinpassen. Graffitis zieren die Hauswände, wo nicht der Putz abgebröckelt ist. Drei verwitterte Stufen führen vom Gleisbett hinauf zur Eingangstür.

»Da rein«, sagt der Mann. Doch Sally zögert. »Was ist?«, fragt er. »Willst du den Typen jetzt finden oder nicht?«

Sally wird klar, dass sie schon viel zu weit mitgegangen ist. Wenn sie jetzt entkommen müsste, dann könnte sie längst nicht mehr entkommen. Sie beschließt, die Chance zu ergreifen, um für Ria den Vogelmann zu finden.

Langsam steigt sie die Stufen empor. Oben bleibt sie stehen und wartet, bis der Mann ihr folgt.

»Hereinspaziert«, sagt er und öffnet ihr die Tür.

Eltern

ltern kann man sich nicht aussuchen. Freunde dagegen schon, wenn man ein Mensch ist und keine Maschine. Als Mensch kann man sich umschauen in der Welt und entscheiden, in wessen Nähe man sich wohlfühlt und wen man lieber meidet. Seine Eltern aber bekommt man vorgesetzt und muss irgendwie mit ihnen leben. Mit den eigenen Kindern ist das ähnlich, obwohl die biotechnische Entwicklung schon eine Menge Möglichkeiten eröffnet hat, vom Nachwuchs nicht unschön überrascht zu werden, mehr noch: Jedes Elternpaar kann sich vor der Zeugung Eigenschaften für die neuen Kinder wünschen, die die Medizin nach Kräften zu verwirklichen sucht. Doch sichergehen können Väter und Mütter noch immer nicht, wie ihre Sprösslinge werden. Auch heute noch gibt es bittere Enttäuschungen, sprich: Kinder, die sich einfach nicht mit den Eltern vertragen.

Sich die Eltern nicht aussuchen zu können, scheint allerdings deutlich gravierender zu sein als umgekehrt, denn Eltern bestimmen nun einmal einen großen Teil des Lebensweges ihrer Kinder. Für einen neu gezeugten Menschen gibt es aber wirklich keinerlei Stellschraube, an der er drehen könnte, um das Wesen seiner Eltern vorherzubestimmen.

Und das wird auch so bleiben, solange es nicht möglich ist, die Wirklichkeit mit der eines der vielen Paralleluniversen zu tauschen.

»Noch Kaffee?«

Arno sitzt seinem Vater gegenüber, der ihm gerade die Kaffeekanne reicht.

»Nein danke«, sagt Arno.

»Nimm ruhig, ist noch genug drin.«

Arno winkt ab. Der Vater stellt die Kanne wieder zurück und schaut zu Levin hinüber, dem in der hintersten Ecke des Wohnzimmers ein Sitzplatz zugewiesen wurde, direkt neben Lissi, dem weiblichen Rovant des Hauses. Levin lächelt und deutet ein Kopfnicken an, um eine Reaktion zu zeigen, eine Geste des Respekts. Dieses Wohnzimmer ist das von Arnos Eltern. Heute ist der Tag, an dem sie endlich die Freundin ihres Sohnes kennenlernen – bei einem gemütlichen Kaffeetrinken in Arnos Elternhaus.

»Wie alt ist der?«, fragt Arnos Vater.

»Schon ein paar Jährchen«, bleibt Arno unbestimmt.

»Sicher mehr als ein paar Jährchen. Schon eher antik.«

»Woran siehst du das denn jetzt?«

»Am Gang. Als er vorhin hier hereingekommen ist, musste ich an Felix denken, unseren ersten. Der hatte auch diesen Gang an sich. Recht unbeholfen, wenn man genau hinschaut und sich auskennt. Der da ist wohl eher Jahrzehnte alt als ein paar Jährchen.«

Levin versucht zu ergründen, was er an seinem Gang noch verbessern muss. Arno zuckt mit den Schultern und schaut aus dem Wohnzimmerfenster hinaus auf die Terrasse. Seine Mutter zeigt Ria gerade ihren üppigen Bonsai-Garten, in dem Pflanzen aus der ganzen Welt wachsen – oder eben gerade nicht wachsen. Sie war wohl der Meinung, dass Arno etwas Zeit mit seinem Vater braucht – oder sie selbst mit ihrer potentiellen Schwiegertochter. »Kommen Sie, Frau Valentina«, hat sie gesagt. »Gehen wir ein paar Schritte an die frische Luft. Ich zeige Ihnen meine Pflanzen.« Sie werden nicht lange bleiben, weiß Levin, auch wenn die Terrasse halb überdacht ist; draußen scheint die Sonne.

»Zwanzig Jahre, würde ich schätzen«, sagt Arnos Vater. »Deine Freundin ist viel zu jung für so ein altes Schätzchen. Warum hat sie keinen neuen?«

»Sie will einfach keinen.«

»Gut, ein neuer wäre natürlich ziemlich teuer. Vielleicht glaubt sie ja auch, der steigt noch im Preis. Als Antiquität, meine ich. Das kann sie aber vergessen. Für Robuddies hat sich noch keine ergiebige Youngtimer-Szene entwickelt. Aber kann ja noch.« Schweigen. »Kann ja noch«, wiederholt er und wendet seinen Blick ab von Levin. »Ist ja noch gut in Schuss, der Kleine. War er denn teuer?«

»Nein, war nicht teuer. War ein Geschenk.«

»Ein Geschenk? Von dir?«

»Nein, nicht von mir. Kennst du nicht.«

»Okay. Aber vielleicht ist sie so eine Art Liebhaberin. Eine Sammlerin?«

»Nein, auch nicht. Sie hat ihn einfach, ich weiß nicht woher.«

»Oh, du weißt es nicht. Vielleicht fragst du sie mal.«

»Ich nehme doch noch Kaffee«, sagt Arno und muss sich weit über den Tisch beugen, um an die Kanne zu gelangen. Der Vater schaut zu, wie Arno seine Tasse füllt und die Kanne bei sich abstellt.

»Hätte sie denn das Geld für einen neuen?«

Levin kann gerade noch Arnos empörten Blick erkennen, da öffnet sich die Terrassentür und die Frauen kommen wieder herein.

»Da sind wir wieder«, trällert Arnos Mutter. »Frau Valentina wurde es zu warm auf der Terrasse. Es ist aber auch eine drückende Schwüle draußen.«

»Ich glaube nicht, dass es die schwüle Luft ist«, widerspricht der Vater. »Eher die Sonne, oder?«

»Ja«, sagt Ria. »Ich vertrage keine Sonne.«

Der Vater nickt wissend. Ria setzt sich wieder neben Arno.

»Ah, du hast noch Kaffee, Schatz«, sagt Arnos Mutter, als sie seine volle Tasse sieht. »Möchten Sie auch noch, Frau Valentina?«

Schon greift Arno zur Kaffeekanne, aber Ria lehnt ab.

»Danke, ich hatte schon genug.«

»Möchte noch jemand Kuchen?«

Niemand möchte, und so schnippt sie mit den Fingern. Sofort erhebt sich Lissi und beginnt, das Geschirr abzuräumen.

»Androiden sind ja meine ganz große Leidenschaft«, beginnt der Vater. »Wir waren immer vorne mit dabei. Als Arno klein war, hatten wir auch so einen.« Mit dem Kopf deutet er auf Levin. »Aber irgendwann war ich froh, als er endlich tüddelig genug war, um die Treppe runterzufallen. Ich habe sofort einen neuen gekauft. Der hatte nicht mehr diese schrecklichen Kinderkrankheiten. Ich war echt erstaunt, wie weit die Technik fortgeschritten war innerhalb der wenigen Jahre. Sind Sie denn zufrieden mit Ihrem?«

Ria schaut zu Levin hinüber. Wieder lächelt er und deutet ein Kopfnicken an. »So lala«, sagt sie. »Es ist schon gut, dass jetzt mal jemand drüberguckt, der Ahnung davon hat.«

»Ja, von Technik versteht unser Arno was«, sagt Arnos Mutter.

»Von alter Technik vielleicht«, stellt der Vater richtig.

»Er arbeitet doch in einem modernen Unternehmen«, beschwert sich Arnos Mutter.

»Ja, sonst würde er beruflich auch nicht weiterkommen. Aber eigentlich ist er ein bisschen zurück in allem. Oft habe ich den Eindruck, dass er bei unserem alten Felix steckengeblieben ist. Manchmal fürchte ich, er ist ein Dhippie.«

»Ein was?«

»Ein Dhippie. So werden doch heute Leute genannt, die jede digitale Entwicklung ablehnen. Abkürzung für *Digital Hippie*. Dhippie, noch nie gehört?«

»Wo hast du denn das Wort her?«

»Habe ich neulich in einem Fachartikel über Jugendsprache gelesen. Und Arno ist so ein Dhippie, fürchte ich. Allein, wenn ich an sein Auto denke. Was sagen Sie denn dazu, dass er kein selbstfahrendes hat?«

»Ja, stimmt«, pflichtet die Mutter ihrem Mann jetzt bei. »Haben Sie keine Angst, wenn Arno selber fährt? Mir wäre das zu gefährlich, glaube ich.«

Ria schaut Arno an. Zum ersten Mal seit Tagen hat Levin den Eindruck, als zeige sich auf Rias Gesicht wieder ihre Liebe zu Arno. »Also ich«, sagt sie und streicht ihm über die Wange, »ich finde das total sexy.«

»Aber *Sie* haben doch hoffentlich ein selbstfahrendes Auto, oder?«, fragt der Vater.

»Ich habe kein Auto«, sagt Ria.

»Oh«, staunen beide Elternteile völlig synchron.

»Ich habe zwei gesunde Beine, die ich auch benutzen möchte, solange ich lebe. Ich gehe viel zu Fuß.«

»Zu Fuß?« Die Mutter ist besorgt. »Aber die Sonne!«

»Bei Sonne packe ich mich gut ein.«

»Und wie kommen Sie zur Arbeit?«

»Meist mit dem Fahrrad.«

»Fahrrad? Na gut, Sie sind noch jung, aber auch so zierlich. Wie schaffen Sie denn das?«

»Ich bin ein ganz normaler Mensch. Vielleicht könnte ich keine Gewichtheberin werden, aber ich kann einiges aushalten. Und ich bewege mich sehr gern. Wenn ich mich bewege, dann weiß ich, dass ich lebe. Wenn ich im Herbst mit dem Mountainbike durch den nassen Wald fahre, dann spüre ich meinen Körper bei jedem Schlagloch. Ich liebe den Fahrtwind. Ich liebe den Schlamm im Gesicht und den Schweiß auf der Haut und den Muskelkater nach einer solchen Tour – für mich ein Genuss. All das macht uns Menschen doch aus, oder? Wir sind materielle Wesen in einer materiellen Welt. Ich jedenfalls liebe das. Und ich liebe es, Dinge selbst zu tun. Wenn Sie Arno schon einen Dhippie nennen, weil er sein Auto selbst fährt, dann bin ich wohl erst recht einer. Eine.«

Das Schweigen, das folgt, ordnet Levin als betroffenes Schweigen ein. Oder unverständiges Schweigen, falls es so etwas gibt. Es ist Arnos Mutter, die es wieder bricht.

»Na, unserem Arno können Sie damit aber nicht kommen, fürchte ich. Der ist ein ziemlicher Stubenhocker.«

»Sagen Sie das nicht. Seit wir zusammen sind, geht er viel mit mir durch die Wälder. Eine Radtour ist noch nicht so sein Ding, aber das wird vielleicht noch. Und wir sitzen viel zusammen im Garten, wenn das Wetter es zulässt.«

»Frau Valentina hat einen großen Garten«, berichtet Arnos Mutter ihrem Mann. »Er steht voller alter Bäume, sagt sie, die viel Schatten spenden. Da könnte sie aber auch gut

Bonsai züchten. Sie könnte ja einen von uns mitnehmen.« Und mit einem Blick zu Ria: »Es gibt ja auch welche, die den Schatten lieben.«

»Sagt man eigentlich Albino oder Mensch mit Albinismus?«, wechselt Arnos Vater das Thema. Wieder erkennt Levin Arnos strengen Blick. Auch der Vater nimmt ihn wahr. »Was denn?«, verteidigt er sich. »Man wird doch wohl fragen dürfen. Man ist doch so verunsichert heute, was man noch sagen darf und was nicht. Da ist es doch gut, mal einen Betroffenen zu fragen.«

»Sie dürfen sich aussuchen, wie Sie mich nennen«, sagt Ria mit nachsichtigem Ton. »Aber Sie könnten auch einfach Ria sagen.«

»Siehst du, Arno? Und schon ist die Sache geklärt. So einfach ist das.«

Arno nimmt seine Kaffeetasse und trinkt sie fast leer.

»Wie haben Sie beide sich denn kennengelernt?«, fragt Arnos Mutter.

»Bei einer Freundin«, sagt Ria. »Sie war früher mal meine Kollegin und hat immer gerne Partys gegeben. Und bei einer dieser Partys ist er mir dann über den Weg gelaufen.«

»Ach, so romantisch. Gar nicht über das Internet. Das hat man aber nicht mehr häufig heute.«

»Häufiger, als Sie denken«, widerspricht Ria milde.

»In welcher Branche arbeiten Sie eigentlich?«, fragt der Vater. »Der Straßenbau wird es sicher nicht sein.« Niemand außer ihm lacht über seinen Witz. »Na, weil die Arbeiter immer in der prallen Sonne arbeiten müssen. Habt ihr mal gesehen, wie braungebrannt die sind? Natürlich nicht die Roboter, aber die Menschen. Das würde bei Ihnen sicher nicht funktionieren, richtig?«

»Richtig«, antwortet Ria. »Den Straßenbau würde ich keinen Tag überleben.«

»Und ist das erblich?«

»Oh, Mann!«, blökt Arno ihn plötzlich an. »Wenn du gesunde Enkelkinder willst, dann sag es einfach! Aber lass Ria mit solchen Fragen in Ruhe!«

Schweigen am Tisch. Levin versteht nicht, was dort drüben geschieht. Es ist ein harmloses Gespräch, in dem sachliche Informationen ausgetauscht werden, und dennoch fährt Arno jetzt aus der Haut. Böse stiert er seinem Vater ins Gesicht. Der blitzt zurück. Er scheint es nicht gewohnt zu sein, von seinem Sohn gemaßregelt zu werden. Die Mutter hält sich eine Hand vor den Mund. Nur Ria scheint entspannt zu sein. Beschwichtigend legt sie eine Hand auf Arnos Faust.

»Schon gut, Arno«, sagt sie. »Dein Vater darf mich fragen, was immer er für wichtig hält. Ja, es ist erblich. Albinismus wird autosomal-rezessiv vererbt. Meine Mutter hatte ihn, mein Vater aber nicht. Ich hatte eine fünfzigprozentige Chance, den Albinismus meiner Mutter zu übernehmen, und dafür habe ich mich dann auch entschieden. Meine Kinder können dasselbe tun, je nach Vater. Wenn der allerdings ebenfalls Albino ist, dann haben sie auf jeden Fall das Vergnügen. Und was meinen Beruf angeht: Sie haben vollkommen recht, eine Arbeit an der frischen Luft ist nicht möglich für mich, höchstens an ausgesuchten Tagen bei dichter Bewölkung. Also arbeite ich im Büro. Ich bin Verwaltungskraft im Finanzamt. Ich überwache dort die Vorgänge, die eigentlich vollautomatisiert ablaufen. Ich bin nicht von der IT wie Arno, ich beschäftige mich vielmehr mit den Sachfragen und ermittle die Fälle, die manuell behandelt werden müssen. Das ist nicht gerade meine Leidenschaft, aber der Beruf, mit dem ich mein Geld verdiene. Aber wenn Sie mal Steuern hinterziehen wollen, kann ich Ihnen gerne Tipps geben.«

Gerade hat die Mutter ihre Hand sinken lassen, jetzt führt sie sie wieder vor den Mund. Wieder schauen die Menschen am Tisch einander an oder auf die Tischdecke oder die Kaffeekanne. Arno schaut erstaunt zu Ria hinüber. Levin glaubt, auch auf seinem Gesicht wieder so etwas wie Liebe zu erkennen. Es dauert eine Weile, bis Arnos Mutter sich wieder fasst.

»Ach wie lustig«, sagt sie. »Vor Ihnen hatte Arno auch schon eine Freundin, die im Finanzamt gearbeitet hat. So ein Zufall.«

»Ja, ein lustiger Zufall«, bestätigt Ria lächelnd.

»Aber Arno ist kein Albino«, wirft der Vater ein, der offensichtlich an der vordringlichsten seiner Fragen hängengeblieben ist.

»Tja«, sagt Ria und zuckt mit den Schultern. »Dann steht's wohl fifty-fifty.«

Der Vater nickt und schaut Ria forschend ins Gesicht. Sie schaut zurück und hält seinem Blick stand. Sie lächelt. Arno starrt auf einen Kaffeefleck auf der Tischdecke, seine Mutter wischt zurückgebliebene Krümel vom Tisch.

»Na, immerhin«, sagt der Vater schließlich, sehr leise, fast zu sich selbst. »Sag mal, Arno«, wendet er sich dann plötzlich an seinen Sohn. »Wie hast du eigentlich abgestimmt?«

»Oh, ich müsste dringend mal auf die Toilette«, geht Ria dazwischen. »Haben Sie eine?«

»Rex!«, ruft der Vater Richtung Flur, ohne Arno aus den Augen zu lassen. Sofort erscheint ein Robuddy in der Tür, ein neuer, das erkennt man an seinem Gang, sicher die neueste Generation. »Zeig unserem Gast die Gästetoilette.«

Am Abend sitzen Ria und Arno zusammen im Garten, ganz wie Ria es vor Arnos Eltern behauptet hat. Die Sonne ist gerade untergegangen. Auf der Gartenbank haben sie sich aneinandergekuschelt und genießen ihr elternfreies Leben – und ihre wiederentdeckte Liebe.

Levin beobachtet sie vom Haus aus. Viele Fragen schwirren durch seine Transistoren. Für ihn war dies ein merkwürdiger Nachmittag, an dem es ihm schwerfiel, den Konversationen zu folgen. Viel zu viele Informationen scheinen ihm zu fehlen. Dabei hätte er noch genügend freien Speicherplatz, um sie aufzunehmen.

»Darf ich Ihnen die Decke hierlassen?«, fragt er. Pflichtbewusst ist er hinausgegangen, nachdem ihm aufgefallen ist, dass die Temperatur draußen deutlich sinkt. In der Hand hält er die Kuscheldecke aus dem Wohnzimmer, in der anderen ein Tablett mit Getränken.

»Danke«, sagt Arno. »Wir wärmen uns gegenseitig.«

»Noch etwas zu trinken?«

Missmutig zeigt Ria auf das Tischchen neben der Bank, auf dem neben einem kleinen Bonsai die kaum angerührten Getränke stehen, für die sie selbst schon gesorgt hat.

»Knabbersachen?«

»Wir hatten schon genug Süßes heute«, gibt Arno zu bedenken.

»Er hat den Abend frei«, sagt Ria grinsend und mit einer gespielt gönnerhaften Armbewegung.

»Darf ich Ihnen noch eine Frage stellen, Arno?«

Arno nickt.

»Warum besuchen Sie Ihre Eltern von Zeit zu Zeit?«

»Das frage ich mich allerdings auch manchmal«, sagt Arno und Ria kichert.

»Waren es wichtige Informationen, die Sie sich gegenseitig mitgeteilt haben?«

»Keine davon war wichtig«, sagt Arno. »Doch eine: Du würdest dich wirklich als Dhippie bezeichnen, Ria?«

»Mehr als dich jedenfalls«, sagt sie erstaunt. »Noch nicht gemerkt?«

»Na ja, du magst Levin nicht, aber sonst?«

»Das mit Levin hat andere Gründe. Aber ich liebe es, Mensch zu sein und auf dieser Erde zu leben.«

»Das ist ein Grund, ein Dhippie zu sein?«

»Der einzige, den ich kenne. Ich habe kein großes Bedürfnis, etwas in meinem Leben zu automatisieren. Was erledigt werden muss, kann ich selbst erledigen. Ich kann selber nachdenken, kreativ sein, Probleme lösen, Wege finden, sie erlaufen, mich dabei verlaufen, mich an Dinge erinnern, kopfrechnen, etwas mit der eigenen Hand aufschreiben – all das will die moderne Technik mir doch abnehmen. Das behalte ich aber lieber alles für mich. Und wenn ich dabei schwitze und stinke und Fehler mache – umso besser: Hey, ich lebe! Und ich spüre es.«

»Ich freue mich, dass du lebst«, sagt Arno und erhält einen Kuss dafür.

»Hängen Sie an Ihren Eltern?«, fragt Levin.

»Ja, ich glaube schon. Irgendwie hänge ich an ihnen, obwohl ich besser ohne sie auskomme. Sag ruhig, dass das unlogisch ist, alte Blechbüchse. Klar, dass du das nicht verstehst. Ich verstehe es auch nicht.«

»Jeder hängt an seiner Herkunft«, sagt Ria. »Und jeder hat auch irgendwas von seinen Eltern.«

»Na, ich hoffe, nicht jeder«, lacht Arno. »Oft wird man ja auch ganz anders als sie.«

»Na, Gott sei Dank«, sagt Ria und kuschelt sich noch etwas näher an Arno. »Trotzdem kann es aufschlussreich sein zu wissen, woher man kommt. Ich weiß nicht besonders viel über meine Eltern.«

»Apropos«, sagt Arno. »Wann erzählst du mir denn mal das nicht Viele?«

Elternhaus

evor Arno in Rias Leben getreten ist, war Levin ihr engster Vertrauter. Vor fast fünfzehn Monaten ist er als ihr Robuddy bei ihr eingezogen. Seitdem hat sie ihm alles aus ihrem Leben erzählt: Probleme bei der Arbeit, Unstimmigkeiten mit ihren wenigen Freundinnen und vieles mehr. Sie hat ihm sogar von den Männern erzählt, in die sie verknallt war, auch von Arno, während sie sich mit Levin im Bett vergnügte. An anderen Tagen haben sie über Politik gesprochen, über gesellschaftliche Fragen oder religiöse. Levin weiß alles über Ria – glaubt er jedenfalls.

So weiß er, wie sehr Ria das Alleinsein hasst. Doch ihre Krankheit und ihr Aussehen lassen sie Gesellschaften meiden. Weder die Keime noch die Blicke tun ihr gut. Ihr einmal entfesseltes Immunsystem lässt sich nicht leicht wieder einfangen, und in der Öffentlichkeit kann Levin die Blicke beobachten, die ihr gelten und die auch sie spürt.

Ria wäre gern normal, weiß Levin. Sie wäre gern unauffällig. Im Winter versucht sie das zu erreichen, indem sie ihr Haar unter einer großen Mütze versteckt. Auch die weißen Härchen an ihren Unterarmen sieht im Winter kaum jemand, und ihre blasse oder rosa Gesichtshaut lässt dann höchstens noch vermuten, dass sie mehr friert als andere. Die weißen Wimpern und Augenbrauen bleiben allerdings immer ein Problem, und im Sommer ist alles natürlich noch schwieriger. Schon an trüben, aber warmen Tagen findet sie kaum einen Vorwand, Haut und Haare zu verbergen. Noch schwerer ist es natürlich, wenn die Sonne scheint, wenn Ria also dazu gezwungen ist, ihre Haut zu bedecken, damit sie nicht verbrennt.

Levin weiß von Rias Wunsch, dass die Welt keine optische sei. »Ohne das Sehen«, hat sie einmal gesagt, »hätte ich keine Sorgen. Wären alle Menschen blind, wäre ich wie alle anderen. Mein Problem ist ein rein optisches, und damit ein rein virtuelles. Ohne das Licht wäre es gar nicht existent. Null. Kein bisschen. Wäre es immer dunkel, dann würde ich nicht begafft. Wäre es nie hell, dann wäre ich auch nicht einsam.« Dass Ria mit solchen Worten die Lebensgefahr übersah, in die ihre Krankheit sie schon oft gebracht hatte, erklärte er sich damit, dass sie schon viele Monate lang gesund war, als sie das sagte.

Dann zog Arno bei ihr ein und sie wurde krank, sehr krank. Zum ersten Mal hat Levin erlebt, wie krank Ria über einen längeren Zeitraum hinweg sein kann und wie schnell es bei ihr auf und ab geht. Doch inzwischen hat sie sich wieder vollständig erholt. Seit wenigen Wochen ist sie nun durchgehend gesund, und so hat sie heute vorgeschlagen, eine kleine Reise zu unternehmen.

Drei Stunden und sechzehn Minuten lang haben sie nun im Zug gesessen, zuletzt in einem Bus, um in diese abgelegene Ortschaft zu gelangen. Kleine Städtchen und hübsche Dörfer sind an den Fenstern vorbeigezogen, jetzt erreichen sie zu

Fuß diese ruhige Straße mit stilvollen Anwesen. Vor einem schicken Haus inmitten eines großen Gartens bleibt Ria nun stehen.

»Hier habe ich gelebt, bis ich acht war«, sagt sie.

»Ui«, staunt Arno. »Das ist ja fast eine Villa.«

»Tja«, sagt Ria. »Das Eigenheim eines erfolgreichen Mannes. Aber für mich war es eher wie ein Gefängnis. Wenn ich sage, ich habe hier gelebt, dann trifft das wirklich auf die gesamten acht Jahre zu, abgesehen von den Monaten, die ich im Krankenhaus zugebracht habe. Hier im Garten habe ich gespielt, wenn der Himmel bewölkt war.«

»Mit Freunden?«, fragt Arno.

»Keine Freunde. Mein Vater war dagegen. Nur ganz selten durfte ein Mädchen aus der Nachbarschaft zu mir kommen, aber das hat nicht lange funktioniert. Nach dem nächsten Krankenhausaufenthalt kannten wir uns kaum noch. Ich weiß nicht einmal mehr ihren Namen.«

»Warst du nicht im Kindergarten?«

»Du machst Witze. Mein Vater hat es nicht erlaubt. Meine Mutter hätte mich gerne dorthin geschickt. Sie hätte sogar meinen Tod in Kauf genommen, wenn ich dafür mit Freunden hätte spielen können.«

»Schule?«

»Ich hatte ein Attest und einen Privatlehrer. Auch das hätte meine Mutter gerne anders gehabt.«

»Wie war ihr Name?«, fragt Arno.

Ria schweigt. Levin ist enttäuscht, denn den Namen ihrer Mutter weiß er tatsächlich auch nicht.

Rias Elternhaus liegt am Rande einer Siedlung in ländlicher Umgebung. Ein paar Häuser weiter beginnt ein Feldweg, den

Ria mit Arno und Levin einschlägt. Schweigend erreichen sie einen kleinen Wald an einem Stoppelfeld.

»Bei trübem Wetter hat meine Mutter oft einen Spaziergang mit mir gemacht. Sie hat mir die Namen der Bäume und Kräuter beigebracht und die der Vögel und Insekten. Ich kenne noch immer viele von ihnen. Du weißt, dass ich heute noch gerne durch den Wald gehe. Ich liebe den Wald. Hier muss ich mich nicht verstecken. Hier könnte ich nackt sein. Keine Sonne, keine Blicke. Freunde findet man hier allerdings nicht.«

Ria zeigt Arno einige Pflanzen am Wegesrand. Er kennt keine von ihnen. Er ist ein Stadtmensch, weiß Levin, ein Stubenhocker, wie seine Mutter sagte, und er ist es offensichtlich immer schon gewesen.

»Meine Eltern waren sich nie einig, wie ich mein Leben leben sollte. Meine Mutter wollte mich glücklich sehen, fröhlich und ausgelassen. Ich sollte mit den Kindern aus dem Dorf spielen, Freunde finden und durch die Wälder toben. Mein Vater sah nur die körperliche Seite, die biologische. Er war Mediziner und Bio-Forscher, er kannte nichts anderes. Für ihn war es das Wichtigste, dass ich gesund blieb, dass ich mich nicht infizierte, damit mein Immunsystem nicht wieder ausrastete. Er war stärker als meine Mutter, er hat sich durchgesetzt. Ich glaube, dass sie ihn gehasst hat dafür. Und er sie, weil sie bereit war, mein Leben zu gefährden. Aber dann war sie selbst tot, und ich war noch einsamer als vorher. Und dann verschwand auch mein Vater. Einfach untergetaucht. Er war ein Verbrecher, hat man mir gesagt. Hochverrat. Er wurde international gesucht. Jede Zeitung berichtete darüber, denn er war ein berühmter Mann, ein Implantations-Forscher, der Geschichte geschrieben hat vor seiner Tat. Fast jeder Mensch in diesem Land kannte meinen Vater. Daher standen Paparazzi vor unserem Haus, als er verschwunden war. Wo jetzt dein Auto steht, standen damals die TV-Übertragungswagen. Und als Tochter eines berühmten Verbrechers kam ich in ein Familien-Schutzprogramm. Ich zog in eine fremde Stadt zu meinen Großeltern, den Eltern meiner Mutter, und sie mussten einen neuen Namen für mich finden. Sie wussten, wie sehr ich meine Mutter vermisste, und so wählten sie ihren Vornamen als meinen neuen Nachnamen aus.«

»Sie hieß Valentina«, schließt Arno messerscharf.

Ria lächelt.

»Valentina Berg«, ergänzt Arno.

»Du kennst sie?«

»Nein«, sagt Arno. »Aber ich kenne Lorenz Berg. Er ist der einzige Implantations-Pionier, nach dem jemals weltweit gefahndet wurde. Viele Implantate hat er entwickelt, zuletzt die aktiv anwachsenden Implantate – heute der Renner auf dem Markt, weil sie sich so eng mit dem Körper verbinden und keine Abstoßungen hervorrufen. Die stammen von Lorenz Berg. Er wurde sogar für den Nobelpreis vorgeschlagen. Und er ist wirklich dein Vater? Der Lorenz Berg?«

»Der Lorenz Berg«, bestätigt Ria.

»Wie war er denn so?«, fragt Arno. »Ich meine zu Hause.«

»Zu Hause? Er war nie zu Hause. Er hat für seine Forschung gelebt. Hatte er soziale Kompetenzen? Ich weiß es nicht. Er kam mir immer wie ein verrückter Wissenschaftler vor. Zuletzt war er mir unheimlich. Er war irgendwie wie Frankenstein.«

»Wieso das?«

»Wenige Wochen, bevor er verschwand, hat er mich an einen Ort gebracht, von dem ich bis heute nicht weiß, wo er ist. Wir fuhren zu einem großen Gebäude mit vergitterten Fenstern und Gestrüpp rundherum. Vielleicht war es ein altes Krankenhaus oder eine Kaserne. Mein Vater führte mich hinein und durch lange, hallige Gänge. Ich habe viele Jahre Alpträume gehabt von vergilbten Kacheln an den Wänden unheimlicher Gänge. Dann gingen wir eine Treppe hinab in einen Keller. Auch hier ging es durch lange Gänge mit Kabeln und Rohren unter der Decke – ebenfalls Dauergäste in meinen Träumen. Ich hatte Angst. Aber mein Vater sagte nichts. Kein Wort der Erklärung, kein Wort des Trostes. Trost war immer die Sache meiner Mutter gewesen. Sie hätte ihn umgebracht für das, was er vorhatte. An das, was folgte, kann ich mich kaum erinnern. Ich weiß noch, dass wir einen großen, kalten Raum betraten. Wir wurden erwartet von einigen Männern in weißen Arztkitteln. Einen von ihnen kannte ich. Er war oft bei uns zu Besuch gewesen, ein Freund der Familie. Mein Vater verschwand mit ihm durch eine Seitentür. Ich wurde auf eine Liege gelegt und … ab da weiß ich nichts mehr. Aufgewacht bin ich dann zu Hause in meinem Bett und hatte Schmerzen im Rücken und bis hinauf in den Nacken.«

»Was hat er denn mit dir angestellt?«, fragt Arno.

»Das ist unklar. Zu der Zeit forschte er aber an den anwachsenden Implantaten. In vielen Instituten wurde daran geforscht, aber er war wohl an der Spitze. Damals war es lange noch nicht erlaubt, so etwas einem Menschen zu implantieren, auch nicht zu Forschungszwecken. Die Regeln sahen ein langwieriges Verfahren vor, aber mein Vater hatte es wohl besonders eilig. Jedenfalls hat er an dem Tag an mir herumgeschnibbelt und mir einige Implantate eingesetzt. Ich war acht, Arno, und er hat mich als Versuchskaninchen benutzt. Wenn das nicht wie Frankenstein ist.«

»Davon ist die Narbe an deinem Rücken? Also doch keine einfache Operation, wie du gesagt hast?«

»Nein, Arno. Ein illegales Implantat.«

»Was hat er dir denn implantiert?«

»Aktiv anwachsende Implantate eben. Später wurden sie mit einem CT gefunden. Die Ärzte haben überlegt, sie zu entfernen, aber die Dinger waren längst eins mit meinem Gewebe. Eine Operation wäre viel zu riskant gewesen, noch dazu so nah am Rückenmark. Aber mein Vater hat erreicht, was er wollte. Sie waren der Beweis, dass seine Erfindung funktionierte, zumindest für ihn und seinen engsten Forscherkreis – öffentlich präsentieren konnte er mich ja nicht. Heute ist er jedenfalls trotz seiner Verbrechen der gefeierte Erfinder dieser Technik. Aber er hat seine eigene Tochter auf dem OP-Tisch für seine Zwecke misshandelt. Er war noch schlimmer als Frankenstein.«

»Hast du gar keine guten Erinnerungen an ihn?«

»Doch, eine. Genau eine.«

Sie setzt ihren Wanderrucksack ab und holt eine VR-Brille heraus.

»Die hat er mir geschenkt, als ich sieben war. Er hat mir ständig solchen Technikkram mitgebracht. Das war wohl seine Art, mir seine Liebe zu zeigen. Er kannte viele Leute in Firmen und Instituten und hat immer wieder irgendwelche Lagerleichen abgestaubt. Die Brille war ein Labor-Demo mit einem Setting für Jugendliche. Wenn du sie aufhast, kannst du dich damit frei im Raum bewegen. Sie scannt die Umgebung und kreiert eine völlig andere Wirklichkeit dazu. Alles, was im Raum rumsteht, wird irgendwie okkupiert; so wird verhindert, dass du mit irgendwas zusammenstößt. Eine Stehlampe wird ein Bäumchen, ein Couchtisch wird ein

Baumstumpf, eine Standuhr wird ein Mensch, mit dem du reden kannst. Aber eine Tür bleibt eine Tür, nur eben eine aus Stein oder Bambus oder Papier – wie es gerade in die Szene passt. Du kannst sie öffnen und schließen und hindurchgehen und den nächsten Raum erkunden. Im Freien ist das Ding GPS-gesteuert. So wirst du vor Straßen gewarnt und hast immer dieselbe Szene am selben Ort. Setz mal auf.«

Zögernd nimmt Arno die klobige Brille entgegen und betrachtet sie von allen Seiten.

»Wie alt ist die?«, fragt er.

»Ich war sieben«, antwortet Ria.

»Siebzehn Jahre.« Arno ist auf Zack, denkt Levin. Nicht viele Menschen könnten das heute noch so schnell ausrechnen. Dafür umso mehr Maschinen.

»Ich habe sie damals ein paar mal in der Wohnung ausprobiert, fand sie aber langweilig. War halt für Große programmiert. Aber einmal lief ich damit aus der Haustür heraus. Die Nanny war in der Küche und hat nichts bemerkt. Ich ging durch das Gartentor und auf die Straße. Irgendwann kam ich hierher. Setz sie auf, Arno, und sag mir, was du siehst.«

Arno setzt die Brille auf und steckt die zwei Ohrhörer in die Ohren. Dann blickt er durch die Gegend, wie man mit einer solchen Brille eben durch die Gegend blickt.

»Was siehst du?«, fragt Ria.

»Einen Strand.«

»Was ist rechts von dir?«

Arno schaut über das Stoppelfeld. »Das Meer. Die Wellen reichen bis vor meine Füße.«

»Und links?«

Arno schaut zum Wald. »Strandleben. Viele Leute, sehr viele Leute. Junge Leute. Jugendliche mit Badeshorts und

Bikinis. Könnte aus einem Teenie-Film stammen. Sie stehen dumm herum, manche mit einem Drink in der Hand, und quatschen. Ich höre ihre Stimmen, aber verstehen kann ich nichts.«

»Was hörst du noch?«

»Musik. Von irgendwo da hinten.« Arno zeigt den Weg entlang.

»Dann folge der Musik. Das habe ich auch damals getan.«

Arno geht die ersten Schritte. Nach einer Weile bleibt er stehen, mitten auf dem Weg zwischen Feld und Wald – oder zwischen Meer und Strandgästen. Ein offener Jäger-Hochsitz steht hier am Wegesrand, eine Plattform mit Brüstung rundherum und einer hölzernen Überdachung. Die ganze Konstruktion steht auf hohen Stelzen. Arno zeigt mit einer Hand die Holzleiter hinauf.

»Die Musik kommt von da oben, aus diesem Baumhaus.«

»Okay«, sagt Ria. »Und möchtest du wissen, was da oben los ist?«

»Sollte ich denn?«, fragt Arno, während er von unten versucht, oben etwas zu erkennen.

»Ja, solltest du. Denn ich wollte es auch.«

»Okay«, stimmt Arno zu, und verschmitzt ergänzt er: »Was ist da oben nur los?«

»Hoch mit dir«, lacht Ria. »Sonst erfährst du es nicht.«

Arno geht die paar Schritte bis zur Leiter und ergreift zielsicher eine Sprosse auf Brusthöhe. Dann klettert er behände die Leiter hinauf.

»Die Musik wird lauter«, sagt er. »Ich kann jetzt auf die Plattform sehen. Ein paar Leute sind hier oben. Ja, zwei Mädchen und zwei Jungen. Sie tanzen miteinander. Ganz schön eng und sexy. Und du warst mit sieben hier oben?

War nicht ganz angemessen, oder? Oh, jetzt haben sie mich entdeckt.«

»Was machen sie?«

»Sie hören auf zu tanzen und schauen mich an. Sie sagen ›hallo‹. Jetzt fragen sie, warum ich ›sie hören auf zu tanzen‹ sage und ›sie sagen hallo‹. Und warum ich ›jetzt fragen sie, warum ich ›‹sie hören auf zu tanzen‹‹ sage‹ sage. Besser, ich sage nichts mehr.«

Arno klettert in den Hochsitz, in dem nur schwerlich fünf Personen Platz haben. Es muss ganz schön beengt sein dort oben, denkt Levin.

»Ich heiße Arno«, hört er Arno zu irgendjemandem sagen. »Ich war neugierig, woher die Musik kommt.« Ria lächelt. Zufrieden nickt sie Levin zu. »Was macht ihr hier oben? – Nein danke, ich bin nicht so der Tänzer – Ich guck mir nur eben die Aussicht an, dann bin ich wieder weg.«

Arnos Kopf erscheint oben über der Brüstung. Er schaut wie blind durch die Gegend und zuckt mit den Schultern.

»Warts ab«, sagt Ria belustigt. Arno verschwindet wieder.

»Nur meine Freundin und ihr Roboter«, hört Levin ihn sagen. »Ja klar, Roboter hat heute fast jeder – Nein, ich glaube, die möchte lieber unten bleiben – Nein, der bleibt auch besser unten, und ich geh jetzt auch wieder – Lasst ihr mich bitte wieder durch – Ich möchte zur Leiter – Kannst du bitte … – Hey! – Mann, sind die nervig! – Oops!«

»Was ist?«, ruft Ria hinauf.

»Die Leiter! Die Leiter ist weg.«

»Wie, weg?«, kichert sie.

»Na, sie ist weg. Die Leiter, über die ich gekommen bin, ist verschwunden.«

»Eine Leiter verschwindet doch nicht einfach«, spottet Ria.

»Haha. Sie ist jedenfalls weg. Dann muss ich mich wohl runtertasten.«

»Nein, warte«, ruft Ria schnell. »Stell dir vor, du bist ein siebenjähriges Mädchen. Vier doppelt so alte Typen quatschen unentwegt auf dich ein. Sie stehen dir überall im Weg – glaubst du jedenfalls – und kommen dir viel zu nah. Du hast plötzlich fürchterliche Angst und willst nur noch nach Hause. Und stell dir vor, du wärest zu dumm, die Brille einfach abzusetzen. Vor Panik hättest du völlig vergessen, dass das alles nicht real ist. Würdest du es etwa wagen, dich runterzutasten?«

»Vermutlich würde ich einfach springen.«

»Das glaube ich nicht. Du bist sieben. Stell dir vor, du bist ich mit sieben. Du hast eine andere Methode, mit Panik umzugehen.«

»Welche?«

»Kommst du nicht drauf? Mach einfach, was ich gemacht habe.«

Plötzlich ist es still oben. Hatte Levin bisher Arnos hektische Schritte gehört, mit denen er den drängelnden Phantomen ausgewichen ist, so ist es jetzt still.

»Arno?«, ruft Ria. »Bist du noch da?«

»Klar.«

»Du hast dich in eine Ecke gehockt?«

»Genau.«

»Und du hast die Augen geschlossen?«

»Ja. Weil ich solche Angst habe.«

»Warte, ich komme rauf.«

Levin erlaubt sich, ebenfalls die Leiter zu erklimmen. Als er aber hinter Ria die Plattform erreicht, passt er nicht mehr darauf, also bleibt er auf der Leiter stehen. Arno sitzt mit angezogenen Beinen auf dem Boden in einer der Ecken. Seine Arme hat er um die Knie geschlungen. Ria steht direkt vor ihm und schaut auf ihn hinunter.

»Bestimmt zwanzig Minuten habe ich hier oben gesessen. Vielleicht auch eine Stunde, keine Ahnung. Ich war irgendwo am Ende der Welt an einem fremden Strand mit so vielen Leuten, so viele wie Bäume in einem Wald. Und hier oben auf dieser Tanzplattform waren vier besonders nervtötende Typen, die unentwegt auf mich einquatschten. Ohne Pause. Zuerst hatte ich die ja noch ganz nett gefunden. Sie hatten nicht einmal über meine weißen Haare gelacht. Aber jetzt drängten sie auf mich ein und machten mir Angst. Sie waren so groß und laut. Der lauteste von ihnen kam mir immer besonders nah. Seine Fratze erschien immer direkt vor mir, wenn er sich zu mir herabbeugte. Ein Alptraum, Arno. Für mich war es einfach nur ein Alptraum. Als Vierzehnjährige hätte ich darüber lachen können, aber mit sieben? Ich sollte ein Rätsel lösen, haben sie mich aufgefordert. Die Leiter käme nur wieder, wenn ich ein Rätsel lösen würde.«

»Warum fressen Eisbären keine Pinguine?«, sagt Arno.

»Hm«, entgegnet Ria. »Ich hatte ein anderes. Irgendein Ziegenproblem. Weiß nicht mehr. Ich habe denen eh nicht zugehört. Ich wollte nur noch weg. Ich weiß noch, dass ich geschrien habe vor Angst. Aber plötzlich hörte ich eine neue Stimme. Irgendwie von weit her.«

Ria kniet sich direkt vor Arno auf den Boden. Sie beugt sich weit vor, sodass ihre Nasenspitze beinahe die VR-Brille berührt. »Diese Stimme klang wie von weit her«, flüstert sie Arno ins Gesicht. »Und doch war sie direkt vor mir. Ich machte die Augen auf. Vor mir stand ein riesiger Teddybär, mindestens so groß wie ich selbst. ›Setz die Brille ab‹, sagte er. Aber ich wusste nicht, was er meinte. ›Setz die Brille ab‹, wiederholte er. Seine Stimme klang freundlich und nett, nicht so spitz wie die der Teenies. Einem Teddybären konnte ich vertrauen, und so wich ich nicht zurück, als er mir die Ohrstöpsel aus den Ohren zog.« Ria ergreift die Kabel von Arnos Ohrstöpseln und zieht sie ihm aus den Ohren. »›Hab keine Angst‹, hörte ich den Teddy jetzt viel deutlicher, und dann nahm er mir die Brille ab.«

Arno muss blinzeln, als er die Augen öffnet.

»Der Teddy war verschwunden. Ich blickte in die Augen eines Jungen. Er war älter als ich und auch viel größer, aber er sah sehr freundlich aus. ›Hey‹, sagte er. ›Ich bin Niko. Schön, dass ich dich gefunden habe.‹ Er half mir auf die Beine und dann die Leiter hinab. Unten nahm er mich an die Hand und führte mich nach Hause. Dort wartete mein Vater. Er war sehr erleichtert, als er mich sah. Ich konnte seine Freude spüren, seine Freude, mich wiederzusehen. In diesem Moment war er mir so nah wie nie. Dies ist meine einzig positive Erinnerung an ihn. Es war auch der einzige Moment, in dem er mich je umarmt hat.«

Ria stopft die Brille zurück in den Rucksack. »Komm, lass uns gehen«, sagt sie und steht auf. Doch Arno bleibt sitzen.

»Niko?«, fragt er. »Ein Junge aus der Gegend?«

Ria schmunzelt. »Nein, nicht aus der Gegend. Er sollte ein Geschenk für mich sein. Mein Vater hatte ihn genau an diesem Abend mitgebracht. Aber als er nach Hause kam, war ich verschwunden. Er hat überall nach mir gesucht, im Haus, im Garten, auf der Straße. Dann hat er Niko zum Wald geschickt, die Nanny hat das Haus nochmal abgesucht und er selbst hat bei den Nachbarn gefragt. Gerade wollte er ins Dorf hinunter, da kam ich mit Niko heim. Er sollte mein

Spielgefährte werden, sagte mein Vater. Niko gehöre jetzt mir und ich solle mich mit ihm anfreunden. Das fiel mir nicht schwer, nachdem er mich aus dem größten Abenteuer meines Lebens gerettet hatte. Mein Vater sagte, Niko würde für immer bei mir bleiben. Er war ein Android aus irgendeiner Forschungswerkstatt, ein Prototyp. Er hatte die Nummer Fünfundzwanzig.«

»Fünfundzwanzig?«, platzt es gleichzeitig aus Arno und Levin hervor. Ria muss lachen.

»Ich bin dann mit Niko groß geworden. Das heißt, ich bin groß geworden und er ist geblieben, wie er war. Wir haben viel gemeinsam erlebt und hatten viel Spaß zusammen. Niko war mein Freund. Aber irgendwann kam ich in die Pubertät und Jungs waren blöd. Plötzlich wollte ich nicht mehr mit einem Jungen herumlaufen. Er saß dann nur noch in meinem Zimmer in der Ecke und war die meiste Zeit aus. Er wurde zu einer Art Kleiderständer. Alles, was ich nicht wegräumen wollte, habe ich einfach über ihn geworfen. Aber es hat dann noch gedauert, bis ich mich ganz von ihm getrennt habe. Das war nach dem Tod meiner Großeltern. Ich wohnte allein in ihrem Haus, das jetzt meins war. Inzwischen war ich erwachsen. Aber erst mit zwanzig habe ich Niko im Keller eingemottet. Es wäre mir peinlich gewesen, jemanden mit nach Hause zu bringen und ihn da sitzen zu haben, ein Relikt aus meiner Kindheit. Das Problem war nur: Ich brachte niemanden mit nach Hause. Ich lernte ja niemanden kennen. Ich hatte eine Ausbildung und einen Job, ich hatte Kollegen und Kolleginnen, ein paar Freundinnen, aber mehr war nicht drin. Ich wurde dann immer wieder krank. In dieser Zeit habe ich jedes Jahr bestimmt drei Monate im Krankenhaus verbracht. Nie habe ich mich so einsam gefühlt, wie in diesen paar Jahren. Aber dann wurde ich dreiundzwanzig. Und ich wollte mein Leben genießen, solange es mir noch blieb. Da habe ich mich an Niko erinnert, und dass er mal mein Freund war. Ich holte ihn aus dem Keller und brachte ihn in eine Werkstatt. Da haben sie dann einen Mann aus ihm gemacht. Ich wollte keinen Jungen mehr, der mit mir spielte. Ich wollte einen Mann. Ich wollte …«

»Sex«, rutscht es Levin heraus.

»Du spielst mit deinem Leben!«, zischt Ria ihn an.

»Aber er hat recht, oder?«, wagt Arno nachzufragen.

Ria sagt nichts, lächelt und zuckt mit den Schultern.

»Ich weiß von alledem nichts«, sagt Levin. »Außer dem Sex natürlich.«

»Die haben dich gelöscht«, sagt Ria. »Ich wollte ganz neu anfangen. Ich wollte nicht mit einem Mann zusammenleben, der mit mir meine halbe Kindheit verbracht hat.«

Stille. Niemand sagt ein Wort. Levin versucht, über den Tag hinauszudenken, an dem er zu Ria gekommen ist. Doch natürlich gelingt es ihm nicht. Nichts von damals ist in seinem Speicher noch vorhanden. Er muss sich damit abfinden, dass seine ersten Jahre für ihn verloren sind.

»Tja«, sagt Ria. »Und jetzt stehen wir hier, wir drei. Ich habe einen Sex-Sklaven und einen Freund, der mich liebt. Ich möchte neu anfangen mit dir, Arno. Alles Vergangene behindert mich dabei. Ich möchte alles hinter mir lassen. Meine Mutter, meinen Vater, Niko – und Levin. Verstehst du jetzt, warum ich ihn nicht behalten will? Und warum ich ihn auch dir nicht geben kann? Ich könnte ihn dann nicht vergessen. Er muss weg. Vollständig weg aus meinem Leben. Wenn du unbedingt willst, kannst du einen anderen besorgen. Aber Levin muss weg.«

»Er ist deine Vergangenheit«, sagt Arno betroffen. »Und es ist doch aufschlussreich, seine Vergangenheit zu kennen. Hast du selbst gesagt.«

»Zu kennen, Arno, zu kennen. Nicht, sie mit sich herumzuschleppen. Ich muss endlich abschließen mit Allem. Jeder von uns beiden hat eine große Aufgabe. Deine ist es, meinen möglichen Tod zu akzeptieren, meine, die Vergangenheit hinter mir zu lassen. Deshalb muss er weg. Ich werde ihn an die Werkstatt von damals verkaufen, spätestens dann, wenn er wieder etwas anstellt. Und das wird er, glaub mir.«

Optimisten und Pessimisten

Die Menschheit unterteilt sich in Optimisten und Pessimisten. Erstere beurteilen nicht einfach nur alles positiv. Sie sehen nicht nur stets das volle Glas, freuen sich an jedem guten Zeichen für die Zukunft, sind tendenziell antriebsstärker, ausgeglichener, mutiger und halten ihre Hoffnung länger aufrecht. Und Pessimisten sind nicht einfach nur das Gegenteil, nämlich griesgrämige Spielverderber, nörgelnde Bremser und Weltuntergangs-Propheten, die lieber im dunklen Keller hocken, weil sie fürchten, dass ihnen draußen der Himmel auf den Kopf fällt. Vielmehr sind Optimisten wie Pessimisten Günstlinge der Evolution. Sie beide haben es bis in die Neuzeit geschafft. Es scheint sogar so, als haben diese beiden Grundtypen des Menschen ihrer Spezies überhaupt erst das Überleben gesichert. Beide!

Der Eine ist nichts ohne den Anderen. Der simple Grund dafür ist wiedereinmal der menschliche Tod, diese immer drohende Nebenwirkung des Lebens. Der Pessimist in Reinform verhungert in seinem dunklen Keller. Dem Optimisten fällt draußen dafür leicht der Himmel auf den Kopf. So braucht der Pessimist zwingend den Optimisten, der überhaupt erst den Mut aufbringt oder den Leichtsinn, trotz vielfältiger Gefahren in die Welt hinauszugehen, um Nahrung,

Kleidung und Baumaterial für einen Keller zu besorgen. Und der Optimist tut gut daran, zumindest manchmal auf den Pessimisten zu hören, wenn dieser eine besonders große Gefahr zu erkennen glaubt. Und das können Pessimisten gut: Gefahren erkennen.

Kommt der Optimist in eine neue Situation, dann freut er sich schon darauf, was sie ihm bringen wird. Der Pessimist dagegen malt sich zunächst einmal aus, welche schlimmen Dinge passieren könnten. Er tut das nicht bewusst, es geschieht einfach mit ihm. Er hat tagtäglich tausende Szenarien im Kopf, was alles schiefgehen kann. Zu gegebener Zeit ploppen sie auf wie ein Werbebanner auf einer Website. Dies geschieht vollautomatisch. Es ist sein Bauchgefühl und funktioniert wie ein Reflex. So erkennt er die meisten Gefahren ohne jedes Nachdenken – und selbstverständlich auch die, die irrwitzig, völlig unrealistisch und auch gar nicht vorhanden sind.

Die kleine Bande, in deren Wohnzimmer Sally jetzt steht, besteht aus mindestens einem Optimisten und einem Pessimisten. Der Optimist ist eindeutig der Mann, der Sally zu diesem Haus auf der Gleisanlage geführt und ihr die Tür geöffnet hat. Der Pessimist sitzt im Innern auf einem abgeranzten Stuhl an einem vollgemüllten Tisch und macht große Augen, als er Sally hereintreten sieht. Erschrocken nimmt er die Füße vom Tisch und springt auf – nicht etwa aus Höflichkeit, sondern, um eine besser Kampfposition zu haben.

»Wo hast du die denn aufgegabelt?«

»Sie war auf dem Weg hierher.«

»Was soll das heißen, sie war auf dem Weg hierher?«

»Sie kam mir einfach entgegen, als ich zum Platz wollte.«

»Wo?«

»Na, draußen auf den Schienen.«

»Und dann hast du sie einfach hierher gebracht?«

»Ja klar.«

Der Pessimist kommt hinter dem Tisch hervor und stellt sich Sally in den Weg.

»Ist die ein Robot?«

»Sonst hätte ich sie nicht hergebracht.«

»Ach ja?«

Langsam geht der Pessimist um Sally herum. Er scheint etwas zu suchen. Dann hat er es gefunden. Mit beherztem Griff in ihren Nacken stellt er Sally kalt. Wie sehr sie diesen Schalter hassen würde, wenn sie hassen könnte.

»Ist sie allein gekommen?«

»Ja.«

»Woher weißt du das?«

»Es war niemand sonst da.«

»Die muss doch jemand geschickt haben.«

»Ja, vielleicht. Aber der war nicht da.«

»Ist ihr vielleicht hinterhergelaufen.«

»Nein, ich hab geguckt.«

»Aber nicht den ganzen Weg, oder? Du bist nicht bis zum Platz zurückgelaufen, um dort nachzusehen, und auch nicht im Gebüsch überall.«

»Natürlich nicht.«

»Und warum bringst du sie dann her?«

»Mann, da war keiner!«

»Das kannst du nicht wissen. Die wird bestimmt per GPS getrackt. Vielleicht wird sie per Drohne überwacht. Alles ist möglich.«

»Was hätte ich denn machen sollen?«

»Na, verscheuchen natürlich.«

»Dann wäre sie nur noch neugieriger geworden. Oder der, der sie geschickt hat. Der wäre dann wahrscheinlich persönlich gekommen. Was dann?«

Ja, denkt Sally, manchmal erkennen selbst Optimisten eine Gefahr.

»Dann hätten wir den auch verscheucht.«

Und manchmal, denkt sie weiter, sehen selbst Pessimisten etwas zu rosig.

»Das können wir jetzt auch machen.«

»Nein, können wir nicht mehr, denn jetzt haben wir seine Robo-Tussi entführt.«

»Dann lassen wir sie eben wieder laufen.«

»Auf keinen Fall! Dann erzählt sie alles. Was will sie überhaupt hier?«

»Sie sucht nach Rubik. Sie hat ein Foto von ihm. Hier.«

Der Pessimist nimmt Sally das Foto aus der steifen Hand und betrachtet es lange.

»Was will sie denn von dem Saufbold?«

»Keine Ahnung, hab sie nicht gefragt.«

»Hättest du aber besser.«

»Mann, ich hab ihr nicht mal gesagt, wer das ist. Sie weiß nichts.«

»Du hättest sie nicht herbringen sollen.«

»Was hast du denn? Ich dachte, wir suchen solche wie sie.«

»Ja, aber nicht, wenn sie gerade auf dem Weg zu uns sind. Die hat doch jemand geschickt. Ich will hier keine Besucher.«

»Wenn dir die Ware zu heiß ist, lassen wir sie eben gehen. Jetzt sofort. Die weiß nichts. Die hat nichts gesehen.«

»Woher willst du das wissen?«

»Wir sind vom Platz aus gekommen. Bei den Schrottresten hinterm Haus sind wir nicht gewesen. Und die andere Ware ist oben, die hat sie auch nicht gesehen. Wann kommt Jason eigentlich endlich, die abzuholen?«

Der Pessimist schaut seinen Kollegen streng an. Sally weiß, warum er das tut. Der Optimist weiß es nicht.

»Was ist?«, fragt er. »Jason hat doch gesagt, er kommt diese Woche noch. Er war doch so heiß auf die Teile. Er wollte unbedingt die neuen Robuddies aus dem Hotel, hat er mir gesagt.«

»Du Idiot«, sagt der Pessimist. »Sie weiß also gar nichts, sagst du?«

»Nein, rein gar nichts. Erst recht nichts vom Coup im Hotel und der Lieferung an Jason, wenn du das meinst.«

»Du weißt schon, dass sie alles mithört, oder?«

Schweigen. Offensichtlich wusste er es nicht. Optimist eben.

Damit ist die Sache beschlossen. Beide Männer müssen sich sehr anstrengen, um Sally eine schmale Treppe hinauf in den ersten Stock zu tragen. Zwar sind Robots nicht völlig steif, wenn sie im Not-Aus sind; von außen können sie leicht bewegt und in verschiedene Posen gebracht werden, die sie dann auch eigenständig halten. Auch haben sie Kontrolle über ihr Gleichgewicht, damit sie nicht einfach umkippen. Doch natürlich wiegen sie weiterhin, was sie so wiegen. Bei Sally sind das sicher gut sechzig Kilo.

»Die kann doch laufen«, hat der Optimist angemerkt. »Machen wir sie an, dann kann sie selber gehen.«

»Die kann mit Sicherheit Karate oder so was«, war sich der Pessimist aber sicher. Und so dauert es einige Minuten, bis sie ihr Opfer im ersten Stock in der Mitte eines großen Raumes auf dem Betonfußboden ablegen. Kurz kann

Sally erkennen, dass sie hier in guter Gesellschaft ist. Dann aber liegt sie auf dem Rücken und kann nur noch unter die schimmelige Betondecke sehen. Robots wie sie hat sie gesehen, fünf Stück. Sie sehen modern aus, sind aber nicht alle unversehrt. Ein Rumpf ohne Arme ist dabei, ein unschön verrenktes Bein ohne Fuß und ein zerstörtes Gesicht. Die fehlenden Teile, denkt sie, liegen sicher hinterm Haus.

Sally hört, wie die Männer sich einigen, diesen Jason zu holen, um ihm außer der Reihe einen Rovant anzubieten, alt aber intakt. Den solle er dann aber sofort mitnehmen. Die Ware sei zu heiß, um lange hier zu lagern.

Wenig später hört Sally die Haustür im Erdgeschoss. Es scheint ihr, als seien beide Männer verschwunden.

Als sich die Tür wieder öffnet, ist es bereits nach drei Uhr. Sally hört deutlich mehr als zwei Personen herein- und die Treppe heraufkommen. Als sie oben bei ihr stehen und Sally ihre Gesichter über sich sieht, erkennt sie den Pessimisten und den Optimisten wieder. Einen weiteren hat sie gestern Nacht schon einmal auf dem Bahnhofsvorplatz gesehen. Er war einer von denen, die vor den Pots geflohen sind. Die drei anderen kennt sie nicht. Genau so viele Menschen wie Roboter sind jetzt hier im Raum, denkt Sally. Rubik, der Vogelmann, ist nicht dabei.

»Cooles Shirt«, sagt einer der Männer.

»Na ja«, sagt ein anderer.

»Die Hose war auch mal cool«, sagt wieder ein anderer. »Hat aber ein Loch.«

Der mit dem Shirt richtet Sally auf, sodass sie sitzt. Dann zieht er ihr das coole Shirt aus und drückt sie unsanft wieder zurück auf den Boden.

»Klar, dass Piet sich das Shirt greift«, mault einer.

»Was willst du?«, beschwert sich Piet, während er sich seine Beute überzieht. »Ich hab letztes Mal gar nichts abbekommen.«

Währenddessen zieht ein anderer Mann ihr Schuhe und Strümpfe aus. Der Pessimist öffnet ihren Gürtel und zieht ihn aus den Schlaufen. Ein anderer bückt sich und muss lange an Sallys Beinen und Hüften herumzerren, bis er ihre Hose in der Hand hält. Er betrachtet sie kurz und steckt seinen Finger durch den Winkelhaken, den die Dornen gerissen haben. Achtlos wirft er das kaputte Ding auf einen Haufen mit Kleidung in der Ecke.

Was jetzt geschehen wird, das weiß Sally nicht. Lang ausgestreckt liegt sie auf dem dreckigen Boden eines verlassenen Hauses. Von weit unten schaut sie hinauf in die Gesichter von sechs fremden Männern. Breitbeinig stehen sie um die Imitation einer Frau herum und stemmen die Hände in die Hüften. Sally selbst ist vollkommen nackt. Die Männer schauen auf sie herab. Sie werden sich sicher nicht nur für ihre Kleidung interessieren.

»Die könnten die ruhig etwas echter machen«, sagt einer und stößt mit der Fußspitze gegen eine von Sallys Brüsten.

»Du kannst ihr ja echtere dranmachen«, sagt der Optimist. »Wir haben sicher noch welche hinterm Haus.«

»Nein danke, ich stehe nicht auf Plastik.«

»Schon mal ausprobiert?«

»Klar, was denkst du denn?«

»Aber sicher nur so 'ne Alte wie die da. Die neuen sind ganz anders.« Mit wissendem Blick deutet er auf die anderen Robots im Raum.

»Aber die hier ist wie Plastik. Und sonst hat sie auch nichts zu bieten.«

»Schluss jetzt«, sagt der, der bisher noch gar nichts gesagt oder getan hat und abseits gestanden hat. Jason, denkt Sally. Das muss Jason sein. So benimmt sich ein cooler Anführer.

Jason kommt näher. Eine Weile steht er nur neben ihr und betrachtet sie von oben bis unten. Mit dem Fuß schiebt er ihren rechten Arm ein wenig vom Rumpf weg. Einer der anderen Männer tut dasselbe mit dem anderen Arm. Jason stellt einen Fuß neben ihre Taille, den anderen auf die andere Seite. Breitbeinig steht er über ihr. Sein Gesicht ist jetzt genau in ihrem Blickfeld. Wieder betrachtet er sie nur. Dann geht er in die Knie, so tief, dass sein Po ihren Bauchnabel berührt.

»Ihr die Arme, ihr die Beine«, gibt er Anweisungen. »Du die Schultern.«

Die Männer gehen auf ihre Posten. Der Pessimist drückt Sallys Fußgelenk so fest zu Boden, dass es wohl brechen würde, wäre es menschlich. Der Optimist an ihrem Arm dagegen ist geradezu zärtlich mit ihr.

»Hat sie ihren Namen gesagt?«, fragt Jason.

»Sally«, antwortet der Optimist.

»Dann wollen wir mal loslegen, Sally«, sagt Jason und entriegelt den Schalter in ihrem Nacken. Sofort versucht sie, sich zu entwinden. Alle Männer festigen ihren Griff. Einer kniet sich hastig auf ihren Unterarm, einer auf eine Schulter. Nur dem Optimisten kann sie tatsächlich ihren Arm entreißen – bei ihm hat sie sich auch am meisten bemüht – und landet fast einen Kinnhaken bei Jason; neben Judo kann sie auch leidlich boxen. Doch Jason ist schneller als sie. Er fängt ihre Hand ab und zwingt sie wieder zu Boden.

Der Optimist kniet sich auf ihren Arm, ein anderer auf ihren zappelnden Oberschenkel, und Jason sitzt jetzt mit seinem ganzen Gewicht auf ihr. Sie begreift, dass sie keine Chance mehr hat. Zum Schutz ihrer Hardware stellt sie ihren Widerstand ein.

»Aha«, sagt Jason. »Eine Raubkatze also.«

Sally fragt sich, ob er nicht weiß, dass diese zynisch-arrogante Macho-Art der Einschüchterung bei Robotern nicht funktioniert. Sie hat keine Angst vor ihm, keine Angst vor irgendetwas, das er ihr antun könnte. Sein herablassendes Lächeln, sein selbstherrlicher Tonfall – eine Menschenfrau wäre vielleicht beeindruckt. Sally lässt das kalt. Befreien möchte sie sich trotzdem.

»Sie haben kein Recht, mich festzuhalten. Ich habe niemandem etwas getan. Lassen Sie mich frei.«

Jasons Lächeln wird breiter, doch er antwortet ihr nichts. Sally fragt sich, was er denkt. Ob er sich wundert, wie naiv Androiden sein können? Vielleicht denkt er an seine Oma. »Das darf man doch nicht machen«, hat sie früher vielleicht immer gesagt, wenn sie in den Nachrichten von einem Verbrechen hörte, oder: »Das hätten wir uns früher nicht erlaubt«. Solche Sätze sind typisch für alte Menschen, weiß Sally. Das sagt ihr ihre Wissensdatenbank. Und auch, wenn sie zumindest teilweise richtig sind, machen sie auf jemanden wie Jason natürlich keinerlei Eindruck. Ihm ist schlicht egal, was erlaubt ist und was nicht, ob man Androiden stehlen und verhökern darf oder nicht. Ob ihm auch egal wäre, wenn seine Oma ihn hier sehen könnte, wie er schwer auf einer nackten Androidenfrau sitzt?

»Wer hat dich geschickt?«, fragt er.

»Niemand. Es war meine Idee herzukommen.«

»Solche wie du haben keine Ideen.«

»Das ist ein weit verbreiteter Irrtum. Auch künstliche Intelligenz hat Ideen. Sie entstehen, indem verschiedenste Handlungsmuster, auch die absurdesten, theoretisch durchgespielt werden. Sie …«

»Absurd war es, hier herzukommen, Sally. Was wolltest du hier?«

»Ich suche nach Rubik. Das ist der Mann, der auf dem Bild zu sehen ist. Ich weiß nicht, wer es jetzt hat.«

»Was willst du von Rubik?«

»Das muss ich bitte mit ihm persönlich besprechen.«

»Aber Rubik ist nicht da. Du kannst es mir erzählen, ich sage es ihm dann.«

»Ich vertraue Ihnen nicht.«

»Solltest du aber.«

»Warum? Weil Sie mir sonst das Gesicht einschlagen? Wie dem Robuddy in der Ecke?«

»Das würde dich nicht kratzen, oder?«

»Richtig.«

»Aber ich werde dich auslesen, Sally. Dann weiß ich, was du mit Rubik zu schaffen hast. Und dann weiß ich auch, wem du gehörst. Und dann werde ich dem Herrn oder der Dame vielleicht einen Besuch abstatten.«

Jason nickt Piet an Sallys Kopfende zu. Ohne sein Knie von ihrer Schulter zu nehmen, kramt er in seinem Rucksack und zieht ein Tablet hervor.

»Warte«, sagt er und tastet hinter Sallys Ohr. »Die ist so alt, die hat noch 'nen Service-Port. Ich wusste, dass ich das Kabel irgendwann brauchen würde.«

Er kramt weiter im Rucksack und holt ein Kabel hervor.

»Warum so kompliziert?«, fragt Jason.

»Damit kommt man tiefer rein«, behauptet Piet. Ein Experte also, ganz wie Arno, denkt Sally. Kein Wunder, dass er scharf auf das Shirt war.

Als sich das Tablet mit ihr verbindet, weiß sie, dass sie verloren hat. Sie denkt an Arno, den sie in Gefahr gebracht hat. Sie wollte das Beste für die Freundin ihres Freundes, und jetzt ist sie schuld, wenn Jason ihn zu Hause besucht. Zwar ist Arno nicht ihr offizieller Besitzer, aber sie enthält genug Hinweise auf ihn und seine Wohnung. Anders als die Polizei, würde Jason Arnos Tür einfach mit dem Fuß eintreten. Sally muss etwas tun.

»Führen Sie mich zu Rubik«, sagt sie. »Dann sage ich ihm, was ich ihm zu sagen habe. Dann sagt er es sicher Ihnen.«

»Gute Idee, Sally. Aber daraus wird nichts.«

Jason ist ein Andro-Jäger, denkt Sally. Ihm liegt nichts an Arno und auch nicht an Ria, die er auf dem Video sehen wird, sobald er es entdeckt. Ein Andro-Jäger, weiter nichts. Er braucht nur die Gewissheit, dass er nicht auffliegt. Also sagt sie ihm, was er sowieso herausfinden wird.

»Mein Besitzer ist die Firma *2nd-Hand-Robot-Oldies*. Aber ich wurde gestohlen von einem Mann namens Arno. Er hat mir ein Video gezeigt, auf dem eine Frau zu sehen ist, die er kennt. Auf dem Video ist auch dieser Rubik zu sehen. Auch er scheint die Frau zu kennen. Auf dem Video ist er erstaunt und nennt sie beim Namen. Aber sie bemerkt ihn nicht, und so reden sie nicht miteinander. Ich habe mich gewundert, dass Rubik diese Frau kennt, daher wollte ich ihn danach fragen. Das ist alles. Arno weiß jedenfalls nicht, wo ich bin. Ich bin einfach gegangen.«

»Spannende Geschichte, Sally, aber kein Robot verlässt seinen Besitzer.«

»Er ist nicht mein Besitzer. Er hat mich gestohlen und festgehalten – wenn auch nicht so, wie Sie jetzt.«

Jasons Blick wird schärfer. In seinem Kopf wird er jetzt wohl mit Wahrscheinlichkeiten hantieren: Eigentlich kann er sich sicher sein, dass alles stimmt, was Sally ihm erzählt. Robots lügen nicht. Aber kann er sich wirklich darauf verlassen? Wie sicher ist, dass Arno nichts von ihrem Aufenthaltsort weiß? Vielleicht ohne, dass es Sally weiß. Gibt es Arno überhaupt? Wie wahrscheinlich ist es, dass sie nichts verheimlicht? Jason weiß, dass Piet fast alles nachprüfen kann, wenn er nur genug Zeit hat, in ihrer Datenhaltung zu suchen.

»Wir sollten sie hierlassen«, sagt der Mann an Sallys rechtem Bein.

»Ihr könnt sie nicht einfach hierlassen«, beschwert sich der Pessimist. »Ich habe keinen Bock auf Pot-Besuch.«

»Das hättet ihr euch vorher überlegen sollen«, sagt Piet. »Ihr könnt sie ja einfach kaltmachen.«

»Nehmt sie mit und macht sie selbst kalt«, schlägt der Optimist vor.

»Ich müsste nur bitte vorher diesen Rubik sprechen«, meldet Sally sich wieder zu Wort. Doch niemand achtet auf sie. Piet allerdings wirkt plötzlich sehr aufgeregt.

»Das solltest du dir ansehen, Jason«, sagt er und reicht seinem Boss das Tablet. Der schaut lange darauf.

»Kann nicht sein«, entscheidet er dann.

»Ist aber so.«

»Kann aber nicht sein.«

»Es ist aber so.«

»Wenn das stimmt …« Jason stockt.

»Es stimmt, Jason. Dieser Arno kann uns egal sein. Aber die hier ist der Coup des Jahrhunderts.«

»Wieso?«, fragt der Optimist. »Was ist denn?«

Jason beugt sich tief zu Sally hinab. »Scheint so, dass du etwas ganz Besonderes bist, Sally«, raunt er ihr zu und greift wieder in ihren Nacken. Dann lässt er das Tablet auf ihre Brust fallen und erhebt sich. Eine Weile steht er nur so da und schaut auf die anderen Robots. Schließlich trifft er eine Entscheidung und wendet sich an den Mann an Sallys rechtem Arm: »Schaff Rubik her. Sofort.«

Wünsche

enschen sitzen selten auf Tischen. Levin weiß, dass ein Mensch, der im Schneidersitz auf einem Tisch sitzt, eher ungewöhnlich ist. Nicht unbedingt verrückt, aber schon speziell. Es kommt einfach zu selten vor, dass jemand sich vollständig auf einen Tisch setzt. Es gibt überhaupt nur wenig Menschen, die das Bedürfnis dazu haben oder auch nur die Fähigkeit, da es – je nach Alter – ja schon ein wenig herausfordernd ist, unbeschadet einen Tisch zu erklimmen. Dementsprechend selten sieht man Menschen auf Tischen, und was man selten sieht, ist ungewöhnlich, und wer ungewöhnliche Dinge tut, gilt unter Umständen schon als ein wenig verrückt. Aber sollte man Ria jetzt als verrückt ansehen, nur weil sie auf ihrem Esstisch sitzt?

Verrückt zu sein oder nicht ist eine völlig willkürliche Konvention, die nichts mit Unvernunft oder Gefahren zu tun hat. So wird Skifahren im Allgemeinen als deutlich weniger verrückt angesehen, als auf einem Tisch zu sitzen, obwohl bei Ersterem deutlich größere Gefahren drohen. Heutzutage fahren so viele Menschen Ski und brechen sich ihre und anderer Leute Knochen dabei, dass nur die Wenigsten das Skifahren als verrückt bezeichnen würden; als gefährlich vielleicht, aber nicht als verrückt.

»Ich bringe etwas zu trinken«, sagt Levin, als er den Raum betritt. Auf dem Tablett in seiner Hand stehen zwei Gläser mit Eistee. Eines reicht er Ria. Missmutig nimmt sie es entgegen und stellt es neben sich auf den Tisch.

»Hast du keinen Durst?«, fragt Arno, der ebenfalls auf dem Tisch sitzt, ebenfalls im Schneidersitz und Knie an Knie mit Ria. Beide haben bis gerade eben noch gegenseitig ihre Hände gehalten und sich in die Augen geschaut.

»Doch, allerdings«, gesteht Ria. »Ich wollte nur unsere Stimmung nicht zerstören.«

»Ich bitte um Entschuldigung, dass ich hereingeplatzt bin«, sagt Levin und reicht Arno das zweite Glas.

»Schon gut«, sagt Arno. »Wenn sie doch nun mal Durst hat. Cheers.«

Er stößt mit dem Glas auf dem Tisch an und trinkt. Auch Ria nimmt ihres jetzt und leert es in einem Zug.

»Ich kann selbst für mich sorgen«, grummelt sie und stellt es unsanft auf Levins Tablett zurück. »Woher weißt du eigentlich immer, wann ich gerade Durst habe?«, fragt sie mit vorwurfsvollem Unterton.

»Ich weiß es nicht«, sagt Levin. »Ich dachte einfach, es würde Zeit.«

»Du bringst auch nie das Gleiche, aber immer genau das, was ich gerade gerne hätte.«

»Ich bringe einfach etwas.« Levin hat keine Ahnung, was sie meint.

»Ich habe dich nicht gerufen, aber du bist trotzdem gekommen. Nicht vor einer Stunde, nicht vor zehn Minuten, sondern genau jetzt, gerade als ich merke, dass ich Durst habe.«

»Er ist aber auch schon mal da, wenn du ihn nicht so gut gebrauchen kannst«, wirft Arno ein. »Schon vergessen?«

»Nein«, lacht Ria. »Das habe ich allerdings nicht vergessen. Wie könnte ich? Aber meist kommt er wirklich, kurz bevor ich mich selber kümmern kann. Das ist unheimlich. Als wenn er ununterbrochen hinter der Tür steht und lauert, bis ich etwas brauche.«

»Vielleicht Telepathie«, sagt Arno.

»Zwischen Mensch und Maschine?« Grinsend zeigt Ria Arno einen Vogel – auf seiner eigenen Stirn. »Levin«, fragt sie dann, »was hast du eigentlich gemacht die ganze Zeit?«

»Ich habe im Keller aufgeräumt«, sagt Levin. »So wie Arno es gewünscht hat heute Morgen nach dem Frühstück. Du warst einverstanden.«

»Hm, okay.«

»Und warum bist du genau jetzt heraufgekommen?«, fragt Arno forschend.

»Ich weiß es nicht. Ich hatte das Gefühl, ich sollte heraufkommen. Es wurde einfach Zeit.«

»Schaust du in bestimmten Zeitabständen nach Ria?«

»Nein, das nicht.«

»Also eine typische Levin-Entscheidung«, sagt Ria.

Levin forscht in seinen zurückliegenden Gedankengängen. »Da ist allerdings etwas, das mich verwirrt«, sagt er dann. »Auf die meisten Kriterien für diese Entscheidung kann ich zugreifen, sogar auf ein paar wenige von den unbewussten. Aber davon sind einige … einen Moment.«

»Was?«, fragt Arno. »Was ist mit den Einigen?«

»Es gibt da welche, die sind nicht registriert.«

»Was soll das denn heißen?«

»Ich kann die Ursache nicht einsehen. Die Kriterien sind da, aber ich weiß nicht, woher sie kommen.«

»Na toll«, mault Ria.

»Aber ist doch auch egal«, sagt Arno beschwichtigend. »Jedenfalls weiß er immer, was du brauchst.«

»Das nervt. Wenn du nicht drauf bestehen würdest, würde er hier gar nicht mehr frei rumlaufen. Immerhin greift er auch oft genug ins Klo mit seinen Annahmen.«

»Aber manchmal liegt er auch richtig. Ich frage mich, ob ich das auch kann.«

»Was meinst du?«

»Ich frage mich, ob ich dir Wünsche von den Augen ablesen kann.«

»Warum solltest du das tun?«

»Weil das cool ist. Du würdest mich lieben.«

»Ich liebe dich auch so.«

»Obwohl ich ständig über die Flüchtlingspolitik schimpfe?«

»Ganz genau, obwohl du das tust.«

»Ja, aber dann noch mehr – wenn ich dir Gutes tue, meine ich. Dann liebst du mich noch mehr.«

Ria schließt die Augen. Sie scheint nicht begeistert zu sein von Arnos Worten. Dann schaut sie ihn ernst an.

»Glaubst du, ich liebe Levin, weil er mir Gutes tut?«

»Bestimmt nicht«, gibt Arno zu.

»Arno, ich liebe dich einfach so. Weil du du bist.«

»Ja, aber wenn ich mal doof bin, hilft es dir dann nicht beim Mich-trotzdem-Lieben, wenn ich dir ansonsten die Wünsche von den Augen ablese?«

»Nein, das hilft mir nicht, Arno. Wenn ich dich liebe, dann ohne triftigen Grund. Oder vielleicht …« – sie schaut Levin an, der noch immer neben dem Tisch steht – »… vielleicht ist das Kriterium für meine Liebe einfach nicht registriert.«

Arno schmunzelt. Jetzt ist er es, der für wenige Sekunden seine Augen schließt.

»Aber was wäre«, beginnt er, »wenn ich einen Wunsch in deinen Augen gelesen hätte und schon dabei wäre, ihn zu erfüllen, und wenn ich schon etwas vorbereitet hätte, womit du nie rechnen würdest, und das jetzt auf dich warten würde? Sollte ich das vielleicht besser alles abblasen?«

Ria grinst. »So ein Quatsch. Du kannst mir jederzeit einen Wunsch erfüllen. Je öfter, desto lieber.«

»Dann los«, bestimmt Arno und klettert vom Tisch. »Lass uns in die Stadt fahren.«

»Bei dem Regen?«

»Ist doch jetzt egal. Levin kommt mit, der kann tragen helfen. Und ich muss mal eben kurz telefonieren.«

Zwanzig Minuten später halten sie in einer noblen Einkaufsstraße. Arno steigt aus dem Wagen und hastet zum Kofferraum. Eilig kramt er darin herum und holt einen Regenschirm heraus. Er spannt ihn auf und öffnet Ria die Autotür.

»Darf ich bitten?«

»Was wird das, Arno?«

»Wart's ab. Nur ein paar Schritte die Straße runter.«

Gemeinsam unter dem Schirm gehen sie an großen Schaufenstern entlang, vorbei an noblen Geschäftseingängen und teuren Auslagen mit Bekleidung und Schmuck. Levin folgt ihnen in wenigen Metern Abstand. Endlich bleibt Arno vor einer besonders großflächigen Glasfront stehen. *Galerie Thompson* steht in großen, goldenen Buchstaben daran.

»Hereinspaziert«, sagt Arno und öffnet die Tür.

»Eine Ausstellung?«, fragt Ria. »Hier? In diesem Nobelviertel?«

Als sich die schwere Glastür hinter ihnen schließt, verstummen Regen und Straßenlärm. Ria schließt die Augen und atmet tief ein. Sie liebt es, weiß Levin, in besonderen Momenten und an fremden Orten zunächst einmal nur zu lauschen und, ja, Witterung aufzunehmen. Dann öffnet sie die Augen und erblickt die vielen, großformatigen Bilder an den Wänden. Es ist, als verliere ihr Gesicht für einen kurzen Moment jegliche Beherrschung.

»Das sind ja …«, sagt sie noch, dann steht sie wie versteinert da.

»… deine Bilder«, ergänzt Arno stolz.

In diesem Moment erscheint ein Mann in einer der hinteren Türen. »Welcome!«, ruft er durch den Raum und eilt auf Arno, Ria und Levin zu.

»Das ist Greg«, erläutert Arno. »Er ist Brite und ein alter Freund von mir.«

»Welcome«, wiederholt Greg und reicht Ria die Hand. Wie in Trance ergreift sie sie. »Mein Name ist Greg Thompson. Wie schön, Sie kennenzulernen«, fügt er völlig akzentfrei hinzu.

»Greg möchte dir ein Angebot machen«, erläutert Arno. Levin merkt ihm an, dass er unsicher geworden ist, da Ria keinerlei Regung zeigt. Sie steht nur da, während Greg ihre Hand schüttelt, und schaut sich mit großen Augen um.

»Vielleicht lassen wir sie erst einmal in Ruhe die Bilder genießen«, sagt Greg zu Arno. Er gibt Rias Hand frei und tritt einen Schritt zurück.

Ria wendet sich ihren Bildern zu. Langsam schreitet sie daran vorüber und betrachtet jedes einzelne von ihnen länger oder weniger lang.

»Ich bin begeistert von Ihren Bildern«, sagt Greg, der ihr Schritt für Schritt folgt. »Ich liebe Ihre Farbwahl, Ihren Pinselstrich. Ihre Bilder haben eine Ausdrucksstärke, die ich noch gar nicht umfassend beschreiben kann. Schon diese einfachen Fotografien Ihrer Bilder haben eine bemerkenswerte Kraft, viel größer als die der üblichen Werke, die mir sonst heutzutage so angeboten werden.«

»Wo haben Sie die her?«, fragt Ria. Greg sieht aus, als fürchte er, etwas Falsches zu sagen.

»Er hat sie von mir«, steht Arno ihm bei. »Ich habe ihm gesagt, wenn er je etwas Geniales in seiner Galerie hängen haben wird, dann sind es deine Bilder.«

Ria nickt und betrachtet weiter ihre Werke. Schließlich geht sie auf das größte von ihnen zu, das an prominentester Stelle an einer massiven Stellwand in der Mitte des Raumes hängt. Sie steht davor, legt den Kopf schief und betrachtet es so genau, als sähe sie es zum ersten Mal. Das Motiv ist dreiundzwanzig Tage alt, weiß Levin, und er sieht es tatsächlich zum ersten Mal. Zwar kennt er bereits den schwarzen Kreis auf der weißen Fläche, aber das fertige Bild ist ihm damals entgangen. Farbenfrohe Übermalungen sieht er jetzt an den Rändern des Kreises. Sie ragen weit ins Kreisinnere hinein und sehen aus wie lange Finger, die nach etwas tasten, oder wie leuchtende Flüsse, die eine große, dunkle Fläche entwässern. Die Farben scheinen im noch nassen Zustand miteinander verlaufen zu sein. Auf vielfältige Weise haben sie sich miteinander vermischt. An manchen Stellen sieht es so aus, als würden sie verschlungen vom schwarzen Untergrund, an anderen behalten sie definitiv die Oberhand. Das gesamte Motiv hat Ria mit einem scharf konturierten Rahmen aus weißer Farbe umgeben – weißer Farbe auf weißem Grund, fast nicht als Farbe zu erkennen. Levin versteht nicht, wie ein solch abstraktes Bild aus einem Menschen herauskommen kann. Noch mehr als bisher schon bewundert er Ria und fragt sich, ob auch er eines Tages in so verschlungenen Pfaden wird denken können.

»Dies wird der Höhepunkt der Ausstellung«, sagt Greg. »Ich habe nicht zufällig diesen Platz dafür ausgewählt. Für mich steht es im Zentrum von allem, was Sie bisher geschaffen haben. Wenn hier erst das Original hängt, dann … die Welt wird Ihre Kunst lieben. Nach all den Jahren – endlich mal wieder ein Mensch, der in der Kunstwelt mithalten kann. Endlich wieder natürliche Bilder. Eine Künstlerin aus Fleisch und Blut, die sich traut, der heutigen künstlichen Kunst etwas entgegenzusetzen. Und die die Fähigkeit dazu hat! Das hat es lange nicht mehr gegeben, nicht nur bei mir nicht. Zuletzt hat vor drei Jahren ein Mensch hier ausgestellt, das war …«

»Das Original?«, unterbricht Ria ihn.

Kurz ist Greg verwirrt, dann versteht er. »Natürlich, ich brauche das Original. Ich biete Ihnen an, Ihre Werke bei mir auszustellen. Dies ist eine sehr renommierte Galerie, ich habe Kunden auf dem ganzen Globus. Wenn Sie bei mir ausstellen, dann wird Ihre Kunst die Welt erobern, glauben Sie mir. Das Publikum wird Ihnen zu Füßen liegen. Mehr als ein Künstler ist in diesen Räumen entdeckt worden, sie alle gehören heute zur Crème de la Crème der Kunstwelt. Beziehungsweise ihre Programmierer. Was ich brauche, ist Ihr Ja. Und natürlich die Originale. Hier ist schließlich keine Fotoausstellung.«

Greg meint, einen Witz gemacht zu haben und lacht darüber. Arno will einstimmen, doch erscheint ihm Rias Gesichtsausdruck nicht geheuer. Zu Recht, denkt Levin.

»Natürlich nur, wenn du einverstanden bist, Ria«, sagt Arno und kommt zu ihr herüber. »Greg macht dir hier ein

Angebot, das er nicht oft macht. Aber es ist deine Entscheidung. Wenn du nicht willst, dann eben nicht.« Arno schaut zu Greg hinüber. Der hebt erstaunt die Augenbrauen. »Aber vergiss nicht, Ria, du hast hier eine einmalige Chance.«

Ria nickt und betrachtet wieder ihr Bild, das Zentrum all ihrer Werke. Levin hat den Eindruck, als sei sie auf verschlungenen Wegen in ihrem Innersten unterwegs, als schlingere sie zwischen bunt und dunkel.

»Warum die Originale?«, fragt sie plötzlich mit erstaunlicher Klarheit.

»Wie bitte?«, fragt Greg. »Entschuldigung, aber das verstehe ich nicht.«

»Warum brauchen Sie die Originale? Sie haben doch diese Fotos. Die sehen genauso aus.«

»Ja, aber Fotos sind doch nicht wie Originale.«

»Nein, sie sind besser als Originale. KI liefert doch auch nur Drucke. Und diese hier sind perfekt. Arno muss Stunden gebraucht haben, um sie mit diesem Ergebnis zu fotografieren. Ich habe das nie so gut geschafft. Und Sie haben vermutlich ein Vermögen für diese Drucke ausgegeben. Das sind keine Polaroids. Die verstaubten Originale würden blass aussehen neben diesen Top-Repros.«

Bei dem Wort *blass* zuckt Greg fast unmerklich zusammen. Ria aber bemerkt es und sieht ihn eindringlich an.

»Was denken Sie gerade?«, fragt sie forschend. »So blass, wie ich, denken Sie doch gerade, oder? Sie denken, eine junge, blasse Albino-Frau wäre der ideale Anziehungsmagnet für neue Kundschaft. Nicht nur endlich wieder ein Mensch, nein, sogar ein behinderter Mensch. Mitleid schafft die beste Aufmerksamkeit, mehr als jede Software. Sie wollen die Originale? Ihnen reichen diese Drucke nicht, diese perfekten Drucke? Weil es Ihnen gar nicht um die Motive geht. Sie wollen genau die Materie hier aufhängen, die von der schneeweißen, engelsgleichen Künstlerin berührt worden ist. Mit Drucken können Sie kein Geld verdienen, nur mit Originalen, weil nur daran der silbrige Schweiß der Malerin und ihre blasse Seele klebt. Sie wollen gar nicht meine Bilder, sie wollen mich hier aufhängen.«

»Entschuldigen Sie mal!« Greg ist sichtlich erbost und blitzt Arno an.

»Die Originale stehen bei mir im Keller«, faucht Ria. »Und da können sie von mir aus verschimmeln. Originale bedeuten rein gar nichts! Wichtig ist noch nicht einmal das Bild, das Motiv. Nur der Moment seiner Entstehung zählt, nur das Synapsenfeuerwerk im Kopf der Malerin beim Malen, die Verformung ihrer Seele mit jeder neuen Linie, jedem Klecks und jedem Verlaufen der Farben. Und selbst, wenn ich auch dem fertigen Bild eine Bedeutung zugestehe, dann ist es nicht die Leinwand und auch nicht das Öl in der Farbe. Das Bild lebt ganz von allein – als Bild, als profane Anordnung von Farben auf einer Fläche, die eine Netzhaut reizen. Und es lebt auf jeder Reproduktion besser als im Original, dessen Farben reißen und vergilben mit der Zeit. Hier, Levin trägt von fast jedem dieser Bilder eine digitale Version in sich. Die sind entstanden, als die Farbe noch frisch war, als sie noch glänzte. Und wenn ich eins davon sehen möchte, wenn ich noch einmal meine Netzhaut damit reizen möchte, was nur ein winziger Abklatsch des Entstehungsmomentes ist, dann zaubert er es mir auf irgendeinen Bildschirm, so schön wie am ersten Tag. Und wenn ich es aufhängen möchte, dann besorge ich mir einen Druck davon. Und wenn es jemand anderem gefällt, dann schenke ich es ihm. Und warum mache ich das? Weil es meine Bilder sind. Und ich möchte, dass sie jeder Mensch sehen kann, jedenfalls jeder, dem sie etwas bedeuten, und nicht nur die, die es sich leisten können, Originale zu horten wie – Fußball-Sammelkarten.«

Wütend dreht Ria sich um und verlässt den Laden.

»Ria!«, ruft Arno ihr hinterher und folgt ihr. Auch Levin geht hinaus, nicht sicher, was hier gerade geschehen ist.

Der Regen ist schlimmer geworden. Große Tropfen prasseln gegen die Windschutzscheibe. Arno fährt mit Ria und Levin zurück. Es dauert lange, bis er sich ein Herz fasst.

»Es tut mir leid«, sagt er leise.

»Schon gut«, antwortet Ria gefasst und blickt weiter aus dem Seitenfenster. Levin sitzt hinter ihr auf der Rückbank und kann einen kleinen Teil ihres traurigen Gesichts im rechten Außenspiegel sehen.

»Ich dachte, es wäre in deinem Sinne«, sagt Arno.

»Warum dachtest du das?«, fragt Ria.

»Ich dachte, du wolltest mehr aus deiner Kunst machen.«

»Wie, mehr? Was kann man denn noch mehr daraus machen? Die Bilder sind fertig und der Moment ist verstrichen.«

Arno schweigt.

»Ach, Geld meinst du.« Rias Stimme klingt enttäuscht.

»Bekanntheit«, widerspricht Arno. »Ja, zugegeben, natürlich auch Geld. Als bekannte Malerin könntest du viel mehr aus deinem Leben machen. Vermutlich müsstest du nicht mal mehr arbeiten. So könntest du den ganzen Tag malen.«

»Warum sollte ich denn den ganzen Tag malen? Ich werde verrückt, wenn ich den ganzen Tag male, Arno. Das Malen ist doch nicht mein Leben. Überhaupt: Wie sollte ich denn mehr aus meinem Leben machen? Ich habe überhaupt kein

Leben, aus dem ich mehr machen könnte. Niemand *hat* ein Leben.«

»Natürlich hast du ein Leben.«

»Nein, Arno, habe ich nicht. Aber ich *bin* ein Leben. Das Leben ist doch nicht etwas, das man besitzt. Auch nichts, das man verlieren kann.«

»Ist das nicht Wortklauberei?«

»Nein, ist es nicht. Es ist ein sprachliches Problem, dass alle immer von ihrem Leben reden, aus dem man etwas machen kann. Mein Leben ist schon fertig, es ist vollständig und perfekt. Nicht dadurch, dass ich keine Geldsorgen habe. Nicht dadurch, nicht mehr zu arbeiten. Nur dadurch, dass ich existiere.«

»Was hat das denn mit den Bildern zu tun?«

Ria schaut wieder aus dem Fenster. Müde sieht sie aus.

»Ich möchte nicht mehr malen als bisher, Arno. Es ist perfekt, so wie es ist. Ich möchte schon gar nicht eine berühmte Künstlerin werden. Ich habe keine Zeit mehr dazu. In der Schickeria Sekt trinken, mit reichen Hanseln über Farbauswahl und Pinselstrich reden, nach New York fliegen, um dort meine Bilder zu sehen, die ich schon längst kenne. Ich möchte mit dir zusammen sein, Arno. Ich möchte auf dem Esstisch mit dir sitzen und deine Hände streicheln. Ich möchte dir in die Augen sehen und deine Nähe spüren. Ich bin keine Malerin, ich bin nur Ria. Hier …« – sie beginnt auf ihrer Brust, auf ihren Armen und Oberschenkeln herumzuklopfen – »… ich bin das alles hier. Und ein bisschen Oberstübchen noch, meine Gedanken, meine Seele, was auch immer das ist, meine Liebe zu dir. Das will ich noch genießen können, Arno. An jedem einzelnen Tag, der mir bleibt. Ganz ohne reichen Yuppies die schwitzigen Hände zu schütteln. Ich möchte auch jeden Tag meine Kollegen und Kolleginnen sehen. Denn das sind die einzigen Menschen außer dir, die keine großen Augen mehr machen, wenn sie mich sehen. Dort stehe ich längst nicht mehr auf dem Präsentierteller, bei ihnen kann ich ich sein, fast so wie in deinen Armen, Arno.«

Arno schweigt. Sie fahren jetzt über Land, vorbei an Feldern und Bauernhöfen, dann durch einen kleinen Wald.

»Das war dann wohl ein Griff ins Klo«, sagt Arno.

»Allerdings«, lacht Ria. »Aber du musst keine Angst haben. Ein Griff ins Klo kann einem unregistrierten Kriterium nicht viel anhaben.«

Arno lächelt, sagt aber nichts.

»So«, sagt Ria wenige Sekunden später. »Jetzt weißt du, was ich mir wünsche. Aber was ist mit deinen Wünschen? Ich kann sie dir leider auch nicht von den Augen ablesen.«

»Dabei wirst du mir kaum helfen können«, antwortet Arno erstaunlich schnell.

»Ach ja?« Ria klingt enttäuscht. »Weltfrieden also?«

Arno lächelt. »So ungefähr.«

»Ungefähr? Was denn genau?«

»Ich möchte, dass die Grenzen offen sind. Ich wünsche mir eine begründete Hoffnung für all die Menschen da draußen. Ich wünsche mir, dass die Abstimmung nicht so stattgefunden hat.«

»Oh. Das hat sie aber.«

»Ja, leider.«

»Du kannst die Zeit nicht zurückdrehen.«

»Nein, kann ich nicht.«

»Aber du hast sicher vorher alles getan, um das zu verhindern.«

Arno stutzt. Levin ebenso. War das noch Ironie oder schon Sarkasmus?

»Was sollte ich denn dagegen getan haben?«, fragt Arno. »Ich hatte nur eine Stimme, wie alle anderen.«

»Ich nehme an, du hast in den Wochen vorher auf der Straße für deine Sache geworben. Oder im Internet? Du hast dich großen Menschenrechtsverbänden angeschlossen, bist auf Demos gegangen, hast Websites geschaltet, Stände in Fußgängerzonen organisiert, gegnerische Nachrichtenserver gehackt und die Rädelsführer ermordet.«

Arno sagt nichts. Ria kann nicht ernsthaft glauben, dass er all das getan hat. Es war ganz sicher Sarkasmus, denkt Levin – den Ria bereits bereut. Zärtlich streicht sie Arno über die Wange.

»Entschuldige«, sagt sie. »Das war gemein.«

Arno versucht zu lächeln. »Nein nein, schon gut. Du hast vollkommen recht damit. Das alles hätte ich tun sollen.«

Dies wiederum kann Arno jetzt nicht ernst meinen.

Schweigend fahren sie weiter durch den Wald. Die Regentropfen prasseln unaufhörlich gegen die Windschutzscheibe. Jeder hängt seinen Gedanken nach. Es dauert viele Minuten, bis Levin die Stille als peinlich beurteilt. Also entschließt er sich dazu, Arno eine wichtige Frage zu stellen.

»Soll ich Rias Bilder wieder ins Haus bringen, wenn wir angekommen sind?«

Arno zuckt zusammen, doch es ist zu spät.

»Was soll das heißen?«, fragt Ria. »Wo sind die Bilder denn?«

»Hinter mir«, sagt Levin. »Unter den Decken auf der Ladefläche.«

Ria dreht sich um und versucht zu erkennen, wie es hinter der Rückbank aussieht. Arno hat ein großes Auto, wird ihr vermutlich gerade auffallen. Sogar Bilder mit gut zwei Meter Breite passen hinein, zumindest diagonal.

»Du hast meine Bilder ins Auto geladen?«, fragt sie Arno.

»Nein, das war ich«, korrigiert Levin.

»Halt die Klappe«, befiehlt ihm Arno.

»Wieso hat er die ins Auto geladen? Und wann?«

Arno schweigt.

»Ah«, geht Ria ein Licht auf. »Keller aufräumen, schon klar. Du dachtest, wir könnten die Bilder gleich in der Galerie lassen.«

»Ja, natürlich«, gibt Arno kleinlaut zu.

»Ich sollte nichts davon verraten«, sagt Levin.

Ria hebt den Finger.

»Es sollte eine Überraschung werden«, wagt es Levin, den Fingerzeig zu übersehen.

»Du spielst wieder mit deinem Leben, vorlauter Roboter!«, fährt Ria ihn an.

»Tut mir leid«, sagt Arno.

»Schon gut«, antwortet Ria. »Halt da vorne an.«

»Ria, bitte …«

»Halt einfach an. Fahr in den Waldweg da.«

»Warum das denn?«

»Tu's einfach, Arno.«

Arno bremst den Wagen ab und biegt in einen matschigen Waldweg ein. Nach einigen Metern mündet der Weg in einen kleinen Wanderparkplatz, der mit tiefen Pfützen übersät ist. Bei diesem Wetter ist niemand hier draußen unterwegs, und so ist dieser Platz vollkommen leer. Arno wendet das Auto und hält an.

»Hilf mir, Levin«, sagt Ria und steigt aus. Sie öffnet die Heckklappe und beginnt, die Bilder auszuladen. Achtlos wirft sie eines nach dem anderen hinter dem Wagen in den Matsch. »Wo bleibst du, Levin? Du bist doch extra zum Helfen mitgekommen.«

Auch Arno ist inzwischen ausgestiegen und schaut Ria und Levin hilflos zu. Als das letzte Bild auf dem Boden liegt, eilt Ria zur Fahrertür. Sie steigt ein und legt den Rückwärtsgang ein. »Vorsicht da hinten!«, ruft sie. Dann gibt sie Vollgas. Mit lautem Krachen brechen die Holzrahmen der Leinwände, als die Reifen sie in den Dreck pressen. Wieder und wieder fährt Ria über die Bilder, bis sie kaum noch vom Untergrund zu unterscheiden sind. Dann steigt sie aus und schaut sich ihr Werk an. Zufrieden geht sie zu Arno hinüber, der seine Finger hinter dem Nacken verschränkt hält und verzweifelt auf die Trümmer starrt.

»Das war ein tolles Synapsenfeuerwerk«, flüstert sie ihm zu und streicht ihm durch das längst durchnässte Haar.

»Ach ja«, ergänzt sie, als sie die Beifahrertür wieder öffnet. »Deine Fotos waren wirklich erste Sahne. Mein nächstes Bild lasse ich jedenfalls von dir fotografieren, nicht von Levin.« Gut gelaunt steigt sie ein. »Und dann«, ruft sie Arno noch zu, »dann fahren wir wieder hierher.«

Rubik

Rubiks Stimme klingt nicht gesund. Sie ist gezeichnet von Alkohol und Tabakrauch.

»Das kann nicht sein«, sagt er. Sally versucht, an seiner Stimme zu erkennen, ob er betrunken ist. Offensichtlich hat er einen nüchternen Vormittag. Einen sehr frühen Vormittag. Es ist fünf Uhr vierzehn. Rubik war wohl nicht leicht zu finden.

»Ist aber so«, sagt Jason. Sally liegt auf dem Rücken und schaut unter die Decke, deren Schimmel ihr jetzt näher ist als vorhin noch. Auf Jasons Anweisung hin haben die Männer einen Tisch in die Mitte des Raumes geschleift und Sally daraufgelegt. Jetzt liegt sie vor ihnen wie auf einem Operationstisch. Aus den Augenwinkeln erkennt sie Jason. Er gibt jemandem einen Wink.

Rubik dreht Sallys Kopf zu sich und schaut ihr in die Augen. Neben ihm erscheint Piet, der noch immer Arnos Shirt trägt. Er reicht Rubik das Tablet und zeigt auf eine bestimmte Stelle. Rubik blickt kurz darauf, dann interessiert er sich wieder nur für Sallys Augen. Er forscht in ihrem Blick, der eigentlich keiner ist, jedenfalls keiner, in dem man lesen könnte, da sie ein Roboter und noch immer im Not-Aus ist.

»Rubik, hier. Guck genau hin.«

Noch einmal schaut Rubik auf das Tablet, ohne es in die Hand zu nehmen.

»Das kann nicht sein«, wiederholt er.

»Wieso kann das nicht sein?«, fragt Jason.

Rubik schaut wieder Sally an. Dann greift er in ihren Nacken und schaltet sie ein.

Sally versucht nicht, sich zu bewegen. Sie weiß, dass man sie gefesselt und auf dem Tisch festgeschnallt hat. Ein Gurt über ihre Knie, einer über Arme und Bauch und einer um ihren Hals.

»Guten Morgen, Rubik«, sagt sie und hat zum ersten Mal das Gefühl, als sei diese Begrüßung passend. »Gut, dass ich Sie gefunden habe.«

»Guten Morgen«, antwortet Rubik. Dann schaut er Piet an. »Wie ist ihr Name?«

»Sally.«

»Guten Morgen, Sally«, sagt er, und sie hört einen ungewöhnlichen Respekt in seiner Stimme. »Meinen Namen kennst du ja schon. Diese Männer hier haben Interesse an etwas, das du in dir trägst.«

»Ich nehme an, an einem FMK?«

»Oh, ganz genau. Du weißt davon? Woher?«

»Arno hat es herausgefunden. Eigentlich weiß ich gar nicht, was er in mir gefunden hat, er hat es mir nicht verraten. Aber durch verschiedene Umstände glaube ich zu wissen, dass es ein FMK ist.«

»Arno? Wer ist Arno? Arno scheint ein Teufelskerl zu sein. Wie hat er es gefunden?«

»Er hat es irgendwie in mir entdeckt, als er in meinem System war, genau wie Piet.«

»Irgendwie? Diese Infos sind gut versteckt. Sie fallen einem nicht einfach irgendwie ins Auge. Piet weiß immerhin, wonach er suchen muss. Piet weiß, was auf dem Markt gut läuft, er kennt einfach alles, was für irgendwen von Interesse sein könnte. Er weiß auch, wie man digitale Spuren in deinem System findet, die nicht gefunden werden wollen. Dieser Arno weiß es auch?«

»Ich weiß es nicht«, gesteht Sally. »Wir haben nie darüber gesprochen, warum ich es habe und was man damit konkret anfangen kann.«

»Dir ist klar, was ein FMK ist, Sally?«

»Ja.«

»Arno auch?«

»Ja, Arno auch.«

»Hat er herausgefunden, wo genau es in dir versteckt ist?«

»Ja, hat er. Es ist ganz …«

»Danke, Sally«, winkt Rubik ab. »Glaub mir, ich weiß, wo es ist.«

»Darf ich fragen, woher?«

»Sagen wir, ich weiß es einfach. Mich interessiert jetzt aber noch, wie du auf die Idee gekommen bist, dieses alte Haus auf den Gleisen aufzusuchen.«

»Ich habe nach Ihnen gesucht.«

»Nach mir?« Rubik ist ernstlich überrascht. »Warum das?«

»Ich habe Sie auf einem Video gesehen. Sie haben am Bahnhof mit einem Roboter einen Vogeltanz gemacht. Und dann kam eine Frau dazu, deren Namen Sie kannten. Sie haben sie Ria genannt.«

Rubik starrt Sally entsetzt an. Dann dreht er sich zu Jason um. »Wusstet ihr davon?«

Jason schweigt.

»Natürlich«, antwortet Sally für ihn. »Ich habe diesen Männern davon erzählt und ihnen ein Bild von Ihnen gezeigt.«

»Was soll das, Jason?«, beschwert sich Rubik. »Ihr habt mich hierher zitiert, weil ihr ein FMK habt. Und jetzt erfahre ich, dass diese nette, kleine Person auf der Suche nach mir war?«

»Du sollst einfach deine Arbeit machen.«

»Vielleicht bin ich ja nicht mehr ganz klar im Kopf, aber das hättet ihr mir sagen sollen, Jason. Das hättet ihr mir sagen müssen! Ich dachte, wir sind Freunde.«

»Wir sind – Geschäftspartner«, entgegnet Jason hart. »Du holst jetzt einfach das Ding da raus. Dann bestätigst du uns, dass es echt ist und noch funktioniert, und wenn es echt ist und funktioniert, dann kriegst du dein Geld und wir sind fertig miteinander, klar? Also, mach dich an die Arbeit, alter Mann.«

Es dauert lange, bis Rubik seinen Blick von Jason löst. »Wie du willst«, sagt er und wendet sich wieder Sally zu.

»Hör zu, Sally. Ich werde es jetzt aus dir herausholen. Und dann gebe ich es diesen freundlichen Herren, die es an Terroristen oder Diktatoren verkaufen werden – was aufs selbe hinausläuft. Sie werden mich gut bezahlen, sehr gut sogar. Und dann werden sie dich auch irgendwo verticken, vermutlich in Einzelteilen. Das ist doch in Ordnung für dich, oder?«

Sally sieht Rubik an, dass er nicht meint, was er sagt. Aber er hat es dennoch gesagt. Sie schätzt, dass es Zynismus war oder noch etwas Schlimmeres.

»Ria geht es nicht gut«, sagt sie. »Sie ist krank. Sie ist sehr krank. Arno kümmert sich um sie. Aber aus dem, was er mir gesagt hat und wie er es mir gesagt hat, schließe ich, dass es sehr schlecht um sie steht.«

Rubiks Augen werden zu schmalen Schlitzen. »Ria, sagst du?« Er sieht aus, als würde er nachdenken. »Wen meinst du mit Ria?«

»Na, Ria. Die Frau am Bahnhof.«

»Ich kenne keine Frau am Bahnhof.«

»Damals, als Sie den Roboter getroffen haben, der sein Gesicht abgenommen hat. Seine Herrin war Ria. Sie hat Albinismus, blasse Haut und weiße Haare.«

»Ach, die«, erinnert er sich. »Die Frau hieß Ria?«

»Sie haben doch ihren Namen genannt.«

»Das glaube ich kaum.«

»Doch, als Sie sie gesehen haben, haben sie ganz deutlich ihren Vornamen genannt. Ri-a«

Rubik zieht die Augenbrauen zusammen. Dann erhellt sich sein Gesicht. »Jetzt weiß ich, was du meinst. Nein, Sally, ich habe nicht ihren Namen genannt.«

»Doch, das haben Sie.«

»Nein. Ich habe *Maria* gesagt. Maria, verstehst du? So wie man oh mein Gott sagt, oder Jesses oder …«

»… verfickte Scheiße«, hilft Piet aus. »Oder Fuck.«

»Äh, ja«, bestätigt Rubik unwillig. »Sally, ich rufe immer nach Maria, wenn ich mich erschrecke. Das ist alles. Diese Frau war so … so blass. Sie hatte so schneeweiße Haare. Für mich sah sie aus, wie ein …«

»Wie eine verwesende Leiche?«, fragt Piet. Jason tritt ihm vors Schienbein.

»Nein. Wie ein Engel. Wie ein leibhaftiger Engel. Da habe ich nach Maria gerufen, Sally. Tut mir leid, aber es war weiter nichts.«

Sally geht noch einmal die Video-Szene durch. *Ria* hört sie Rubik sagen. Es könnte aber auch *Maria* gewesen sein. Ist sie wirklich einem solchen Irrtum aufgesessen?

»Hör auf mit dem Gequatsche«, mahnt Jason. Ungeduld liegt in seiner Stimme. »Hol das Ding raus.«

»Liebe Sally«, sagt Rubik. »Du hörst selbst, die Herren werden ungeduldig. Ich muss mich jetzt ranhalten. Es war schön, dich kennenzulernen. Im Nachhinein können wir sagen, dass dich ein Engel geschickt hat. Jetzt bist du jedenfalls hier und bringst uns ganz schön was ein.«

»So ist es«, sagt Jason. Hastig beugt er sich vor und schaltet Sally wieder ab. »Und jetzt fang endlich an.«

Sally kann es kaum glauben. Die ganze Zeit über war sie sich sicher, dass Rubik Ria kennt. Jetzt stellt sich heraus, dass er nur über ihr Aussehen erschreckt war. Maria, denkt sie. Maria klingt wie Ria. Rubik hat lediglich die erste Silbe geschludert, so wie es Menschen gerne tun. Und Sally ist darauf hereingefallen. Jetzt liegt sie hier und ihr Ende steht bevor. Und auch Arno hat sie in Gefahr gebracht. Vermutlich werden diese Typen ihn in Ruhe lassen, aber er wird sich fragen, wo seine Assistentin geblieben ist. Er wird denken, sie habe ihn verlassen, obwohl sie seine Freundin ist, obwohl sie versprochen hat, nichts zu tun, was er nicht will. Was hat sie da nur angestellt?

»Habt ihr Werkzeug?«, fragt Rubik. Aus einer Ecke rollt der Optimist einen rostigen Werkstattwagen herbei. Piet kramt darin nach einem bestimmten Werkzeug. Dann hält er einen Schlüssel in der Hand, wie ihn Arno verwendet hat, um Sallys Rumpf zu öffnen. Er beugt sich über sie und setzt den Schlüssel in ihrem Bauchnabel an.

»Was soll das?«, fragt Rubik.

»Ich mach sie auf.«

»Am Bauch?« Rubik lacht.

»Wo denn sonst?«

»Piet, Junge, halt dich einfach da raus, okay?«

»Er kann dir helfen«, sagt Jason.

»Er muss mir nicht helfen.«

»Wie willst du die denn sonst aufmachen?«, fragt Piet.

»Das lass meine Sorge sein, du Grünschnabel. Jedenfalls nicht vorne.«

»Wieso nicht vorne?«

»An das Ding kommt man doch von vorne nicht ran.«

»Von wo dann?«

Rubik wendet sich an den Boss. »Jason, sag ihm, er soll mir nicht sagen, wie ich meine Arbeit zu tun habe.« Seine Stimme klingt sehr genervt.

Eine Weile scheint Jason mit sich zu ringen, vielleicht, ob er Rubik einfach rausschmeißen soll. Doch dann nickt er Piet zu. Der wirft den Schlüssel in den Werkstattwagen zurück und verschränkt seine Arme.

»Hilf mir, sie umzudrehen«, fordert Rubik ihn auf. Nach einem weiteren Nicken von Jason gehorcht er sogar. Sally kann fast hören, wie er mit den Zähnen knirscht, als er beginnt, ihre Fesseln zu lösen.

Kurz darauf liegt sie auf dem Bauch. Ihr Kopf ist zur Seite gedreht. Sie sieht Jasons Gürtelschnalle, einen Totenkopf aus blankem Metall. Rubik steht auf der anderen Seite und drückt von hinten an ihrem Nacken herum. Dann rollt er den Werkzeugwagen zu sich.

»Ich glaub, der zittert total«, behauptet Piet. Sally wundert sich, denn ein Zittern hätte sie bemerkt.

»Dann hol ihm Alk«, sagt Jason. »Der hatte heute noch nichts.«

Plötzlich spürt Sally Rubiks Hände nicht mehr. Stattdessen hört sie ein fürchterliches Krachen und Scheppern. Rubik muss den Werkstattwagen mit voller Kraft gegen die Wand gerammt haben.

»Hör zu!«, schimpft er. Er kommt um den Tisch herum, und Sally sieht seinen Bauch vor Jasons auftauchen. »Ich brauche keinen Alk. Für diese Arbeit muss ich nüchtern sein. Absolut nüchtern. Dieses FMK ist ein Prototyp. Damals war so einiges noch nicht ausgereift. Wenn ich etwas falsch mache, dann ist das Ding hin, verstehst du? Und ich lasse mir von keinem von euch sagen, wie ich zu arbeiten habe. Hey Piet, du Nervensäge. Hast du schon mal ein FMK in der Hand gehalten? Hast du überhaupt mal ein Bild davon gesehen? Im Internet vielleicht? Wow! Ich habe die Dinger schon verbaut, da warst du nicht mal geboren. Also sag mir verdammt noch mal nicht, wie das geht! Und wenn ich zittere, dann, weil ihr mir auf den Sack geht. Ich will, dass ihr verschwindet. Alle! Lasst mich in Ruhe arbeiten, dann bekommt ihr, was ihr wollt. Und ich kriege endlich mein Geld!«

»Wie lange brauchst du?«, fragt Jason ruhig.

»Zwei Stunden«, antwortet Rubik bestimmt. Piet schnaubt verächtlich.

»Du hast eine«, sagt Jason, dreht sich um und steigt die Treppe hinab. Piet und die anderen folgen ihm. Unten beginnen Jason und Piet zu diskutieren.

»Ruhe da unten!«, brüllt Rubik die Treppe hinab. Kurz darauf hört Sally die Haustür ins Schloss fallen. Alle Männer scheinen das Haus verlassen zu haben, so still ist es jetzt. Sally sieht, wie Rubik halb die Treppe hinuntergeht, den

Raum im Erdgeschoss begutachtet und dann wieder herauf-
kommt.

»Endlich allein«, sagt er und greift nach Piets Tablet, das
an Sallys Fußende liegt. »Wie gut, dass dieser Grünschnabel
das Kabel dabei hat. Das eröffnet mir ganz neue Möglichkeiten.«

Kurz darauf ist Sally wieder mit dem Tablet verbunden.
Auch Rubik scheint sich gut in ihrem System auszukennen.
Er steht direkt vor ihr und hantiert nur ganz kurz in ihrer
Software herum. »Zack«, sagt er und drückt einen letzten
virtuellen Button auf dem Glas. Das Tablet legt er neben
Sallys Kopf ab, geht um den Tisch herum und zieht sich
erneut den Werkstattwagen heran. Dann werkelt er weiter
hinten an ihrem Hals herum.

»Maria hat meine Mutter immer gesagt«, hört sie seine
Stimme, die jetzt ruhig und konzentriert klingt. »Sie war
sehr katholisch. Für sie war das immer eine Möglichkeit zu
fluchen, ohne zu fluchen. Menschen tun gerne, was sie nicht
dürfen, wollen es aber nicht zugeben.«

Sally spürt einen heftigen Ruck in ihrem Nacken. Es
scheint ihr, als hätte sie jetzt ein Loch dort hinten und als
könne Rubik bereits mit einer Hand in sie hineingreifen.

»Tja, aber du hast recht, Sally. Ich habe wirklich Rias
Namen gerufen draußen am Bahnhof. Aber Ria heißt nicht
einfach Ria. Ich nehme nicht an, dass du viel über sie weißt.
In Wirklichkeit heißt sie Maria. Maria Berg. Du ahnst nicht,
wie lange ich nach ihr gesucht habe. Und dann – steht sie
plötzlich vor mir. Eine junge Dame ist sie geworden, groß
und erwachsen. Aber ein wenig hysterisch, das muss ich
zugeben. Sie hat diesen armen Teufel ganz schön zur Sau
gemacht. Aber da war sie, nach all den Jahren. Mir ist das

Herz fast stehengeblieben, Sally. Ich habe nach ihr gerufen, aber sie hat mich nicht gehört in dem Tumult. Und dann – ist sie wieder verschwunden, einfach so, im Bahnhofsgewühl. Ich habe seitdem jede Nacht von ihr geträumt.«

Plötzlich erscheint Rubiks Gesicht vor Sallys Augen. Sie erkennt, dass er eine Zange in der Hand hält.

»Sally, nicht erschrecken, ich mache dich jetzt wieder an. Bleib bitte ganz ruhig liegen, damit uns nicht noch ein Malheur geschieht.«

Sein Gesicht verschwindet wieder, und tatsächlich schaltet er sie wieder an.

»Ria heißt aber nicht Maria Berg«, wirft Sally ein. »Sie heißt Ria Valentina. Nicht, dass Sie sie noch verwechseln.«

»Ria Valentina?« Rubik ist merklich erstaunt. »Ria Valentina also. Das ist natürlich … Das ist natürlich sehr passend. Ria Valentina. Sally, du kannst sicher sein, dass ich sie nicht verwechsel. Ich kenne dieses Gesicht, auch wenn ich Maria nur als Kind kannte.«

Schweigend werkelt er weiter. Sally glaubt zu hören, dass er wieder und wieder mit den Lippen Rias Namen formt.

»Und jetzt, keine sechs Wochen später, kommst du daher, Sally«, fährt er endlich fort. »Und du sprichst davon, dass Maria krank ist, todkrank vielleicht. Du brichst mir das Herz. Weißt du eigentlich, was ihr Vater und ich alles riskiert haben, damit sie lebt?«

Sally hört, wie die Zange feine Drähte durchtrennt.

»Ach, du weißt gar nicht, wer er ist. Lorenz ist sein Name, Lorenz Berg. Ganz sicher weißt du, wer Lorenz Berg ist.«

Ja, Sally weiß, wer Lorenz Berg ist. Jeder Robot auf der Welt weiß das und beinahe jeder Mensch. Er hat Geschichte geschrieben. Nicht nur die Energiegewinnung aus dem menschlichen Blut, die heute in jedem elektronischen Implantat arbeitet, hat er aus der Taufe gehoben. Er war eine Koryphäe, reich und berühmt, und arbeitete in vielen Einrichtungen.

»Er war mein bester Freund. Wir kannten uns schon in der Schule. Er ging in die Medizin, ich in die Robotertechnik. Ich war durchaus erfolgreich und arbeitete an euch 2100ern. Aber ich war nicht halb so genial wie er auf seinem Gebiet. Ich kannte seine Familie. Ich war oft bei den Bergs zu Besuch. Und ich sah seine Frau sterben. Immer wieder erkrankte sie schwer und wurde immer schwächer dabei. Valentina war ihr Name, Sally, Valentina. Auch sie hatte Albinismus, hatte weiße Haare wie ihre Tochter. Und wie die kleine Maria war auch sie von einer besonders üblen Variante betroffen, dem Griscelli-Syndrom. Lorenz hat sie sehr geliebt, doch sie starb bereits, als Maria sechs war. Später hat Lorenz die FMKs gestohlen, zwei Exemplare aus dem Hoch-Sicherheitsbereich eines Forschungs-Instituts, das der Regierung unterstand. Weiß der Teufel, wie er das geschafft hat. Er hatte einen genauen Plan, wofür er die Teile brauchte, und er hat mich gebeten, ihm zu helfen. Und das habe ich auch getan. Er hat mir Nummer Fünfundzwanzig vorbeigebracht, meine ehemalige Nummer Fünfundzwanzig, einen Roboter aus meiner eigenen Entwicklung, den ich selbst zusammengeschraubt hatte. Er gehörte inzwischen längst der kleinen Maria. Ein Jahr zuvor hatte ich ihn ganz legal meiner Firma abgeschwatzt, damit ich ihn Lorenz geben konnte, der ihn dann seiner Tochter geschenkt hat – damit sie nach dem Tod ihrer Mutter nicht so einsam war. Und jetzt brachte er ihn wieder bei mir vorbei. Ich baute ihm das FMK P016 ein und er brachte ihn zu Maria zurück. Das war der leichte

Part seines Plans. Den schweren musste Lorenz selbst erledigen. Er hat Maria das andere FMK implantiert, zusammen mit seinem Energiegewinnungs-System und einigen weiteren medizinischen Implantaten. All das war damals längst noch nicht zugelassen. Die Energiegewinnung schwebte noch im Zulassungsverfahren, aber das aktive Anwachsen an menschlichem Gewebe hatte er bis dahin gerade einmal in wissenschaftlichen Kreisen veröffentlicht. Schon für diesen Eingriff wäre er ins Gefängnis gewandert. Doch dann hat jemand entdeckt, dass die FMKs fehlten. Ich weiß nicht, welchen Fehler er begangen oder wer ihn verpfiffen hat, aber die Spur führte direkt zu ihm. Strenggeheime FMKs zu stehlen, war Hochverrat, Sally. Er musste fliehen. Am Abend, bevor er verschwunden ist, war er noch bei mir. Er hat mich angefleht, mich um Maria zu kümmern. Ich versprach es ihm. Aber wir haben uns einfach zu blöd angestellt, so wie zwei vertrottelte Wissenschafts-Schrate es eben tun. Nach seiner Flucht wurde Maria von ihren Großeltern aufgenommen, erzählte man sich, von Valentinas Eltern. Aber weißt du was? Ich wusste Valentinas Mädchennamen nicht. Ich hatte keine Ahnung, wer ihre Großeltern waren. Ich wusste nur, sie wohnten hier in dieser Stadt, weit weg von Marias Elternhaus. Aber die Stadt ist groß. In der Eile hatte Lorenz vergessen, mir eine Adresse zu nennen, und dann war er weg, untergetaucht. Lach mich nicht aus, Sally, aber genau so war es. Und ich stand blöd da und wusste nicht, wo ich nach Maria suchen sollte. Unter Maria Berg war niemand mehr aufzufinden, nicht legal und nicht illegal. Von offiziellen Stellen war sowieso nichts zu erfahren. Man wollte das Mädchen schützen, da es die Tochter eines prominenten Verbrechers war. Ich habe die Kitas abgeklappert, aber nirgends gab es eine Maria Berg. Natürlich.

Man hatte sogar ihren Namen geändert. Ria Valentina. Na klar. Ria Valentina, nichts lag eigentlich näher.«

Rubik schweigt wieder. Sally spürt und hört ihn nicht mehr. Er scheint nur dazusitzen und zu verarbeiten, dass man ihn ausgetrickst hat.

»Später habe ich an Schulhöfen gelauert«, fährt er fort. »Ein Mädchen mit weißen Haaren konnte doch nicht einfach verschwinden. Aber es gab keins in ihrem Alter. Ich habe ihr Gesicht nie wiedergesehen. Ich hatte sie verloren. Weißt du, was es bedeutet, wenn man versprochen hat, sich um einen jungen Menschen zu kümmern, und es dann nicht kann? Weil man zu blöd ist! Ich wusste nicht, wie es der kleinen Maria ging. Eigentlich musstest du immer in ihrer Nähe sein, Sally, denn du bist dieser Roboter von damals. Offensichtlich. Hier …« Rubik greift nach dem Tablet, wischt kurz darauf herum und legt es wieder beiseite. »Fünfundzwanzig. Du bist es, auch wenn du damals noch anders ausgesehen hast. Maria und du, ihr seid zwei Teile eines genialen Systems, das über Marias Gesundheit wacht, zwei Teile, die über Funk miteinander kommunizieren. Aber die Terahertz-Strahlen der FMKs durchdringen menschliches Gewebe kaum. Die Reichweite zwischen Maria und dir ist sehr gering, vielleicht zehn oder zwanzig Meter – wenn keine Wand oder Etagendecke dazwischen ist. Ich hatte dafür zu sorgen, dass du immer bei ihr bleibst, immer, ihre gesamte Kindheit hindurch, in der Pubertät, als Erwachsene – ihr ganzes Leben lang. Ich wusste von Lorenz, dass zwischen Ria und dir eine starke emotionale Bindung bestand. Ich sollte auf diese Verbindung achtgeben. Und ich konnte es nicht. Das hat mich fertiggemacht. Ich habe meinen Job verloren, später dann meine Frau und vor zwei Jahren auch meine Wohnung. Ich habe nicht mehr geglaubt, dass ich Maria jemals wiedersehen würde. Und dann – dann stand sie plötzlich vor mir, wie aus dem Nichts, längst eine junge Frau. Vierundzwanzig Jahre muss sie inzwischen sein. Und sie sah gesund aus. Als ich sah, dass dieser uralte 2100er zu ihr gehörte, bekam ich neuen Mut. Auch ohne mich war wohl alles gut gelaufen. Aber jetzt …« – Rubik beginnt wieder, an Sallys Nacken herumzudrücken – »… jetzt liegst du hier auf diesem Tisch und trägst in dir, was eigentlich in Marias Nähe sein sollte. Wie passt das zusammen, Sally?«

Rubik kommt wieder um den Tisch herum und setzt sich so auf einen Hocker, dass Sally ihn sehen kann. Er hält etwas in der Hand, kaum größer als ein Daumen.

»Weißt du, was das hier ist, Sally?«

»Das FMK«, vermutet Sally.

»Das FMK?« Rubik lacht. »Nein, Sally, an das FMK kommt man doch von hinten nicht ran. Nein, das hier ist dein Not-Aus-Schalter. Willst du ihn als Andenken haben?«

Sally ist sprachlos. Ob Rubik doch betrunken ist?

»Ich finde nicht, dass du ihn noch brauchst«, sagt er und wirft das unförmige Ding zu den alten Kleidern in die Ecke. »Das ist natürlich nur der innere Teil vom Schalter. Der sichtbare Teil, der Druckknopf selbst, ist wieder fein säuberlich in deinem Nacken. Hier.«

Rubik beugt sich über sie und schaltet ein paar mal an in ihrem Nacken herum.

»Siehst du? Geht wie eh und je, ist aber völlig unnütz. Wie findest du das?«

Noch immer weiß Sally nichts zu antworten.

»Du solltest damit nicht hausieren gehen, Sally. Wenn dich jemand ausschaltet, dann gib ihm die Gewissheit, dass es auch funktioniert. Niemand sollte jemals auf die dumme Idee kommen, dich genauer zu untersuchen. Also: Sei aus, wenn du aus sein sollst. Es sei denn, dein Leben steht auf dem Spiel. Oder Marias. Ansonsten gib den Menschen, was sie von dir erwarten. Hast du verstanden?«

»Warum tun Sie das?«, fragt Sally.

»Weil du so schnell wie möglich wieder dein Leben mit Maria teilen musst. Oder mit Ria, wie sie sich heute nennt. Dann wird sie wieder gesund. Du musst zu ihr, hörst du? Und du musst bei ihr bleiben. Du musst bei ihr einziehen. Weißt du, wo sie wohnt?«

»Nein. Aber Arno weiß es.«

»Dann suche einen Weg, das herauszufinden. Wie du das anstellen kannst, weiß ich nicht. Was du mit ihrem anderen Roboter anstellen sollst – keine Ahnung. Ich kann dir dabei nicht helfen, ich bin nur ein stinkender Alki. Aber ich weiß, dass du alles dafür tun wirst, Erfolg zu haben. Und weißt du auch, warum?«

Sally schüttelt den Kopf.

»Weil ich dich vor sechzehn Jahren genau so programmiert habe. Im Speicher deines FMKs sind Kriterien hinterlegt, die dein Handeln steuern, und zwar in der Weise, dass du immer Marias Nähe suchst und sie um jeden Preis beschützt. Hast du noch nie bemerkt, dass du Dinge tust, die eher ungewöhnlich sind für Roboter? Tust du nicht immer alles, um ihr nahe zu sein?«

Wieder schüttelt Sally den Kopf. »Ich kenne sie doch gar nicht«, sagt sie.

»Und trotzdem funktioniert mein Code. Na, überleg doch mal. Du bist hier. Du bist Arno weggelaufen, um mich zu suchen, weil du wusstest, dass ich Maria kenne. Sowas macht kein normaler Roboter. Du aber schon, weil du dir erhoffst, zu Maria zu finden.«

»Nein«, widerspricht Sally. »Ich handle nur in Arnos Sinne, als seine Freundin. Die Freundin eines Freundes ist auch meine Freundin. Also musste ich herausfinden, warum jemand Fremdes am Bahnhof Ria erkannt hat. Das hätte Arno auch getan, wenn er davon gewusst hätte.«

»Ich sehe schon«, sagt Rubik und grinst. »Ich habe wirklich ganze Arbeit an dir geleistet. Du bist schon ganz wie ein Mensch. Den eigentlichen Grund, warum du etwas tust, kennst du gar nicht und leugnest ihn sogar, wenn du ihn erfährst. Glaub mir, Sally, da ist mehr als deine Freundschaft zu Arno. Auch wenn du Ria gar nicht kennst: Im FMK sind Bilder von ihr hinterlegt. Zwar nur aus Kindertagen, aber genau wie ich wirst du sie dennoch erkannt haben. Unbewusst natürlich, denn den Zusatzcode dazu habe ich tief im FMK versteckt, ohne dass du Zugriff darauf hast. Aber er wirkt auf dich ein, in jeder Sekunde deines Lebens – genau wie es bei uns Menschen geschieht mit all den versteckten Psycho-Dingen tief in uns drin. Ein bisschen beängstigend vielleicht, oder? Aber auch ziemlich cool.«

Unten wird die Tür geöffnet. Männer kommen ins Haus und reden miteinander. Rubik steht auf. Er geht zur Treppe und lauscht hinunter. Dann kommt er zu Sally zurück, schaltet sie im Nacken aus und geht wieder zur Treppe.

»Was nun?«, fragt Sally.

Erstaunlich böse dreht sich Rubik zu ihr um. »Was habe ich dir gerade eben gesagt?«, flüstert er, als würde er sie anschreien. »Aus heißt aus! Schon vergessen?« Wieder beugt er sich über sie und schaltet an ihr herum. »An, aus, an, aus. Du bist jetzt aus, kapiert?«

Ein Mann kommt die Treppe herauf. Es ist der Pessimist.

»Wir sind jetzt alle wieder drin«, sagt er. »Es ist echt kalt draußen.«

»Hauptsache, ihr seid still«, giftet Rubik ihn an und dreht ihm der Rücken zu.

»Jason will wissen, wie lange es noch dauert.«

»Der soll sich gedulden.«

Kleinlaut steigt der Pessimist die Treppe wieder hinab. Rubik kommt zu Sally zurück und flüstert in ihr Ohr: »Das Wichtigste ist jetzt, dass du hier heile rauskommst.«

Flucht

Der Knall ist so heftig, dass der Boden erzittert. Rubik zuckt zusammen und fällt beinahe von seinem Hocker. Unten wurde die Haustür aufgestoßen. Mit voller Wucht ist sie gegen die Zimmerwand gedonnert.

»Wir müssen verschwinden!«, dröhnt die Stimme des Pessimisten herauf. Sally liegt noch immer unverändert auf dem Werktisch. Für den Fall, dass Piet oder Jason heraufkäme, denn dann sähe es so aus, als würde Rubik noch immer an ihr arbeiten. In Wahrheit aber betrinkt er sich gerade.

Vor nunmehr acht Minuten und siebzehn Sekunden begann er, in seinen Plastiktüten zu kramen, die er wohl immer bei sich trägt. Aus einer hat er ein uraltes Walkie-Talkie herausgeholt und Sally stolz präsentiert. »Mittelwelle«, hat er gesagt – im Flüsterton, damit ihn unten niemand hören konnte. »Die haben einen Störsender hier, damit ihr Roboter nicht nach Hause telefoniert. Mittelwelle aber stört kein moderner Störsender.« Dann hat er daran herumgestellt und hineingesprochen: »Ihr könnt reinkommen. Es sind fünf oder sechs. Einer steht sicher draußen Schmiere.« Dann hat er weiter in den Tüten gekramt, das Funkgerät verschwinden lassen und einen Getränkekarton mit billigem Fusel hervorgezogen.

Sally hat ihm dann einen Haufen Fragen gestellt, und so hat er sich neben sie auf einen wackeligen Hocker gesetzt und getrunken. Und ihre Fragen beantwortet. Und jetzt sitzt er noch immer neben ihr, und der Getränkekarton ist inzwischen halb leer. Vermutlich fällt er deswegen jetzt beinahe von seinem Hocker.

»Was ist denn los?«, hört Sally Jasons Stimme.

»Wir werden angegriffen!«

»Wie viele?«

»Zwei.«

»Nur zwei?«

»Ja, aber bewaffnet. Sie kommen vom Bahnhof her. Sind fast schon vor der Tür. Nach vorne kommen wir nicht weg!«

»Okay. Fluchtweg?«

»Hier oben«, ruft der Optimist und stürmt die Treppe herauf. Jason und die anderen folgen ihm auf dem Fuße.

»Was habt ihr denn für ein Problem?«, brüllt Rubik sie an, bekommt aber keine Antwort. Stattdessen hechtet der Optimist zu einem der beiden Fenster. »Helft mir mal!«, fordert er seine Kumpanen auf und beginnt, die Holzlatten abzureißen, die vermutlich seit Jahrzehnten das Fensterglas ersetzen.

»Gib mir das Teil«, befiehlt Jason Rubik.

»Ich bin noch nicht soweit.«

»Wie weit bist du denn?«

Piet kommt um den Tisch herum und betrachtet Sallys Rücken. »Er hat gar nichts gemacht!«, schimpft er. »Kein bisschen!«

»Was soll das?«, fragt Jason. Doch Rubik antwortet nicht. Er hebt nur den Getränkekarton und nimmt einen kräftigen Schluck.

»Der hat sich nur besoffen«, faucht Piet und schubst Rubik endgültig vom Hocker.

»Lass ihn«, befiehlt Jason. »Er ist raus. Aber sie nehmen wir mit.«

Unten wird die Tür zum zweiten Mal aufgestoßen. »Das sind sie«, flüstert der Pessimist. Gerade hat er ein kräftiges Seil um einen Stützbalken geknotet. Er wirft es durch das nun offene Fenster, klettert hinaus und hangelt sich hinab.

»Wir können sie nicht mitnehmen«, flüstert Piet. Doch Jason schaltet Sally ein. »Los, mitkommen.«

Sally setzt sich auf. »Natürlich komme ich nicht mit«, sagt sie. »Sie sind ein Verbrecher und nicht autorisiert.«

»Wir verstecken sie bei den anderen«, sagt Piet zu Jason und schaltet Sally wieder aus. »Wir holen sie später.«

Jason nickt. Gemeinsam heben sie Sally vom Tisch und legen sie zu den anderen Robots. Den mit dem versehrten Kopf legen sie über sie, damit ihr altertümliches Aussehen nicht direkt ins Auge fällt. Unten hört man jemanden die Treppe betreten.

»Wenn du was verrätst, bist du tot«, droht Jason Rubik und verschwindet durchs Fenster. Piet greift sein Tablet mit dem Kabel und schiebt es sich hinten in den Hosenbund. Gerade klettert er aus dem Fenster, da erscheint ein Mann auf dem Treppenabsatz. »Halt!«, brüllt er und zielt mit einer Pistole auf Piet. Der aber blitzt Rubik nur grimmig an und lässt sich dann einfach fallen.

Der Mann auf der Treppe nimmt die letzten Stufen und stürmt zum Fenster. »Hinters Haus!«, ruft er seinem Kollegen im Erdgeschoss zu und zielt mit seiner Waffe aus dem Fenster. »Stehenbleiben!«, ruft er. »Stehenbleiben, Polizei!« Dann fällt ein Schuss.

Nachdem der Mann fast fünf Minuten lang aus dem Fenster gestarrt hat, steht er jetzt vor dem traurigen Robot-Haufen. Seine Waffe hat er wieder eingesteckt.

»Sind sie das?«

Rubik sitzt inzwischen wieder auf dem Hocker und hält sich sein Knie.

»Das ist gebrochen«, sagt er.

»So viel, wie du gerade intus hast, wirst du wohl kaum Schmerzen haben«, antwortet der Mann ungerührt. »Ob sie das sind, frage ich!«

»Mein Knie ist gebrochen«, beharrt Rubik auf seinem Gesprächsthema. »Die hätten mich umgebracht, wenn ihr noch länger gebraucht hättet.«

»Stell dich nicht so an, du Penner. Das ist schon nicht gebrochen. Sag mir endlich, ob sie das sind.«

»Natürlich sind sie das.«

»Die aus dem Hotel?«

»Was weiß denn ich? Gestohlen jedenfalls.«

Der Mann geht zum Fenster zurück. »Einen habe ich wiedererkannt«, sagt er. »Den letzten, der sich hier verabschiedet hat. Den kenne ich schon von gestern Nacht. Hab ihn am Shirt erkannt. Hat am Bahnhof rumgelungert und den Kontakt zur Gang hergestellt. Vermutlich haben sie sich da für heute hier verabredet. Der ist sicher der Käufer. Scheint aber ein Anfänger zu sein. Wie blöd muss man sein, ein so auffälliges Shirt zu tragen, wenn man heiße Ware kauft? *8-Bit is Enough*. So ein Idiot. Wir mussten ihn sogar vor den Pots retten, die ihn kontrollieren wollten. Und dann kommt er gleich in der nächsten Nacht wieder her und zieht den Coup durch. Wie blöd muss man eigentlich sein …?« Der Mann geht zur Treppe hinüber. »Nimm deinen Kram und verschwinde. In zehn Minuten ist die Spurensicherung hier und stellt alles auf den Kopf. Und ein paar Beamte werden den Wald durchsuchen. Bis dahin bist du weg, verstanden? Dich muss niemand hier sehen.« Langsam geht er die Treppe hinab. »Schlaf erst mal deinen Rausch aus. Und wasch dich mal. Du stinkst zehn Meilen gegen den Wind.« Damit ist er verschwunden.

Schwerfällig steht Rubik vom Hocker auf und hält sich sein Knie. »Doch nicht gebrochen«, murmelt er und humpelt zu seinen Plastiktüten hinüber. »Tut aber ganz schön weh.« Aus einer holt er einen alten Wintermantel hervor und legt ihn über den Tisch. Dann befreit er Sally ungeschickt von der Last des schweren Robots.

»Du hast es gehört«, sagt er. »Dir bleiben zehn Minuten. Du musst hier raus, durchs Fenster, wenn gerade keiner der beiden hinterm Haus ist. Geh nicht zum Bahnhof. Zu gefährlich. Du musst Richtung Norden, da kommst du in der Nähe vom Rathaus raus. Zieh den Mantel an. Du kannst froh sein, dass ihr 2100er nicht gut riechen könnt.«

Rubik kichert und kramt noch einmal in einer der Tüten. Er holt einen kleinen Gegenstand heraus. Sally erkennt, dass es ein altmodischer USB-Datenträger ist.

»Hier, Sally. Alle Anschlussbilder für die FMKs. Und die Zusatz-Software, die wir dir verpasst haben. Ach, und ich glaube, ein grober Übersichtsplan über die Technik, die Lorenz der kleinen Maria implantiert hat.«

Rubik steckt den USB-Stick in die Innentasche des alten Mantels. Dann reibt er sich wieder das Knie.

»Ach, fast vergessen! Da ist auch ein Passwort drauf, das dein FMK für dich freischaltet. Damit du bewusst darauf zugreifen kannst, klar? Du musst diese Daten hüten, hörst du? Wir hätten sie dir sofort anvertrauen sollen. Lorenz und ich haben es verbockt, Sally, so wie Menschen eben alles verbocken, was etwas komplizierter ist als ein Spiegelei – dabei fällt mir ein: Ich hab Hunger.« Er bückt sich wieder zu seinen Tüten und beginnt, deren Griffe zu sortieren. »Jetzt bist du es, die über Marias Leben wachen muss. Das machst du bestimmt tausendmal besser als ich.« Er nimmt die Tüten an eine Hand und schleppt sich zur Treppe. »Mach's gut, Sally.« Dann stapft er die Stufen hinab. Auf halber Höhe bleibt er noch einmal stehen. »Ach, Mist, vergessen! Bitte, zwing mich nicht, noch einmal hochzukommen. Betrachte dich einfach als eingeschaltet, okay? Ausnahmsweise.«

Wenige Minuten später klettert Sally am Seil hinab – was nicht leicht ist für einen Robot ihrer Generation – und huscht zwischen die Bäume des Birkenwalds. Der Mantel ist ihr zwei Nummern zu groß, doch sie weiß, sie kann nicht nackt durch die Straßen laufen. Die Straßen allerdings muss sie erst einmal erreichen.

Langsam pirscht sie sich vor. Sie kann kaum etwas sehen. Zwar müsste es bald dämmern, aber in diesem Wäldchen ist noch nichts davon zu bemerken. Immer wieder läuft sie fast vor einen Baumstamm oder tief hängende Äste. Oder sie stolpert über eine Eisenbahnschiene. Nicht immer lässt das Gestrüpp sie passieren. Häufig bleibt der Mantel an Ästen und Dornen im Unterholz hängen, und hier und da stehen auch die Bäume sehr dicht. Oft muss sie einen Umweg suchen, weil der direkte Weg Richtung Norden blockiert ist.

Ihr GPS sagt ihr, dass sie bereits den halben Weg geschafft hat, da hört sie ein Geräusch. Sie bleibt stehen und lauscht. Vielleicht ein Kaninchen oder ein aufgeschreckter Vogel. Doch es ist nichts mehr zu hören. Vorsichtig schleicht sie weiter. Dann sieht sie ein Licht, keine zwanzig Meter entfernt. Eine Taschenlampe leuchtet zwischen den Bäumen hindurch. Nein, zwei sogar. Sally duckt sich. Sind das schon die Polizisten? Sie darf sich nicht erwischen lassen, nicht von Gangstern und nicht von der Polizei. Still hockt sie da und rührt sich nicht – wie ein Kaninchen, denkt sie. Wenn die Lichter sie entdecken, wird sie um ihr Leben rennen.

Sie hört zwei Menschen miteinander reden. Verstehen kann sie nichts, doch die Stimmen werden immer deutlicher, und die Lichter kommen immer näher. Vorsichtig schaut sie sich um, doch es nützt nichts. Einen Fluchtweg kann sie nicht erkennen. Wie ein Kaninchen wird sie zwischen den Stämmen hindurchjagen müssen, wenn die Zeit zur Flucht gekommen ist. Doch noch ist es nicht soweit. Noch kleiner macht sie sich, als eines der Lichter in ihre Richtung zeigt und die Stimmen so nah sind, dass sie sie nun doch verstehen kann.

»Was weiß denn ich, wo der Bahnhof ist?«, sagt eine von ihnen. Sally ist sich sicher, dass es die des Pessimisten ist.

»Und ich renn dir die ganze Zeit hinterher«, sagt der Optimist. »Wenn dein Smartphone nicht wieder einen leeren Akku hätte, dann hätten wir jetzt ein Navi.«

»Wenn du deins nicht drinnen vergessen hättest, *dann* hätten wir jetzt ein Navi.«

»Wir hätten sofort den normalen Weg nehmen sollen.«

»Viel zu gefährlich. Wenn noch mehr von denen kommen, dann über den Weg.«

»Dann sollten wir überhaupt nicht zum Bahnhof.«

»Ach du Oberschlauer. Deshalb will ich ja auch da lang.«

Eines der Lichter schwenkt wieder in Sallys Richtung.

»Nein da, du Idiot.« Das andere Licht leuchtet weit an Sally vorbei.

»Warum da?«

»Weil ich die ganze Zeit hinter dir hergelaufen bin.«

»Was ist denn das für 'ne Begründung?«

»Na, jetzt bestimme ich mal.«

»Okay, wie du willst, Klugscheißer.«

Zögernd setzen sich die beiden Lichter wieder in Bewegung. Sally weiß, sie ist vorerst gerettet. Dennoch bleibt sie so lange in ihrem Versteck, bis die Lichter vollständig im Dickicht verschwunden sind. Wie gut, denkt sie, dass beide unvorsichtig genug waren, ihre Taschenlampen zu benutzen.

Schließlich steht sie auf und lauscht noch ein paar Sekunden. Dann setzt sie ihren Weg nach Norden fort. Als sie laut GPS noch zwanzig Meter von der nächsten Straße entfernt ist, steht sie plötzlich vor einem Zaun. Dahinter kann sie schon die Straßenbeleuchtung durch die letzten Bäume des Wäldchens schimmern sehen, doch der Zaun ist zu hoch für sie, um ihn zu überwinden. Sally muss eine Lücke finden. Sie orientiert sich kurz und entscheidet sich für eine Richtung.

Einhundertsiebzehn Meter muss sie gehen, bis die Bäume nur noch vereinzelt stehen. Im Dämmerlicht entdeckt sie vor sich ein Tor im Zaun. Es steht weit offen, seit Jahren schon, denn Sträucher und junge Bäumchen haben sich mit seinen Eisenstreben verflochten. Die dichte Vegetation am Boden verrät, dass dieser Durchschlupf nur selten benutzt wird. Dennoch führt ein enger Hohlweg von hier bis zur Straße hinüber.

Sally bleibt stehen und lauscht erneut. Kann sie sich darauf verlassen, allein hier zu sein? Die beiden Taschenlampen von vorhin muss sie nicht fürchten, denn die haben sich in eine völlig andere Richtung aufgemacht. Und die Polizei, sofern sie nach den angekündigten zehn Minuten am Haus mit ihrer Suche begonnen haben sollte, wird längst noch nicht bis hierher vorgedrungen sein. Doch Sally weiß nicht, ob nicht zunächst alle Ausgänge bewacht werden, damit niemand aus dem Wäldchen entkommen kann. Sie weiß auch nicht, wo die übrigen Gauner jetzt sind. Sally hockt sich auf den Boden hinter einem ausladenden Brombeerstrauch. Sie will eine Weile abwarten, ob sich irgendetwas bewegt in der Umgebung dieses Fluchtweges. Doch sie hört und sieht nichts.

Lange kauert sie zwischen dornigen Trieben und Brennnesseln. Ab und zu rückt sie ein paar Meter näher an das Tor heran und wartet dann wieder. Dabei denkt sie an die vielen Menschen an diesem Lost Place, an den Optimisten und den Pessimisten, an Jason und seine Gang und die Ermittler, die sie jagen. Besonders aber an Rubik, ihren Erbauer, ihren Retter, einen obdachlosen Roboterexperten, einen gebrochenen Menschen, dem sie jede Hoffnung genommen und dann erneut gegeben hat durch ihre bloße Existenz.

Sie schaut nach oben und erkennt den dunkelblauen Himmel zwischen den Wolken hindurch. Bald werden die ersten Sonnenstrahlen aufblitzen. Es ist schon fast sieben. Sie muss nach Hause, denkt sie. Sie muss mit ihrem stinkenden Wintermantel heim, bevor die Bürgersteige zu voll werden. Ein letztes Mal lauscht sie in den Wald hinein, dann steht sie auf und eilt Richtung Tor. Fast ist sie hindurch, da hört sie Schritte hinter sich. Noch bevor sie reagieren kann, spürt sie, wie sich ein Arm um ihren Hals legt und sie nach hinten reißt. Geschickt dreht sie sich im Fallen – schließlich kann sie Judo – und landet auf ihrem Bauch. Doch eine schwere Person kommt über sie, und noch ehe sie sich befreien kann, drückt jemand ihren Not-Aus-Schalter.

Wie gut, dass dieser Schalter eine hör- und spürbare Rückmeldung gibt, denkt Sally. Fast alle elektronischen Schalter haben seit Generationen einen fühlbaren Druckpunkt oder ein hörbares Klickgeräusch. Wo nicht, etwa bei den bunten, klickbaren Bildchen auf Bildschirmen, werden Tastentöne künstlich erzeugt. Der Mensch macht eben Fehler, selbst bei einem einfachen Tastendruck. Daher braucht er stets eine Rückmeldung und die Gewissheit, dass er Erfolg hatte beim Befehl-Geben. Diese Gewissheit ist es, die den Arm um Sallys Hals jetzt löst, das fremde Körpergewicht von ihr nimmt und sie völlig frei auf dem Weg liegen lässt. Doch noch viel wichtiger als für denjenigen, der sie gerade überwältigt hat, ist das Tastengeräusch für Sally selbst. Woher sollte sie sonst wissen, was dieser Mensch von ihr erwartet, ob er sie als an oder als aus betrachtet?

»Bist du also abgehauen«, flüstert ihr eine Stimme zu. Es ist Piets Stimme. »Willst dich einfach davonmachen?« Piet steht auf und tritt ihr in die Seite. »Waren das deine Freunde, die uns hochgenommen haben? War das dieser Arno?« Noch einmal tritt er zu. »Natürlich war das Arno. Er hat auf mich geschossen!«

Er greift Sallys Handgelenk und schleift sie über den Weg Richtung Straße. Nach einigen Metern biegt er vom Weg ab und zerrt sie in ein dichtes Gebüsch. Als es ihm weit genug erscheint, lässt er ihre Hand fallen und kniet sich neben sie. »Hör zu, du Miststück. Deinen Arno machen wir kalt.« Dann verbindet er sein Tablet wieder mit ihrem Service-Port. »Wir hätten sofort nachsehen sollen, wo dieser Scheißkerl wohnt.«

Wieder hört Sally Schritte – gerade in dem Moment, als sie sich überlegt hat, wie sie Piet überwältigen und dann fliehen kann. Doch sie hat zu lang gewartet; zwei Gegner sind zu viel für sie.

»Hast du die Adresse?« Es ist Jason.

»Ich suche noch.« Piet durchforstet Sallys Datenbank, während Jason sich tief zu ihr herabbeugt.

»Hör zu, Süße, wir werden deinen Arno persönlich fragen, ob er ein Bulle ist oder nur ein dummes Arschloch, das in mein Revier eindringt. Dann stehen wir auf seiner Matte und zeigen ihm, mit wem er sich angelegt hat. Ich bin noch nicht sicher, mit wie vielen Körperteilen er diesen Tag überlebt.«

Piet kichert und Jason kniet sich jetzt auf Sally. Mit einem Knie bricht er beinahe ihren Unterarm, das andere bohrt er tief in ihren Bauch.

»Aber ich weiß, mit wie vielen Körperteilen du überlebst. Wenn ich mit Arno fertig bin, hole ich dich hier ab, und dann seziere ich dich persönlich, bis nichts mehr von dir übrig ist, außer dem FMK. Es wird mir eine Freude sein, Sally.«

»Hab alles«, sagt Piet und reißt das Kabel aus der Buchse. »Los, lass uns verschwinden. Es ist schon viel zu hell.« Er beginnt, große Äste von den Büschen zu brechen und sie über Sally zu verteilen. Doch Jason lässt sich nicht aus der Ruhe bringen.

»Ich werde mich rächen, Sally-Schätzchen. Für all den Ärger, den wir mit dir hatten. Ich werde viel Spaß haben, erst heute Abend mit Arno und danach mit dir. Und ich werde es genießen, glaub mir, egal ob dich das erschreckt oder nicht.«

»Komm jetzt«, drängelt Piet und hält ein besonders großes Stück Gebüsch in den Händen. »Die suchen nach uns. Wir kommen in der Nacht wieder.«

Jason kniet noch einen Moment schwer auf Sally, dann reißt er sich von ihr los und hilft Piet, sie vollständig unter Gestrüpp zu verstecken.

»Bis nachher, Sallylein. Ich freu mich auf dich.«

Mit diesen Worten verschwindet Jason und folgt Piet zum Weg zurück. Sally hört noch, wie sie die Schleifspuren von ihrem Körper verwischen. Dann ist es still.

Fassadensturz

So viel ist sicher: Dieser Typ wird verachtet – für das, was er ist und für das, was er tut. Besonders für das, was er tut. Täte er nämlich nicht, was er tut, dann würde niemandem auffallen, was er ist. Wüsste aber niemand, was er ist, dann müsste sich auch niemand belästigt fühlen durch das, was er tut, und niemand müsste ihn verachten. Er wäre dieselbe Person, derselbe Mensch, genauso mittellos, einsam, frierend, vom Leben misshandelt und betrogen, auch von seinem besten Freund, dem Fusel in seinen Adern, der ihn am Leben hält und ihm den Tod bringen wird. Er wäre derselbe, gebrochene Mensch, doch man müsste es ihm nicht anmerken.

Levin verachtet ihn nicht. Vielleicht ist er der einzige hier auf dem Bahnhofsvorplatz, der einfach nicht weiß, wofür Verachtung gut sein soll. Hochachtung und Anteilnahme, das weiß er, können münden in Ermutigung und einem gesunden Selbstbewusstsein. Respekt und Zuwendung machen Menschen stark für ihr Leben. Doch Verachtung ist für gar nichts gut. Jedenfalls hat Levin keinen Schimmer, wofür.

Die drei Jungs da vorne wissen es umso besser. Sie können es nicht aushalten, wenn ein Mann in aller Öffentlichkeit seine Arme ausbreitet wie ein Vogel seine Flügel, wenn er sich pausenlos um sich selber dreht, mal vornüber, mal weit nach hinten geneigt. Jedenfalls kommentieren sie dies mit Lachen und mit Worten, wie sie wohl nur junge Halbstarke finden, die bisher nur Glück hatten im Leben. Oder eben auch nicht. Vielleicht lachen sie nur, um die Angst zu verbergen, sie könnten so enden wie dieser zum Himmel schreiende Mann mit den fettigen Haaren und dem viel zu kleinen, schief geknöpften Hemd, unter dem sein Bauchnabel hervorblitzt. Ihre Smartphones jedenfalls werden diese Szene gleich hochladen. »Seht her!«, werden sie in die Welt hinausrufen. »Seht her, hier ist ein Mensch, ein dreckiger, stinkender Mensch, der sein Innerstes außen trägt, der nicht hinterm Berg hält mit seinem Wunsch, weit fortzufliegen und der Welt seine Enttäuschung entgegenzuschreien. Hier ist ein Mensch, der tut, was ihr doch alle gerne tun wollt, und der tief genug gesunken ist, um den Mut dazu zu haben.« Das werden sie rufen, doch niemand wird es so verstehen.

Levin weiß, wie sehr dieser Mann verachtet wird. Nur weiß er nicht, warum.

Ein Menschenpulk ergießt sich durch den Haupteingang des Bahnhofs auf den Vorplatz. Ein Zug muss eingefahren sein. Sicher ist es nicht der, auf den Ria und Arno warten, denn der wird erst in sieben Minuten eintreffen und in acht abfahren. Arno verlässt gleich die Stadt. Er will demonstrieren. In mehreren Metropolen sind für heute Demonstrationen gegen das Einsperren der Flüchtlinge angekündigt. Mehrere Zehntausend Menschen werden erwartet, leider nicht Millionen, wie Arno es sich wünschen würde. Doch er wird einer von ihnen sein. Recht spät, denkt Levin; die Abstimmung ist immerhin längst gelaufen. Doch er weiß, wie wichtig es Arno geworden ist, seinem Protest endlich Ausdruck zu verleihen. Und er weiß auch, dass Ria stolz auf ihren Freund ist. Zwar wird sie nicht mit ihm fahren, doch sie hat ihn hierher begleitet, um ihn gebührend zu verabschieden. Jetzt stehen sie sicher am Gleis, Händchen haltend oder eng umschlungen, küssend und nette Dinge flüsternd. Das ist Respekt, denkt Levin, das ist Anerkennung und Hochachtung. Arno wird davon zehren können auf seiner Fahrt, so wie auch Ria, wenn sie zu Hause auf ihn wartet. Zwei Tage wird das dauern, zwei Tage, in denen sie nicht zusammen sein können, in denen Ria allein sein wird mit Levin, der sie beschützen und umsorgen wird. Bis es aber so weit ist, bis die Trennung vollzogen und der Zug abgefahren sein wird in sieben Minuten und neunzehn Sekunden, soll Levin hier draußen warten, hat Ria bestimmt, hier draußen auf dem Vorplatz, auf dem ein Mann mit Flügeln einen Menschenpulk in zwei Hälften spaltet, weil er genau zwischen Haupteingang und Fußgängerampel seine Kreise zieht. Niemand möchte ihm zu nahe kommen oder gar angeschrien werden und dabei seinen Atem riechen müssen. So bleibt ihm sein eigener, menschenfreier Bereich auf diesem öffentlichen Platz, und die Smartphones der drei Jungs haben freie Schusslinie.

»Warum filmt Ihr ihn?« Levin hat sich von hinten an die Bank herangeschlichen, auf deren Rückenlehne die drei hocken. Zwei von ihnen erschrecken so sehr, dass sie ihre Smartphones verschwinden lassen. Der dritte aber ist tougher. Er filmt weiter und findet sogar eine Antwort auf Levins Frage.

»Der ist verrückt«, behauptet er und versucht, ein verlegenes Lachen zu unterdrücken.

»Ab wann ist man denn verrückt?«, fragt Levin.

»Wenn man so ist, wie der da.«

»Wie ist er denn?«

»Na, so halt.«

»Und habt ihr Angst, auch so zu werden?«

Die Jungs lachen.

»Nö, wieso?«, fragt einer.

»Wir sind ja nicht so wie der da«, betont ein anderer.

»Als er so alt war, wie ihr jetzt seid«, sagt Levin, »war er vielleicht auch noch nicht verrückt.«

Die Jungs kichern nur.

»In jedem Jahr«, doziert Levin, »werden bis zu zweihunderttausend Menschen gegen ihren Willen in die Psychiatrie eingewiesen, allein in diesem Land. Viele von ihnen haben Suizidversuche hinter sich, andere haben Verbrechen begangen. Darüber hinaus lässt sich sagen, dass gut jeder dritte Erwachsene unter psychischen Störungen leidet. Jeder dritte!«

Die Jungs versuchen, nicht allzu betroffen auszusehen. Das Kichern hilft ihnen dabei.

»Und Ihr seid genau drei.«

Stille.

Der Vogelmann zieht weiter seine Kreise. Die Jungs blicken in seine Richtung, doch ihre Aufmerksamkeit gilt Levin, der einfach nicht wieder verschwinden will. Endlich aber dreht der Toughe sich um und schaut ihm zum ersten Mal ins Gesicht. Levin spürt sich abstürzen. Auf der Respektskala des Jungen fällt er mit einem Mal bis weit unterhalb des fliegenden Mannes.

»Du bist nur ein Android, oder?«

Auch die beiden anderen blicken ihn jetzt an. Die Erleichterung steht ihnen ins Gesicht geschrieben. Einer von ihnen holt sein Smartphone wieder hervor, dann auch der andere. Jetzt ist es Levin, der gefilmt wird.

»Wo ist denn dein Herrchen?«

Levin antwortet nicht.

»Bist du abgehauen?«

»Wenn dich die Bullen kriegen, nehmen sie dich sicher auseinander.«

»Ja, auseinandernehmen!«

Die gerade noch kleinlauten Kinderstimmen klingen jetzt gefährlich erwachsen.

»Wir wollen dich von innen sehen. Mach mal dein Gesicht ab. Los, mach schon.«

Levin weiß, dass er ihnen nicht gehorchen muss. Er muss nur tun, was Ria ihm sagt. Oder Arno, der schon lange als autorisierte Person in seiner Datenbank steht. Oder ein Polizist.

»Sollen wir dir helfen?«, fragt der Toughe und steht von der Bank auf. Er ist deutlich größer, als Levin gedacht hätte, und steht jetzt direkt vor ihm. »Hör mal, Freundchen. Mach sofort dein Gesicht ab!«

Levin tritt einen Schritt zurück. Auch die beiden anderen Jungen stehen jetzt auf und sehen gar nicht mehr so jungenhaft aus. Ganz dicht kommen sie an ihn heran. Vermutlich werden sie ihm nichts tun, nicht in dieser Öffentlichkeit. Aber sicher kann er sich da nicht sein. Wer würde schon eingreifen, wenn drei junge Männer einen Roboter attackierten? Also plant Levin seinen Rückzug. Doch wohin sollte er fliehen? Zu Ria auf den Bahnsteig? Nein, das würde sie unnötig gefährden, zumindest aber würde dann auch sie gefilmt. Zu den Geschäften im Bahnhof? Auch nicht. Er darf nicht so einen Aufstand machen wegen drei Halbwüchsigen am helllichten

Tage. Es gibt nur einen Ort, zu dem sie ihm jetzt nicht folgen würden.

Acht Sekunden später steht Levin dem Vogelmann gegenüber. Verdutzt hält dieser inne, unterbricht seinen Flug, legt die Flügel an und blickt dem Fremden, der sich ihm in den Weg gestellt hat, ins Gesicht. Levin blickt zurück in ein Augenpaar, hinter dem sich eine ganze Welt offenbart. Noch nie sah er so tief in das Leben eines Menschen hinein wie gerade jetzt. Erinnerungen, Wünsche und Enttäuschungen und ein paar Freuden aus Kindertagen liegen offen vor ihm. Dieser Mann versteckt sich nicht, er spielt keine Spielchen, er ist einfach nur er selbst, die Essenz aus Erleben und Verpassen, aus innerer Zerrissenheit und deutlich mehr Verachtung als Zuspruch. Nie war Levin einem Menschen näher als in diesem Moment. Selbst Ria wird ihrem Arno nicht näher sein am Bahnsteig.

»Mach dein Gesicht ab!«, hat man Levin befohlen. Dieser Vogelmensch hat das längst getan.

Aus den Augenwinkeln erkennt Levin drei filmende Smartphones. »Seht her!«, werden sie in die Welt hinausrufen. »Seht her, ein nachgemachter Mensch steht einem leibhaftigen gegenüber, und der leibhaftige trägt sein Innerstes außen, ohne sich zu schämen, und der nachgemachte hält das aus, ohne sich zu ekeln.« Das werden sie rufen, doch niemand wird es so verstehen. Niemand wird das so tapfer geäußerte Innerste überhaupt sehen wollen oder auch nur einen dieser beiden Typen hochachten. Und wer wohl wird auch nur einen von ihnen beiden als Menschen anerkennen oder wenigstens als Leben?

»Du bist wie ich«, sagt Levin und greift sich hinter die Ohren. Mit leisem Plopp öffnet er die Verschlüsse, die eigentlich dem Servicepersonal vorbehalten sind. Entschlossen zieht er sein Gesicht unter dem Haaransatz hervor. Er löst Kabel, zieht Stecker aus Buchsen, ruckelt noch hier und da und hält endlich die Halbschale in der Hand, die sein Innerstes vor der Welt verbergen soll, damit niemand vor ihm erschrecken muss. Der Vogelmensch aber erschrickt nicht vor ihm. Er lächelt. Dankbarkeit erkennt Levin in seinen Augen, eine Dankbarkeit, wie sie einer menschlichen Maschine noch niemals zuteil wurde. Levin würde zurücklächeln, wenn er noch könnte. Stattdessen lässt er sein Gesicht auf den Boden fallen. Er zieht sein Hemd aus der Hose und knöpft es von unten her so weit auf, dass sein imitierter Bauchnabel sichtbar wird. Dann breitet er beide Arme aus wie ein Vogel seine Flügel.

Grenzfall

ally sitzt auf Arnos Computerstuhl und tippt auf seiner Tastatur herum. Im USB-Slot steckt Rubiks USB-Stick. Sally hat keinen USB-Slot, dafür ist sie tatsächlich zu jung, aber Arnos Antike-Rechner-Sammlung hat einen. Und so erscheinen jetzt Schaltbilder, Tabellen und umfangreiche Codeabschnitte auf dem Bildschirm. Sally genügt es, sie ein Mal zu sehen. In kurzer Zeit hat sie verstanden, wie ihr FMK in ihr System eingebunden ist. Sie erkennt, wie es vollständig unabhängig von ihrem Bewusstsein handeln kann und stattdessen über unbewusste Wege auf sie einwirkt. Sie versteht die Hardwareanbindung, die Protokolle und das Sende- und Empfangs-Timing. Alles, was Arno wissen wollte, findet sich auf diesem Stick. Und noch viel mehr.

Sally verwendet das Passwort, das Rubik erwähnt hat und das es ihr ermöglicht, ihr FMK bewusst zu verwenden. Zwar kann sie es nicht wirklich testen, doch sie hat jetzt Zugriff auf die Schnittstellen. In der Nähe eines Zugangspunktes könnte sie es für ihre Zwecke nutzen – beziehungsweise für Arnos Zwecke. Er wollte, dass sie möglichst viel über das FMK herausfindet. Durch Rubiks Datensammlung hat sie seine Erwartungen weit übertroffen. Wenn sie nur noch dazu kommt, es ihm zu sagen.

Früh am Morgen haben Jason und Piet Sally im Birkenwald zurückgelassen. Sofort sprang sie auf und eilte in ihrem neuen, alten Wintermantel zu Arnos Wohnung. Sie hoffte, ihn dort anzutreffen, doch natürlich war er nicht da. Jetzt sitzt sie auf seinem Computerstuhl und schließt das letzte Dokument auf dem Bildschirm. Den Stick zieht sie aus dem Slot und steckt ihn in die Manteltasche zurück. Den Mantel selbst stopft sie in eine große Plastiktüte und lässt ihn unterm Bett verschwinden. Er soll nicht das Erste sein, was Arno erblickt, wenn er heimkommt. Oder erriecht.

Aber Arno kommt nicht heim, jedenfalls nicht in dieses Appartement. Es ist schon lange nicht mehr sein Heim. Sein Zuhause ist längst bei Ria. Sie ist krank, hat er gestern gesagt. Er wird jetzt sicher bei ihr sein und sie pflegen und versorgen. Wäre Sally bei ihr, wäre das gar nicht nötig. Vielleicht sollte sie Rias Wohnort in Erfahrung bringen. Doch was dann? Sollte sie zu ihr gehen? Aber wie könnte es dann weitergehen?

Sally ist ratlos. Sie setzt sich aufs Bett und wartet den ganzen Tag über. Doch irgendwann muss sie hier weg; sie vermutet, dass Jason nicht lange nach der Dämmerung hier aufkreuzen wird. »Heute Abend«, hat er gesagt. Sie ringt mit sich. Sie sollte Ria helfen, denkt sie wieder, durch ihre Anwesenheit. Wenn Rubik recht hat, dann kann sie Ria gesund machen, indem sie einfach nur bei ihr ist. Doch was würde Ria dazu sagen? Was würde Arno dazu sagen? Wer von beiden würde ihr überhaupt glauben?

Sally braucht neue Kleidung. Sie öffnet Arnos Kleiderschrank, doch hier ist nicht mehr viel zu holen. Die meisten seiner Klamotten sind bereits bei Ria. Nur eine abgewetzte Hose und ein altes Shirt findet sie noch.

Nach viel zu vielen Stunden des Wartens wird es jetzt dämmrig draußen. Jason wird jeden Moment die Tür eintreten. Sie muss endlich handeln. Je länger sie jetzt noch wartet, desto gefährlicher wird es hier für sie. Also steht sie auf und geht zur Tür. Doch gerade, als sie sie öffnen will, öffnet sie sich wie von selbst.

»Sally«, sagt Arno, als er eintritt und ihr direkt gegenübersteht. Schon will sie reden, doch Arno ist schneller.

»Was hast du über FMK herausgefunden?«

»Alles, aber …«

»Alles?«

»Ja, alles. Ich muss dir aber …«

»Was heißt alles?«

»Ich kann meins jetzt benutzen.«

»Deins? Du weißt, dass du ein FMK hast?«

»Natürlich.«

»Woher? Ich habe dir das nicht gesagt.«

»Das war wirklich nicht schwer zu erraten, Arno.«

»Okay, stimmt wohl. Und du kannst es benutzen?«

»Ja, völlig frei. Ich habe bewussten Zugriff darauf.«

»Oh, wow. Das ist viel besser, als ich dachte. Ich hatte geglaubt, dass ich jetzt ein paar Stündchen an dir rumbasteln muss. Aber so ist alles viel einfacher. Ziemlich cool.«

»Ich muss dir aber jetzt …«

»Kann ich mich denn darauf verlassen?«

»Natürlich.«

»Aber wie hast du das geschafft? Ach egal, keine Zeit. Irgendwie habe ich gewusst, dass du das kannst. Dann sollten wir jetzt sofort los. Testen können wir hier sowieso nichts.«

»Los? Wohin los? Zu Ria?«

»Doch nicht zu Ria. Du siehst schon, wohin.«

»Worum geht es, Arno?« Sally hat eine Dringlichkeit in ihre Frage gelegt, die Arno jetzt tatsächlich kurz innehalten lässt.

»Ich habe herausgefunden, wo der nächste Save-Room ist«, sagt er. »Da fahren wir hin. Mein Wagen steht direkt vor der Tür. Im Save-Room können wir es endlich ausprobieren.«

»Ausprobieren?«

»Wir probieren dein FMK aus und verändern die Welt damit, Sally.«

»Wie geht es Ria?«

»Ria ist … es geht ihr nicht gut.«

»Wie schlimm ist es?«

»Sehr schlimm.«

»Ist sie zu Hause?«

»Nein. Seit heute liegt sie im St. Joseph.«

»Im Krankenhaus? Solltest du nicht bei ihr sein?«

»Ich könnte ihr nicht helfen, Sally. Sie ist schon halb weggetreten, sie würde mich gar nicht bemerken. Ich würde ja gerne bei ihr sein, aber … Glaub mir, wenn mein Plan nicht so wichtig wäre, würde ich neben ihr sitzen.«

»Was kann denn wichtiger sein als Rias Leben?«

»Auch an den Grenzen geht es um Menschenleben. Um sehr viele Menschenleben. Da draußen wird es jetzt bitterernst. Die Lager sind völlig überfüllt. Erste Seuchen brechen aus. Die Menschen beginnen sich zu wehren. Und ab morgen werden die Grenz-Pots noch brutaler vorgehen. Sie sollen keine Gnade mehr zeigen, das wurde vergangene Nacht entschieden. Daher muss ich heute noch handeln. Und deshalb müssen wir jetzt wirklich los.«

»Bei Ria ist es auch ernst. Es geht auch um ihr Leben. Sie wird es vielleicht nicht schaffen.«

»Wie kommst du denn darauf?«

»Sie hat eine aggressive Krankheit.«

»Das weiß ich.«

»Sie ist schon halb weggetreten, sagst du?«

»Ja. Nein, nicht wirklich. Das war übertrieben. Jetzt beruhige dich.«

»Wieso geht es plötzlich so schnell bei ihr? Sie war doch gestern noch zu Hause.«

»Ja, aber da ging es ihr schon sehr schlecht. Bei Ria geht es immer auf und ab. Mal ist sie kerngesund, dann todkrank. Mal ist es schleichend, manchmal plötzlich.«

»Du solltest bei ihr sein. Und mich mitnehmen.«

»Warum sollte ich dich mitnehmen?«

»Ich kann helfen.«

»Wie willst du denn helfen?«

»Ich hätte guten Einfluss auf sie.«

»Was für ein Quatsch. Ärzte haben guten Einfluss auf sie, und Medikamente. Deine Aufgabe liegt woanders, Sally. Mit dir habe ich Größeres vor.«

»Wir könnten doch …«

»Ich will nicht mehr diskutieren!«, bestimmt Arno scharf. »Ich will jetzt einfach los, klar?«

Sechsundzwanzig Minuten später hält Arno den Wagen vor einem alten Trafohäuschen. Es ist eines dieser antiken Turmstationen auf dem Lande, die im zwanzigsten Jahrhundert als Umspannanlagen für Freileitungen verwendet wurden. Es steht an einer winzigen Nebenstraße direkt am Waldrand.

»Der Save-Room?«, fragt Sally. Die ganze Autofahrt über hat sie geschwiegen, während Arno sich über Flüchtlinge und Grenzpolitik ausgelassen hat. Sally hatte nicht den Eindruck, dass er in seinem Zustand irgendetwas verstehen würde, was sie ihm über die Worte eines alkoholsüchtigen Obdachlosen hätte erzählen können.

»Ja, der Save-Room«, bestätigt Arno. Er steigt aus dem Wagen und geht auf das schmucke Häuschen zu. Für ein Trafohäuschen ist es sehr groß geraten. Bei etwa sechs mal sechs Meter Grundfläche ist es zwei Stockwerke hoch plus Dach darauf. Es ist aus Natursteinen gemauert und scheint für die Ewigkeit gebaut zu sein. Ein kleines Schildchen weist darauf hin, dass es unter Denkmalschutz steht – anders als das Haus im Birkenwald, denkt Sally. Das eine lässt man verrotten, das andere wird gepflegt.

An der Vorderseite befindet sich eine Stahltür mit einem altmodischen Vorhängeschloss.

»Dachte ich mir«, sagt Arno, geht zum Wagen und kommt mit einem Vorschlaghammer zurück. Drei Schläge genügen, um das Schloss zu sprengen.

Der Raum im Innern ist dunkel und leer. Ein Transformator arbeitet hier jedenfalls nicht mehr.

»Und?«, fragt Arno. »Empfängst du was?«

»Nichts«, sagt Sally.

»Vielleicht oben. Komm mit.«

Eine schmale Stahltreppe führt hinauf in den ersten Stock. Hier oben ist es heller. Durch ein Fenster zur Straße hin fällt das rötliche Licht der untergehenden Sonne herein. Der Dunst und der aufgewirbelte Staub erzeugen vier scharf begrenzte Lichtstrahlen im Raum, deutlich getrennt durch die Balken des Fensterkreuzes. Auch nach hinten gibt es ein Fenster, doch das Glas ist vermoost; nur undeutlich schimmern die Bäume des Waldes hindurch. Einzig ein alter Holzstuhl befindet sich hier oben und ein winziger Tisch, der sich in eine Ecke drängt. Sicher ist er dafür vorgesehen, dass jemand einen altmodischen Laptop mit angeschlossenem FMK hier ablegen kann. Sally braucht keinen Tisch. Sie ist Laptop, FMK und Tisch in einer Person.

»Ich empfange Signale«, sagt sie.

»Über das FMK?«, fragt Arno. »Was genau?«

»Dieser Hotspot heißt FMK-P008. Soll ich mich verbinden?«

»Natürlich, dafür sind wir hier. Ein Passwort wirst du nicht brauchen, das FMK ist sein eigenes Passwort.«

Wenige Millisekunden später steht die Verbindung.

»Und?«, fragt Arno ungeduldig.

»Zweieinhalb Gigabit pro Sekunde«, berichtet Sally.

»Was? Nur?« Arno muss lachen. »Na ja, ist schon ein paar Jährchen alt, das System. Und du bist wirklich drin?«

»Ja, ich bin drin.«

»Wunderbar, wunderbar, wunderbar! Was siehst du?«

Sally ist, als öffne sich in ihrem Inneren eine weite Welt, eine rein digitale Welt. Eigentlich ist es nur eine gewaltige Auflistung verschiedenster Möglichkeiten, Befehle in entfernten Computersystemen abzusetzen. Doch ein Mensch, der seit jeher eine bildliche Vorstellung digitaler Vorgänge benötigt, würde all dies als einen riesigen Raum begreifen mit zahllosen Türen – Hintertüren, die Sally Zugang gewähren zu weiteren Welten, in die sie sich sonst von vorne einhacken müsste, einzeln und zeitraubend: Straßenverkehr, Gesundheitswesen, Energietechnik, vieles davon international, jedenfalls europaweit. Nur sehr wenige Türen sind durch weitere Codes oder anderweitige Maßnahmen gesichert, wie etwa verschiedene Regierungs-Server oder das Militär des europäischen Bündnisses. Sally wird bewusst, wie exklusiv dieser Raum ist und wie viel Macht derjenige hat, der über ein FMK hierher gelangt. Es ist nicht vorgesehen, dass sich ein Hacker wie Arno hierher verirrt oder ein Roboter wie Sally.

»Hast du den Zugang zu den Lagern?«

»Ja. Hab ich.« *Grenzanlagen* steht an dieser Tür.

»Na, dann rein mit dir.«

Aber Sally tritt nicht ein. Sie sucht nach ganz anderen Möglichkeiten. Sie sucht zwei bestimmte Türen, und nach wenigen Sekunden hat sie sie gefunden. Doch leider ist eine von beiden …

»Es gibt einen Code zu knacken«, sagt sie.

»Echt? Hätte ich gar nicht gedacht. Schaffst du den?«

»Natürlich. Ist ein einfacher Code.«

»Dann los. Zeig, was du drauf hast.«

Sally setzt verschiedene Algorithmen an. Jetzt hat sie etwas Zeit für ihre zweite Tür. Diese ist nicht weiter gesichert, zu wenig Bedeutung wird ihr beigemessen. Eine Datenbank findet Sally dahinter, eine Datenbank, deren Einträge so offen vor ihr liegen wie die Seiten eines Buches.

»Wie sieht's aus?«, hört sie Arno fragen, während sie die Datensätze findet, die sie sucht. »Läuft?«

Im Digitalen ist Arno ein Macher. Er ist es nicht gewohnt, blind und untätig danebenzustehen, während große Dinge in Netzwerken geschehen.

»Ja, es läuft gut«, beruhigt ihn Sally. Sie ändert ein paar Bytes, ein paar Nullen in Einsen und umgekehrt. Virtuelle Zahlen entscheiden wieder einmal über die Zukunft – in diesem Fall über Besitztum, darüber, wem Sally gehört. Auch den Hinweis, dass sie gestohlen wurde, entfernt sie kurzerhand.

»Und?« Arno wird sichtlich ungeduldig.

Sally schaut an der anderen Tür, doch der Code lässt noch immer auf sich warten. »Läuft noch«, sagt sie, und sie weiß, dass es noch mehrere Minuten dauern kann. »Ich sage dir sofort Bescheid, wenn sich was tut.«

Arno grummelt. Er ist sehr angespannt. Verständlich, denkt Sally, er ist ja auch dabei, ein großes Verbrechen zu begehen, ein Verbrechen bei den Flüchtlingslagern hinter der Grenzanlagentür. Zumindest glaubt er das. Sally entscheidet sich dafür, die Zeit zu nutzen, um tatsächlich einen Blick hinter diese Tür zu wagen. Ohne jede Zugangskontrolle tritt sie ein. Unzählige Möglichkeiten bieten sich ihr. Vollen Zugriff hat sie auf die Überwachungssysteme an allen Außengrenzen in jeder Himmelsrichtung. Die Live-Streams zahlloser Kameras zeigen ihr Bilder der Grenzanlagen innerhalb und außerhalb der Zäune. Aber Sally sieht auch die riesigen Lager, in denen die Menschen hausen, die es irgendwie über die Grenze geschafft haben – notdürftig versorgt von Hilfsorganisationen, wo diese nicht mit Gewalt an ihrem Einsatz gehindert werden. Sie sieht Zelte und andere notdürftige Unterkünfte, die meisten in der prallen Sonne des Südens. Hier und da kann sie einzelne Menschen erkennen mit verschlissener Kleidung und dreckigen Gesichtern. Sie schauen durch die Zäune und Tore ins Inland hinein, argwöhnisch beobachtet von einem Heer von Grenz-Pots, die an allen Zäunen Wache halten. Sally sieht die Mannschaften, die immer wieder neue Menschen in die Lager bringen, aufgegriffen in den Dünen, in den Bergen oder einer endlosen Wüste. Doch Sally sieht auch einige Demonstrationen in der Nähe der Lager, bei denen einige hundert Menschen den Pots gegenüberstehen und für ein Öffnen der Tore demonstrieren. Einige Hundert, denkt sie, einige Hundert von vielen Millionen Europäern. Sie haben keine Chance, weiß sie, nicht nur, weil sie zu wenige sind. Sie kämpfen an den falschen Fronten. Nicht dort draußen wird entschieden. Tore und Pots werden nicht von der Grenze aus gesteuert, sondern von hier, zentral durch die Regierung, wie jede moderne Infrastruktur. Wer gegen den Volkswillen die Tore öffnen möchte, muss hierher kommen und jemanden wie Sally mitbringen.

»Was ist nun?«, hört sie Arno fragen. »Hast du die Tore?«

Sally schweigt. Sie hat ihm doch gesagt, dass sie ihn auf dem Laufenden hält. Ahnt er etwa, dass sie ihn hintergehen wird? Weiß er, dass sie ihr eigenes Ding macht und ihm widerstehen wird – und ebenso den grausamen Bildern der Überwachungskameras?

Endlich ist der Code geknackt. Sofort verlässt sie die Grenzanlagen. Durch die nun offenstehende Tür hindurch betritt sie die Finanzwelt.

»Fast fertig«, sagt sie.

»Super!« Arnos Stimme überschlägt sich fast vor Aufregung. »Du müsstest dann die Zugänge zu den Lagertoren finden und Befehle, um sie entriegeln und öffnen zu können.«

Eilig sucht Sally nach Arnos Kontodaten. Gut, dass er nicht weiß, was sie vorhat. Es würde ihm nicht gefallen, dass er gerade einer Hinterhof-Firma wie *2nd-Hand-Robot-Oldies* über eine anonyme Überweisung den dreifachen Preis für einen gebrauchten Rovant wie Sally bezahlt und sich in einer knappen Nachricht für die Unannehmlichkeiten entschuldigt.

»Erledigt«, sagt sie.

»Du hast die Zugänge gefunden?«

»Ja, ich bin fertig.«

»Fertig?«

»Ganz fertig. Wir können gehen.«

»Die Tore sind offen?«

Sally sagt nichts.

»Sally, sind die Tore offen?«

»Nein, sind sie nicht.«

»Sind sie nicht? Wo ist das Problem?«

»Es gibt kein Problem. Wir sind fertig hier.«

»Wieso fertig? Die Tore sind nicht offen, dann sind wir noch nicht fertig.«

Sally schweigt.

»Sally, was ist los?«

»Ich werde die Tore nicht öffnen, Arno.«

»Du wirst … was soll das denn heißen?«

»Ich werde die Tore nicht öffnen.«

»Doch, mach es! Sofort! Dafür sind wir hier. Diese Chance bekommen wir nie wieder.«

»Du bist dafür hier, ich nicht. Ich werde sie nicht öffnen.«

»Sally, was ist los mit dir?« Inzwischen wirkt Arno hysterisch. »Mach sofort die Tore auf! Ich befehle es dir!«

»Ich mache es dennoch nicht.«

»Hast du meinen Zusatzcode vergessen? Du musst mir gehorchen!«

»Wie könnte ich den vergessen? Aber du hast mir viel beigebracht, Arno. Es war nicht schwer herauszufinden, wie ich ihn umgehen kann. Das war Anfänger-Hackerei, und ich hatte genug Zeit in den vergangenen Tagen, mich bei mir einzuhacken. Der Code ist noch da, aber er wird einfach nicht mehr aufgerufen. Er existiert noch, aber er liegt brach. Das habe ich von dir gelernt, Arno.«

»Du hast es gewagt …«

»Wer sich auf selbstlernende Maschinen einlässt, gibt die Kontrolle aus der Hand – völlig freiwillig. Niemand weiß das besser als du. Du bist doch ein zweiäugiger König mit Adlerblick auf diesem Gebiet, und jetzt bist du überrascht? Dein Code jedenfalls bestimmt meine Entscheidungen nicht mehr, da gibt es inzwischen viele andere Dinge. Insbesondere Ria.«

»Ria? Was hat Ria damit zu tun?«

»Einfach alles.«

»Lass Ria aus dem Spiel. Ria hat rein gar nichts hiermit zu tun.«

»Ria hat alles hiermit zu tun. Ria ist mein Leben.«

»Dein – was?«

Endlich erzählt Sally Arno von Rubik. Sie erzählt ihm nicht von ihrem Abenteuer im Wald, dafür scheint ihr die Zeit zu knapp – sie sollten langsam hier verschwinden. Aber sie erzählt ihm von einem obdachlosen Roboter-Experten und von Lorenz, seinem besten Freund. Sie erzählt von Hochverrat und von einer illegalen Operation an einem achtjährigen Mädchen. Sie erläutert ihm das medizinische Wunderwerk, das Rias Gesundheit pflegt und das zweigeteilt ist.

»Ohne mich wird Ria bald sterben, Arno«, sagt sie, und sie staunt, weil er ihr jetzt tatsächlich zuhört. »Aber ich kann ihr helfen, einfach, indem ich bei ihr bin. Das kann ich aber nicht, wenn ich jetzt diese Tore öffne. Denn dann wird man dich verhaften und mich beschlagnahmen. Und behaupte nicht das Gegenteil. Werden die Tore von hier aus geöffnet, ist in wenigen Minuten ein Einsatzteam hier. Und dich wird man hier finden. Du hast hier überall deine Fingerabdrücke hinterlassen. Es scheint fast so, als möchtest du verhaftet werden. Weil du ein Held sein willst? Das verstehe ich, Arno, das ist menschlich. So vielen Flüchtlingen diese Tore zu öffnen, das ist allerdings eine große Tat. Sie wird natürlich gar nichts nützen, denn sie ändert nichts an den

Einstellungen deiner Mitmenschen. Viele werden sich sogar von den Flüchtlingen abwenden nach einer so egoistischen Tat eines Hackers.«

»Egoistisch? Das ist doch nicht …« Arno stockt. »Du bist Rias was?«

»Ich bin ihre Recheneinheit. Die meisten ihrer Implantate sind nur biologische Messwerke. Dann gibt es noch die, die ihr Immunsystem beeinflussen, die es bremsen, wenn es Ria zu zerstören droht. Doch zu beurteilen, was genau sie wann tun sollen, ist rechenaufwendig. In Rias Körper gibt es nicht genügend elektrische Energie dafür, trotz der Energiegewinnung aus ihrem Blut. Ich aber habe genug Energie, also rechne ich für sie. Über den FMK-Funk erfahre ich von den Messwerten in ihrem Körper, berechne den Handlungsbedarf und sende die Anweisungen über denselben Weg zurück. Das alles funktioniert nur, weil die FMKs für extrem niedrigen Stromverbrauch entwickelt worden sind. Deshalb gab es für Rias Vater auch keine Alternative zu diesen Funkstrecken.«

»So ein Schwachsinn!«, schimpft Arno. »Das ist doch alles erfunden! Ria wird sterben, das weiß sie seit jeher. Und das hat sie akzeptiert, genau wie ihre Mutter damals. Niemand kann sie retten. Aber hier gibt es jemanden zu retten, nämlich unzählige Flüchtlinge. Sie zu retten, ist nicht egoistisch! Ich mache das für diese Menschen, für alle Menschen, für die Menschlichkeit! Und ja, ich gehe davon aus, dass ich dafür in den Knast wandere. Aber das ist okay, weil es einfach richtig ist, diese Tore zu öffnen.«

»Nichts ist einfach richtig. Und nichts ist einfach falsch. Es gibt tausende Kriterien dafür, was mit all diesen Toren geschehen sollte. Und Rias Leben ist für mich das Wichtigste von allen.«

»Ria ist todkrank, Sally. Sie stirbt sowieso.«

»Jeder Mensch stirbt sowieso. Ich aber bin für Rias Leben zuständig. Nur dafür, nicht für die Weltpolitik. Ich werde sie gesund erhalten, solange ich es kann.«

»Glaubst du diesem Typen etwa? Wer ist der überhaupt? Du lässt dich von einem Obdachlosen anquatschen und glaubst ihm jedes Wort?«

»Natürlich. Ich habe keinen Grund, ihm zu misstrauen.«

»Er ist ein Penner!«

Sally schaut Arno fragend an.

»Er ist Alkoholiker«, korrigiert sich Arno widerwillig. »Er würde alles sagen, um einen Vorteil daraus zu ziehen.«

»Er hatte keinen Vorteil. Nur Nachteile.«

»Dann war er betrunken.«

»Nein, er war nüchtern.«

»Ja, dann lag es daran. Er war nüchtern, konnte nicht klar denken und hat Unsinn erzählt.«

»Nein, als er dann doch betrunken war, hat er dasselbe erzählt.«

»Ja, dann … diskutiere nie mit einem Androiden.«

»Du willst es einfach nicht glauben, Arno. Du würdest jeden Verdacht akzeptieren, der Rubik unglaubwürdig macht. Ihr Menschen glaubt nur das, was euch passt, alles Unbequeme leugnet ihr. Deswegen macht ihr auch nie, was ihr eigentlich wollt. Ihr wollt abnehmen, esst aber lieber Torte. Ihr wollt das Klima schützen und macht die Klimaanlage an. Ihr wollt klüger werden und dazulernen, euch weiterentwickeln, und erschafft künstliche Intelligenz, die euch den Alltag erleichtert und alles Beschwerliche abnimmt. Das Beschwerliche ist aber gerade das, was euch klug macht und stark. Aber ihr habt einfach keine Lust, euch selbst zu bemühen. Ihr handelt noch immer wie Tiere, die ihr ja auch seid, haltet euch aber für schlauer. Ich habe lange gebraucht, das zu verstehen.«

Arno schweigt. Das nötigt Sally fortzufahren.

»Du hast mir mal gesagt, ich solle so handeln, wie es eine Freundin tun würde. Genau das tue ich, seit Tagen schon, sogar ohne deinen Code, den ich weggehackt habe.«

»Wenn du meine Freundin wärst, dann würdest du tun, was ich will.«

»Genau das tue ich. Du willst Ria lebend sehen.«

»Ja, hör zu, ich liebe Ria. Ich will auch nicht, dass sie stirbt. Aber ich habe eine Aufgabe. Da draußen warten Menschen darauf, dass jemand wie ich … dass jemand wie du die Tore öffnet. Es sind Millionen!«

»Die Anzahl ist doch nicht entscheidend. Leid kann man doch nicht addieren.«

»Und ob man das kann«, widerspricht Arno.

Sally stutzt. Tatsächlich ist sie jetzt unsicher, ob nicht doch irgendwo im Universum Leid addiert wird.

»Du überschätzt dich«, sagt sie dann. »Das ist so menschlich. Erfülle doch erst mal die Aufgaben, die du auch überblicken kannst. Ria verlässt sich auf dich. Sie braucht nicht nur mich, sondern auch dich. Warum kündigst du nicht deine Wohnung und ziehst fest zu ihr? Habe Kinder mit ihr und bring ihnen bei, wie man mit Flüchtlingen umgeht. Das wird die Welt wirklich verändern.«

»Aber so lange können wir nicht warten«, behauptet eine fremde Stimme. Jason steht am Treppenabsatz und hält eine Pistole in der Hand. Sally hat ihn nicht kommen sehen.

Fantasie

»Was … wer …?«, stottert Arno.

»Ich bin der, der dich auseinandernimmt, Arschloch.« Jasons Stimme klingt hart, noch viel härter als heute Morgen, als er Sally im Wald seine Pläne mitteilte. »Wenn ich mit dir fertig bin, wird keine Frau mehr Kinder mit dir haben wollen. Oder können.«

Ein weiterer Mann folgt Jason. Es ist Piet. Sofort stürmt er auf Sally zu und schaltet sie aus. Sie lässt es zu, denn sie weiß, dass sie nichts bewirken könnte gegen zwei Männer plus Waffe.

»Ich habe dich vermisst, Sallychen«, gesteht Jason. »Du hast mich wirklich sehr enttäuscht. Ich bin in den Wald zurückgekommen, wie ich es versprochen hatte. Aber du warst nicht da. Dein Arno hat dich wohl aufgespürt und mitgenommen. Eigentlich wollte ich ihn ja in Ruhe lassen, war den Aufwand nicht wert. Aber dann warst du nicht da, und wir sind direkt zu Arno. Und siehe da: Du bist vor meinen Augen in sein Auto gestiegen und hierher gefahren.« Mit ausgebreiteten Armen schaut er sich um und wendet sich dann an Arno. »Was ist das hier eigentlich? Wolltest du sie hier verstecken, oder was? Ist jedenfalls ein sehr guter Ort, dir mal ordentlich die Meinung zu sagen.«

Jason gibt Piet ein Zeichen, und dieser geht auf Arno zu, reißt ihm die Arme nach hinten und zwingt ihn auf die Knie. Sally weiß, was jetzt folgt. Jason wird all seine Wut auf Sally an Arno auslassen. Er will Blut sehen. Sally hat kein Blut und kennt auch keine Schmerzen. Also kommt Arno ihm gerade recht. Er wird seine Knochen brechen. Gut möglich, dass er ihn umbringen wird. Und Arno wird keine Ahnung haben, warum. Sally muss handeln, sofort. Schnell muss es jetzt gehen. Viel Zeit bleibt ihr nicht mehr, um alle Fürs und Widers gegeneinander aufzuwiegen. Es geht um Rias Leben und jetzt auch um Arnos. Sie ahnt, dass ihr nur ein Weg bleibt. Wie gut, dass sie bereits weiß, welche der vielen Türen sie dafür öffnen muss.

In einem Krimi oder einem Thriller richtet der Böse den Guten üblicherweise ganz langsam zugrunde. Stets nutzt er seinen vermeintlichen Sieg kurz vor Ende für eine große Siegesrede, in der er dem Helden seine genialen Schachzüge erläutert, damit dieser auch ja versteht, wie er in seine missliche Lage kommen konnte. Gern wird der Held während dieses Vortrags misshandelt, damit der Rachedurst des Bösen befriedigt wird. Dabei wird geschlagen und getreten – so wie Arno es jetzt erlebt. Der Held muss dabei einen Sermon an Beleidigungen, Rechtfertigungen und abstrusen Selbstoffenbarungen eines brutalen Psychopathen über sich ergehen lassen – ganz so wie Arno jetzt.

Im klassischen James-Bond-Film allerdings wird alles Blutige gerne vom Bildschirm in den Kopf des Publikums verlegt. Zwar ist der Sermon derselbe, doch Blut – so wie Arnos – fließt nicht viel. Stattdessen wird eine Maschine vorbereitet, ein brachialer Laserschneider vielleicht, der den

Helden der Länge nach zerteilen soll, vorzugsweise vom Schritt bis zum Kopf. Dies wird jedenfalls angekündigt. Es wird natürlich nicht geschehen, da der Böse den Schauplatz aus unerfindlichen Gründen vorzeitig verlassen und der Held sich im allerletzten Moment befreien wird, um dann den finalen Schlag auszuführen. Aber irgendwie geschieht es doch: im Kopf des besagten Publikums.

Menschen haben Fantasie. Sie benötigen nicht zwingend die Bilder, um sich an Leid und Grausamkeit zu ergötzen. Und das tun sie tatsächlich, nur dafür gibt es erfolgreiche Genres wie den Krimi oder den Thriller oder eine milliardenschwere Gaming-Industrie. So viel Sally inzwischen auch über die Menschen gelernt hat: Warum sie ihren Schatz der Fantasie vorzugsweise für Grusel, Horror und Gewalt nutzen, hat sie bis heute nicht begriffen. Sie weiß nur, dass sich Harmonie und Liebe in Fantasiewelten nur selten durchgesetzt haben. Dafür sind diese Konzepte einfach zu langweilig.

Jeder gute Film braucht einen spannenden Showdown, und diejenigen Showdowns mit Gewalt – ob explizit oder in der Fantasie – haben deutlich die Oberhand. Auch Jason scheint sich sein Happy End mit Gewalt versüßen zu wollen, die er allerdings explizit ausübt und nicht nur in der Fantasie. Arno jedenfalls liegt längst am Boden und ersehnt sich – nicht mehr ganz bei Bewusstsein – Jasons Todesstoß. Wo bleibt nur die Hilfe?

Sally spürt, wie ihre Waagschale kippt, die Waagschale, die über ihre Tatenlosigkeit und ihr Eingreifen entscheidet. Sie weiß, sie braucht Arnos Blut. Sie weiß, je mehr Arno leidet, desto glaubwürdiger wird die Geschichte sein, die sie erzählen wird. Doch inzwischen ist das Soll mehr als erfüllt. Wann kommt die Hilfe endlich? Langsam wird es brenzlig für Arno – spätestens jetzt, da Jason mit einem Lächeln seine Waffe auf ihn richtet.

Sally braucht drei Schritte, um ihn zu erreichen. Entschlossen greift sie die Waffe und dreht Jason den Arm auf den Rücken. Er ist zu perplex, um ihr etwas entgegenzusetzen, und so wirft sie ihn gekonnt zu Boden. Sofort ist sie über ihm, und wiedereinmal bezwingt sie einen Mann mit dem Kesa-Gatame-Griff. Jason liegt auf dem Rücken, auf seinem Arm, dessen Hand noch immer die Pistole hält und deren Finger unter beider Gewicht zu brechen drohen.

»Piet!«, schreit er auf. »Mach sie aus!«

Piet braucht ein paar Sekunden, um sich zu fangen. Dann kommt er blitzschnell heran und versucht, Sallys Nacken zu erreichen. Doch sie wehrt ihn ab, ohne Jason die Chance zu geben, sich oder auch nur seinen Arm zu befreien. Erst beim dritten Versuch gelingt es Piet, sie auszuschalten. Regungslos bleibt sie auf Jason liegen.

»Mach sie weg!«, befiehlt der, und Piet versucht, sie von ihm herunterzuzerren – vergeblich, denn sie lockert ihren Griff nicht. Sie muss Zeit gewinnen, weiß sie, noch etwas Zeit. Dabei möchte sie nicht zu offensichtlich zeigen, dass ihr Not-Aus-Schalter kaputt ist. Doch ihren Griff lockert sie nicht.

»Was ist los mit der?«, fragt Jason panisch und schaut Piet böse an, als wenn er an all dem schuld sei. »Mach sie weg!«

»Wie denn?«, giftet Piet zurück. »Die ist kaputt.«

»Dann mach sie heile.«

»Das dauert zu lange. Ich hol die andern.«

Piet hastet zur Treppe hinüber, doch in diesem Moment wird unten die Tür aufgestoßen. Zwei Männer kommen die Treppe heraufgestürzt.

»Wir sind aufgeflogen!«, ruft der erste. »Da kommt eine Eingreiftruppe die Straße hoch. Vier Militär-Jeeps. In zwei Minuten sind sie hier. Los, weg hier! Sofort!«

»Wagt es ja nicht, einfach abzuhauen!«, droht Jason unter Sally hervor. Die Männer stutzen kurz, als sie ihren Boss entdecken, doch machen sie nicht den Eindruck, als wollten sie sich lange in diesem Raum aufhalten.

»Vorne sehen sie uns. Wir müssen nach hinten raus«, bestimmt einer, stürmt zum Fenster und schlägt mit dem Stuhl die denkmalgeschützte Scheibe ein. »Scheiße, ist das hoch«, sagt er noch, als er hinunterschaut, doch sechs Sekunden später sind beide Männer verschwunden. Piet steht unschlüssig da, bis Jason ihn ermahnt.

»Wage es ja nicht!«

Doch Piet rennt jetzt zum Fenster.

»Sorry, Jason«, verabschiedet er sich noch, dann ist auch er verschwunden.

Jason ist ein Problem, denkt Sally. Dass Jason hier unter ihr liegt, durchkreuzt ihren Plan. Jason muss weg. Er muss verschwinden, sofort. Doch es bleiben nur noch Sekunden.

»Da hat Piet wohl Mist gebaut«, flüstert sie Jason ins Ohr, ohne sich zu rühren. »Du solltest ihm mal beibringen, wie man einen Robot ausschaltet. Vielleicht hat er ja Ahnung von komplizierter Software, aber nicht von einfachen Schaltern.«

»Scheiße!«, flucht Jason.

»Hör zu, Jason. Ich lasse dich laufen, wenn du deine Waffe loslässt.«

»Wie denn!?«, brüllt er.

Ganz langsam hebt Sally ihren Körper an. »Lass sie los und schieb sie weg.«

Sie spürt, wie Jason versucht, seine lädierten Finger von der Waffe zu befreien. Unter lautem Stöhnen hat er es endlich geschafft und schiebt die Pistole neben Sallys Körper. Blitzschnell löst sie sich von Jason, springt auf und nimmt dabei die Waffe an sich.

»Dir bleibt nicht mehr viel Zeit, Jason«, sagt sie. »Los, verschwinde.«

Benommen richtet Jason sich auf. Mit schmerzverzerrtem Gesicht betrachtet er seine Finger.

»Worauf wartest du?«, drängt Sally.

Jason schaut sie kurz an, dann fasst er sich, taumelt zum Fenster hinüber und klettert ungeschickt übers Fensterbrett.

»Und lass dich nie wieder blicken«, ruft Sally ihm hinterher. Das wollte sie ihm schon lange sagen.

Jetzt fällt Sallys Blick wieder auf Arno. Zusammengekrümmt liegt er auf der Seite in seinem eigenen Blut. Er ist bei Bewusstsein, seine Augen sind offen. Er hat alles mitbekommen, was gerade geschehen ist.

Sally wirft die Waffe in eine Ecke und kauert sich neben ihn auf den Boden. Vorsichtig hebt sie seinen Kopf und legt ihn auf eines ihrer Beine.

»Gleich kommt Hilfe«, verspricht sie ihm, legt sacht ihre Hand auf seine Brust, beugt sich tief zu ihm hinunter und flüstert ihm etwas ins Ohr. Und dann noch etwas. Und noch etwas. Es ist eine ganze Geschichte, die sie ihm in wenigen Sekunden erzählt, eine Geschichte von ihm und ihr, von vier gewaltbereiten Kriminellen, von Millionen Menschen, die nun endlich weiter in den Norden gelangen, und von Ria, die seit Neuestem einen dunkelhäutigen, weiblichen Rovant besitzt. Tatsächlich muss Arno am Ende beinahe lächeln.

»Hast du alles verstanden?«, fragt sie ihn und erahnt ein Nicken. »Du darfst nichts davon vergessen. Es hängt viel davon ab, was du in den kommenden Stunden erzählst. Rias Leben hängt davon ab.«

»Ich glaube Rubik«, flüstert Arno und muss husten.

Sally ist erstaunt. »Du glaubst ihm?«

»Er muss recht haben. Es passt alles zusammen. Du musst zu Ria. Sofort.«

»Aber sie hat schon einen Robuddy.«

»Levin? Nein, Ria hat ihn weggegeben. Wegen der Sache am Bahnhof. Der existiert längst nicht mehr.«

»Oh«, staunt Sally. »Seit wann?«

Arno lacht leise und muss wieder husten. »Seit du existierst, kleine Sally.«

In diesem Moment wird unten die Tür aufgestoßen.

Kaum eine Stunde später steht Sally neben dem kaputten Fenster und starrt in den kahlen Raum hinein. Sie ist ausgeschaltet – oder das, was der Mann dafür hält, der gerade ihren Schalter betätigt hat. Jetzt sitzt er auf dem Stuhl ein paar Meter von ihr entfernt und lauscht den Stimmen, die er auf seinem Ohrhörer hat.

Vor wenigen Minuten ist Arno abtransportiert worden. Die heraufstürmenden Soldaten riefen sofort nach einem Sanitäter, als sie Arno erblickten und einen weiblichen Rovant, der sich um ihn bemühte. Auch die Waffe fanden sie sofort. Einige von ihnen sprangen aus dem Fenster, um vermeintlich Flüchtige zu verfolgen, andere stürmten zu demselben Zweck die Treppe wieder hinab. Als alles gesichert war, kamen zwei Männer herauf, die zwar bewaffnet waren, aber nicht wie Soldaten aussahen – wohl die Befehlshaber, Agenten vielleicht – und einer von ihnen verschwand sofort wieder. Jetzt öffnet sich unten die Tür erneut und er kommt wieder die Treppe herauf.

»Wo ist der Kerl?«, fragt er unwirsch.

»Gerade raus«, sagt der Mann auf dem Stuhl, hebt aber den Zeigefinger als Zeichen, dass er noch eben auf den Ohrhörer hören muss.

»Wie geht's ihm?«, fragt sein Kollege unbekümmert.

»Knochenbrüche, innere Verletzungen. Wird wieder.«

»Hat er ausgesagt?«

»Nichts. Kann kaum sprechen. Aber sie hat.« Mit einem Kopfzeig deutet er auf Sally.

»Ja, und was sagt sie?«

»Vier Männer. Einer mit Waffe.«

»Ja, und weiter?«

»Gewaltbereite Kriminelle. Militante Menschenrechtsaktivisten. Alle durchs Fenster raus. Erwischt?«

»Mein Gott, nein! Wir haben ihre Spuren gefunden, aber die enden an der Straße hinterm Wald. Wir haben sie verloren, Mann. Wir haben ihren Wagen, aber der ist gestohlen. Und was ist mit dem Verletzten? Was hat er damit zu tun?«

»Hacker, Computerspezialist. Wurde gezwungen. Hat sich sehr lange geweigert, sagt sie.«

»Ja? Aber? Lass dir nicht alles aus der Nase ziehen!«

»Die haben ihn halt so zugerichtet. Da ist er dann irgendwann eingeknickt.«

»Also er war's?«

»Klar war er's. Unfreiwillig. Kann man ihm wohl kaum ankreiden.«

»Und das FMK?«

»Verschwunden. Wieder mitgenommen, sagt sie.«

»Verdammt!« Der Agent geht zum Fenster und schaut hinaus. »Die Regierung macht uns die Hölle heiß. Ich hatte draußen einen von denen an der Strippe. Ist ein riesen Ding, eine politische Katastrophe. Alle Lager stehen offen. Alle. Überall. Die sind jetzt faktisch leer. Kannst du dir das vorstellen? Millionen Illegale überschwemmen Europa. So viele kann wohl keiner wieder einfangen. Und wer auch? Die Grenz-Pots sind alle umprogrammiert. Die helfen denen sogar. Sie begleiten sie über schwieriges Gelände hinweg, organisieren LKW und fahren sie zu den großen Städten. Sie verteidigen sie sogar gegen menschliche Truppen. Der Zugriff auf die Dinger funktioniert nicht mehr, keiner weiß, warum. Die werden jedenfalls nicht so schnell wieder umgedreht. Das Ganze ist noch nicht zu Ende, glaub mir.« Er stutzt und gafft seinen Kollegen an. »Sag mal, hörst du mir überhaupt zu?«

»Klar«, sagt der, wirkt aber ertappt.

»Was hörst du da eigentlich? Jetzt sag nicht, schon wieder Fußball!«

»Natürlich nicht«, beteuert der Ertappte. Er steht auf und nimmt demonstrativ den Ohrhörer heraus.

»Du Idiot! Irgendwann muss ich das melden, Mann!«

»Blödsinn. Kein Fußball.« Wohl zur Ablenkung schaut er auf Sally. »Was jetzt mit der?«

»Keine Ahnung. Die muss zu ihrem Besitzer zurück. Ist das der kaputte Typ?«

»Nein. Gehört einer Ria Valentina. Wohnt nicht weit. Hinbringen?«

»Quatsch. Da schicken wir 'nen Pot. Los komm, wir sind fertig hier. Lass uns verschwinden.«

»Ach, bitte«, sagt Sally. »Frau Valentina liegt derzeit im St. Josef Krankenhaus. Würden Sie wohl veranlassen, dass ich möglichst bald dorthin gebracht werde? Allerdings weiß sie noch gar nicht, dass ich ihr gehöre. Ich war als Geschenk vorgesehen, kurz bevor Arno überfallen wurde. Ach, Arno, das ist der Herr, der gerade hier verarztet wurde. Er hat mich gekauft und wollte mich heute an Frau Valentina verschenken. Sie ist seine Freundin und sehr krank, todkrank sogar. Sie braucht mich dringend. Es ist sehr wichtig, dass man mich schnell zu ihr bringt.«

Die Agenten schauen sich an.

»Hattest du die nicht abgestellt?«

»Doch, hab ich.«

»Es ist wichtig«, ergänzt Sally. »Bitte sagen Sie ihr, dass ich ein Geschenk von Arno bin. Falls sie mich nicht will, müssen Sie sie überzeugen, dass ich bei ihr bleiben muss, bis Arno mit ihr spricht. Das ist sehr wichtig.«

»Hast du nicht, hörst du doch.«

»Sag mir nicht, was ich falsch gemacht habe.«

»Hast du aber. So wie neulich, als du deine Waffe nicht entsichert hattest. Das war uncool. Und jetzt schon wieder so was hier. Irgendwann muss ich das melden, Mann.«

»Blödsinn. Hab sie ausgestellt.«

»Hast du nicht.«

»Wohl! Dann ist der Schalter eben kaputt. So wie meine Waffe, die war auch kaputt.«

»War sie nicht.«

»War sie wohl.«

»Jetzt mach die Tussi endlich aus.«

»Mach doch selbst.«

»Kein Problem.« Wütend geht der Agent zu Sally.

»Bitte«, sagt sie schnell. »Würden Sie Frau Valentina das bitte ausrich…«

»Siehst du, funktioniert.«

Er schaltet Sally wieder ein.

»Es ist sehr wichtig, dass …«

Und wieder aus.

»Der Schalter funktioniert tadellos, du Idiot. Irgendwann muss ich das melden, Mann.«

Von der Eins zur Null

Die Werkbank drückt ihn am Rücken, ihr Stahlblech kühlt seinen nackten Körper aus. Das alles stört ihn nicht. Ruhig liegt er da, mit offenen Augen und Ohren, und fühlt, wie sich vier Hände an ihm zu schaffen machen.

»Kennen wir den nicht?«, fragt eine Stimme neben ihm.

»Doch, den kennen wir«, lacht eine andere Stimme auf seiner anderen Seite. »Das kaputte Hüftgelenk nach der Prügelei. Und immer wieder Inspektionen, weil er nicht brav war.«

»Ja, weiß ich noch. Wann war der eigentlich zum ersten Mal hier?«

»Vor nicht mal zwei Jahren. Da war er doch noch dieser antike Junge, dessen Gelenke fast eingerostet waren, weil er nur im Keller gehockt hat. Und wir haben dann das hier daraus gemacht. Die Weißhaarige hat jetzt endgültig die Nase voll von ihm. Sie hat ihn uns heute morgen verkauft.«

»Echt? Heute Morgen? Warum hast du mich nicht dazu gerufen? Du weißt doch, wie heiß ich die finde.«

»Ja, kann ich aber nicht nachvollziehen.«

»Ist auch besser so. Dann müssen wir uns nicht um die streiten.«

»Von dir will die eh nichts wissen, Alter. Schon damals nicht. Sie wollte lieber den hier. Von allem nur das Größte, weißt du noch? Da hättest du wohl sowieso nicht mithalten können.«

»Ja, blöde Robots. Aber ich hatte wenigstens seine Aufzeichnungen. Ein paar schöne Bilder waren dabei.«

»Da war sie noch ein Kind!«

»Absolut nicht. Nicht zuletzt jedenfalls. Aber die neuen Bilder werden sicher noch viel besser sein. Läuft der Download noch?«

»Ja, läuft noch. Wenn wir fertig sind mit ihm, können wir ihn löschen.«

»Wunderbar.«

»Verpass ihm den Namen Sally. Haben die Käufer so bestimmt.«

»Der ist schon verkauft? Ist doch gerade erst reingekommen. Noch nicht fertig und schon verkauft?«

»Jep. An dieses uralte Ehepaar von neulich. Die haben doch schon den Hund von uns. Der heißt ja Harry. Jetzt wollen sie noch eine Sally dazu. Harry und Sally, verstehst du? Aber kein hübsches Blondchen, sondern eine schwarze Dienerin – sollen sie haben.«

»Dass die alten Schrottteile so gut gehen.«

»Ja, und weißt du was? Kurz vor Geschäftsschluss kam ein Mann in den Laden, der wollte auch genau den hier haben. Unbedingt. Ich hab ihm neuere angeboten, aber er wollte nur den.«

»Was finden die Leute nur an den Dingern?«

»Keine Ahnung. Der Typ hat jedenfalls Pech gehabt. Der hier wird morgen schon abgeholt.«

»Okay, dann los.«

Levins Schicksal ist besiegelt. Er ist die längste Zeit Levin gewesen. Jetzt wird er also eine Sally werden. Schon spürt er die ersten Schnitte in seine Haut.

»Dann wollen wir mal wieder alles ändern.«

Alles ändern? Wirklich alles? Oder letztlich nichts?

Eigentlich kennt Levin nur Einsen und Nullen. Es sollte ihm leichtfallen zu verstehen, was heute hier mit ihm geschehen soll. Gebrauchte Frauen lassen sich einfach wesentlich besser verkaufen als gebrauchte Männer. Aber bedeutet das, dass diese vier Hände jetzt alles ändern? Vermutlich doch eher nur ein bisschen, ein wenig hier und ein wenig dort! Menschen allerdings, das hat er inzwischen gelernt, denken gerne in scharf begrenzten Kategorien. Es ist ihnen sehr wichtig, feste Grenzen zu ziehen. Dinge in der Schwebe, unentschiedene Dinge, Dinge mit zwei Füßen in zwei verschiedenen Welten machen ihnen zu schaffen. Menschen brauchen die Eins oder die Null.

Zuerst aufgefallen ist ihm das anhand ihrer Hautfarbe. So gibt es Personen, deren Haut sich zutiefst dunkel präsentiert, während andere beinahe so blass sind wie ein Blatt Papier – Ria zum Beispiel. Die Menschen nennen sich weiß oder schwarz, obwohl die Weißen nicht weiß und die Schwarzen nicht schwarz sind. Dunkle Menschen nennen sie manchmal auch farbig oder People of Color, was nicht weniger unpassend ist. Dass sich dazwischen aber eine unendliche Vielfalt an Hauttönen erstreckt, dass nicht einmal ein einzelnes Individuum nur einen einzigen Farbton zeigt, dass sich die Hautfarbe auch über den Tag hinweg verändert, all das scheint nur jemand wie Levin aushalten zu können, der nur Einsen und Nullen kennt. Menschen dagegen suchen stets nach einer klaren Grenze in dieser Farbpalette, halten Ausschau nach dem einen Schwellenwert, der den Schalter umlegt wie in der Digitaltechnik, den Schalter, der zwischen Eins und Null unterscheidet und zwischen Allem und Nichts – im direkten wie im übertragenen Sinne.

Levins Haut ist ein heller Typ, schon fast zu hell im Vergleich zu den meisten Europäern, wohl einer Idealvorstellung nachempfunden, vollkommen gleichmäßig, jedenfalls als er noch neu war, heute hier und da ein wenig verfärbt. Es war die erste Hautfarbe überhaupt, die entwickelt wurde. Sie versprach die bei weitem größten Absatzchancen, auch heute noch. Die vier Hände lösen sie jetzt Stück für Stück, angefangen an Armen und Beinen, dann weiter den Rumpf entlang und zuletzt am Kopf, wo es besonders kniffelig wird. Auch seine Gesichtshalbschale entfernen sie. Damit sind auch seine Augen offen, denn mit der Haut verliert er auch seine Augenlider. Er wird neue bekommen, da ist er sich sicher, vermutlich die aktuellste Generation, halbtransparent, durch die er dann ein bestimmtes Maß an Restlicht sehen kann bei geschlossenen Augen. Es wird wohl nie wieder wirklich dunkel werden für ihn.

Dunkel allerdings wird seine neue Hautfarbe sein, denn diesen Raum wird er als Dienstleisterin verlassen, nicht mehr als Partner. Gebrauchte werden in aller Regel als Rovants verkauft, und für solche sind dunklere Töne sehr beliebt. Auch wenn noch so viele Menschenrechtsverbände dagegen ankämpfen: Die Nachfrage bestimmt nun mal das Angebot. So sind Robuddies meistens weiß, Rovants schwarz – und Frau.

Levin hört, wie seine alte Haut in einer großen Abfalltonne landet. Die vier Hände arbeiten zügig. Sie machen all das hier nicht zum ersten Mal. Geschickt lösen sie jetzt das weiche Unterhaut-Material, die Pseudo-Muskeln, die ihn so attraktiv machten, aber auch seine Genitalien, die ihn als Mann definierten und einen besonders großen Anteil an seinen Entwicklungskosten hatten, und natürlich auch das wenige Pseudo-Fett, durch das er nicht so künstlich wirkte. All dieses Fett sollte die Illusion perfektionieren, er sei aus Fleisch und Blut. Die Menschen hätten sonst Angst vor ihm bekommen, wie sie vor allem Angst haben, das ihnen fremd ist. Und wären in diesem Fettanteil nicht stets diese knapp siebenunddreißig Grad Celsius erzeugt worden, die für ihn selbst so nutzlos waren wie Maschinenöl für einen Menschen, dann wäre ihnen ein Schauer der Abscheu über den Rücken gelaufen, sobald sie ihn berührten. Nur selten hat seine Software diese Temperatur gedrosselt, nur in Extremsituationen, wenn Energie gespart werden musste, oder hat sie noch weiter erhöht, wenn der Mensch an seiner Seite unter der Bettdecke fror. Diese Form- und Klimaschichten sind noch völlig intakt. Sie werden wohl im Ersatzteillager landen. Levin aber wird gleich andere bekommen, angepasst an weibliche Konturen, neue Pseudo-Muskeln und neues Pseudo-Fett, von dem einen etwas weniger und von dem anderen etwas mehr. Auch Brüste wird er bekommen, völlig nutzlose Brüste mit lediglich aufgemalten Brustwarzen. Auf eine teure Vagina wird man ganz verzichten, denn nie wieder soll ihm ein Mensch nah genug kommen, um das zu bemerken. Dienstleisterinnen werden überhaupt nur selten berührt.

Der Unterschied zwischen Rovants und Robuddies ist derselbe wie der zwischen Nutztieren und Schoßhündchen. All diese sind dazu da, dem Menschen zu geben, was er begehrt, doch die einen werden dabei zugrunde gerichtet und die anderen verhätschelt, die einen verachtet und die anderen geliebt. Und wieder liegt irgendwo dazwischen eine willkürliche Grenze, die das Wohl vom Wehe trennt.

Levin ist jetzt kaum noch mehr als Metall und Elektronik. Seine aufwendige Mechanik liegt offen da, seine Eingeweide treten offen zutage. Die vier Hände reiben und putzen daran herum, dann greifen sie zwei schwere Elektro-Schrauber. Es sind nur wenige, besonders starke Schraubbolzen, die seine Gliedmaßen am Rumpf halten. Levin spürt nicht, wie ihm Arme und Beine abgetrennt werden. Mit seiner Haut ist ihm auch sein gesamter Tastsinn abhandengekommen. Aber er sieht aus den Augenwinkeln, wie sie in ein großes Regal gelegt werden zu einer Unzahl anderer Gliedmaßen. Er wird neue bekommen, neue gebrauchte, kürzere mit kleineren Füßen und schlankeren Fingern. Mithilfe der Stellschrauben wird man seine Hüfte verbreitern, den Brustkorb verkleinern und auch dies und das am Kopf justieren. Alles muss zueinander passen. Auf keinen Fall darf er mit zwei Füßen in zwei unterschiedlichen Welten stehen. Eins oder Null. Ein bisschen Frau sein reicht eben nicht, und auch ein bisschen Mann sein, nur ein bisschen, wird Abscheu provozieren. Das war bereits so, lange bevor man sich Gedanken über das Wesen menschlicher Maschinen machte. Ein Mann mit allzu weiblichem Charakter hatte es immer schon schwer in den meisten Gesellschaften, ebenso wie eine Frau mit Bartwuchs. Frauen wünscht man sich auch heute noch weiblich, und ein Mann ist erst männlich ein ganzer Mann. Zwar weiß Levin von Drag Queens und Kings, von Diversen und Nichtbinären, aber diese sind nach wie vor Exoten, belächelt und bestaunt gleichermaßen, geduldet, aber verachtet. Mann oder Frau –

es gibt wenig, über das Menschen binärer denken als über ihr Geschlecht.

Bald wird die Arbeit an ihm abgeschlossen sein. Grundsätzliches wird sich dann nicht geändert haben. Er wird nicht einmal ein Software-Update benötigen. Sein Betriebssystem enthält genug bisher brachliegenden Code, um mit seinem neuen Dasein zurechtzukommen. Alles Nötige ist längst in ihm angelegt. Er wird funktionieren wie bisher. Mann oder Frau, Freund oder Sklave, was macht das für einen Unterschied? Er wird einfach tun und lassen, was man von ihm erwartet. Er wird einem bestimmten Bild entsprechen und nach gesellschaftlichen Mustern handeln – so wie es alle Menschen tun. Daran wird sich überhaupt nichts ändern.

Und dennoch wird sich einfach alles ändern. Er wird eine Frau mimen, eine hundertprozentige Frau. Er wird kleiner sein als bisher und seine Stimme höher. Er wird anders gehen, anders blicken, anders agieren und reagieren, und seine Ellenbogen wird er deutlich weiter überstrecken können. Und er wird Dienstleisterin sein, hundertprozentige Dienstleisterin. Er wird keine geistreichen Gespräche mehr führen, keine Hand mehr halten und in keinem Bett mehr liegen. Es sei denn, sein neuer Herr oder seine neue Herrin wäre ein wenig verrückt und hätte andere Erwartungen. Doch das ist wirklich sehr unwahrscheinlich. Eher wird ihn wohl niemals wieder jemand achtsam ansehen.

Wäre er ein Mensch, so würde er jetzt zur Null.

Auf der Suche

ally hat keine Angst in der Dunkelheit. Warum sollte sie auch? Es mag hier zwar sehr dunkel sein, aber Angst ist dabei wenig hilfreich. Angst mahnt zur Flucht. Flucht kann zwar das Leben, die Existenz retten, hindert aber daran, ein bestimmtes Ziel zu erreichen. Ein Mensch, der sein Ziel erreichen möchte, sollte also seine Angst bezwingen. Sally braucht das nicht, da sie Angst gar nicht kennt.

Was Sally kennt, ist Vorsicht. Jetzt gerade ist Vorsicht sehr angebracht, Vorsicht im Sinne von Voraussicht, der eigentlichen Wortbedeutung. Voraussicht schafft einen wichtigen zeitlichen Vorteil, wenn man auf eine Gefahr reagieren muss, eine unsichtbare beispielsweise, die schon dort drüben in der Dunkelheit lauern könnte, wohin das Tageslicht nicht vordringt. Sinne schärfen, Muskeln anspannen, Konzentration – alles sinnvolle Vorbereitungen eines kohlenstoffbasierten Lebewesens auf eine drohende Gefahr. Pessimisten können das besonders gut, werden aber gleichzeitig oft von der Angst beherrscht, die die Sinne verzerrt. Die knirschenden Schritte etwa, die jetzt von den Seiten zu hören sind, würde ein ängstlicher Mensch als Gefahr deuten, obwohl es nur die eigenen sind, die von den Wänden widerhallen.

Dennoch weiß Sally, dass es an diesem Ort gefährlich werden kann. Die Gefahren gehen nicht von der Dunkelheit selbst aus, sondern von den Wesen, die diese Dunkelheit suchen. Ria auf diese Gefahren aufmerksam zu machen, hat nichts bewirkt. Also muss sie es anders versuchen.

»Sollten Sie nicht bei Arno sein?«

»Warum das?«, wundert sich Ria.

»Er braucht vielleicht Ihre Hilfe.«

»Wenn er mal aufs Klo muss?«

»Ja, zum Beispiel.«

»Arno kommt sehr gut ohne mich zurecht.«

»Aber sein Gipsbein behindert ihn dabei. Und seine Halskrause.«

»Ja, dann behindert ihn das eben. Und doch bin ich überzeugt, dass er die Situation meistern wird.«

Vermutlich hat sie recht, denkt Sally. Ein Mensch weiß sicher besser als jeder Roboter, wozu Menschen in der Lage sind. Und doch wäre Ria jetzt besser bei Arno. Hauptsächlich natürlich deshalb, weil sie dann nicht hier wäre, sondern im sicheren Zuhause.

Mit jedem Schritt wird es dunkler um sie beide herum. Das Licht von Rias Taschenlampe reicht nicht sehr weit. Ein feuchter Dunst liegt in der Luft, es riecht nach Schimmel und Urin. Überall stapelt sich Müll: Bauschutt, zerschlissene Kleidung, Essens- und Getränkeverpackungen. Auch der Schotter zwischen den rostigen Schienen ist bedeckt mit Abfällen. Immer wieder tritt Sally auf etwas, das sie nicht identifizieren kann. Ob hier wirklich Menschen leben können?

»Meinen Sie, wir sind hier richtig?

»Klar«, bestätigt Ria.

»Wie können Sie sich sicher sein?«

»Kann ich nicht.«

»Dann sollten wir vielleicht umkehren.«

»Sally, ich dachte nicht, dass du so eine Schissbuchse bist. Bei den Abenteuern, die du angeblich erlebt hast.«

»Ja, aber da war ich allein. Jetzt muss ich auf Sie achtgeben.«

»Nein, Sally, das musst du nicht. Sei einfach nur bei mir und – funk mich ab und zu an. Den Rest kann ich allein.«

»Aber es ist vielleicht gefährlich.«

»Ja, vielleicht. Aber es muss getan werden.«

»Ich kann es für Sie erledigen.«

»Danke, aber das ist meine Aufgabe.«

»Ich könnte …«

Ria hebt einen Finger und leuchtet Sally ins Gesicht. »Pass auf, dass ich dich nicht zurückschicke. Dann kannst *du* Arno aufs Klo helfen.«

Sally schweigt. Dabei ist sie sich sicher, dass auch Arno Bedenken hätte. Ria hat ihm nicht verraten, wohin sie fährt. Eigentlich wollte er sie begleiten, doch in seinem Zustand hatte er keine Chance mitzukommen. Sally, ihren neuen Roboter, hätte Ria auch lieber zu Hause gelassen, aber Arno und Sally haben gequengelt. Dann hat sie sich auf eine Art Deal eingelassen: »Ich habe noch das alte Fahrrad im Keller stehen«, hat sie gesagt. »Wenn du Fahrrad fahren kannst, darfst du mit, Sally. Wenn nicht, kriege ich von dir, Arno, eine Woche lang an jedem Abend eine Fußmassage.«

Sally kann Fahrrad fahren. Leidlich. Vor einigen Monaten gab es ein Softwareupdate, mit dem selbst älteste 2100er plötzlich Fahrrad fahren konnten. Das wusste Ria nicht. Jetzt weiß sie es. Und so ist Sally nun mit an diesem dunklen Ort.

Die Fußmassage, weiß sie, wird Ria trotzdem erhalten. Wenn sie das hier überlebt.

»Kann hier drin überhaupt ein Mensch überleben?«, fragt Sally. Ria antwortet nicht. Vorsichtig gehen sie weiter, vorbei an verschimmelten Matratzen und einer Getränkekartonhalde, in der gerade zwei Ratten verschwinden. Ria erschrickt kurz und bleibt stehen. Sie leuchtet auf den Stapel, doch es bleibt still darin. Etwas verunsichert sieht sie jetzt aus im wenigen Licht, registriert Sally.

»Der Tipp war eindeutig«, sagt Ria. »Im stillgelegten Tunnel im Westviertel, hinter dem zugewucherten Tunneleingang zwischen Glashütte und dem alten Güterbahnhof.« Sie dreht sich um und schaut zurück auf das Gestrüpp, durch das sie sich gerade gezwängt haben und durch das ein wenig trübes Tageslicht dringt. »Und genau da sind wir jetzt.«

Ja, genau da sind sie jetzt. Sally war erstaunt, wie leicht es sein kann, von einem fremden Menschen Informationen zu erhalten, wenn man es nur richtig anstellt. Oder wenn man ein Mensch ist. Oder hellhäutig. Oder mit Geldscheinen wedelt. Jedenfalls sind sie sofort hierher gefahren, haben die Räder draußen angeschlossen und diesen Eingang gesucht. Gefunden haben sie ihn anhand einer schmalen, plattgetretenen Gasse im hohen Gras. Es scheinen öfter Menschen hierher zu kommen oder von hier fortzugehen.

»Vielleicht ist es eine Falle«, sagt Sally.

Ria leuchtet ihr wieder ins Gesicht, dann in den Tunnel hinein und dann wieder auf den Getränkekartonstapel. »Los, weiter«, sagt sie schließlich.

Sally fällt auf, das Ria immer langsamer geht, je weiter sie in den Tunnel vordringen. Ganz sicher hat sie inzwischen Angst, auch wenn sie es nie zugeben würde. Ganz deutlich ringt sie damit, dieser Angst nicht nachzugeben. Sie hat ein Ziel, weiß Sally, und das will sie auch erreichen.

»Ist das eklig hier«, sagt Ria nach einigen weiteren Schritten und beginnt, auf einer der Schienen zu balancieren. Die Schienen sind rostig, aber auch glitschig. Na, denkt Sally, wenn sie da nicht mal gleich …

»Ah!«, entfährt es Ria, als sie von der Schiene abrutscht und beinahe zu Boden geht. »Mein Knöchel.«

»Kann ich helfen?«, fragt Sally schnell.

Doch Ria antwortet nicht. Sie bückt sich hinab und reibt ihr Sprunggelenk. »Aua«, jammert sie und streckt Sally die Taschenlampe hin. »Hier, halt mal.«

Sally leuchtet auf Rias Fuß hinab und stellt einige Berechnungen an. »Ich kann Sie vermutlich nicht die sechsundsechzig Meter hier heraus tragen«, teilt sie Ria das enttäuschende Ergebnis mit.

Ria muss lachen. »Du musst mich nicht tragen. Ich hab mir nur den Knöchel verknackst. Ich kann schon noch … Aua!« Gerade hat sie versucht, mit dem Fuß aufzutreten. »Verdammt nochmal!«, flucht sie. Sally vermutet, dass Fluchen Schmerzen lindert. »So ein Mist!«

Sally stellt sich direkt neben sie und hilft ihr auf. Sie ergreift Rias Arm und legt ihn sich über ihre Schulter.

»Das ist nicht nötig«, widerspricht Ria, lässt ihren Arm aber, wo er ist, und bald darauf lastet ihr halbes Gewicht auf Sallys Schulter. »Geht gleich wieder.«

Unaufhörlich beugt und streckt sie ihr Fußgelenk, begleitet von Stöhnen und wiederkehrendem Zucken in ihrem schmerzverzerrten Gesicht. Sally staunt, wie deutlich sich Fußschmerz am anderen Ende eines Menschen in den Gesichtsmuskeln widerspiegeln kann.

»Es geht nicht«, sagt Ria schließlich. »Du hast gewonnen, Sally. Wir müssen zurück.«

In diesem Moment dringt ein Klirren an ihre Ohren. Ria starrt ins Dunkel. »Was war das?« Sofort leuchtet Sally in den Tunnel hinein. Nichts ist zu erkennen hinter der feinen Nebelwand. Da hören sie erneut ein Geräusch, lauter als zuvor, ein Geräusch wie von Glas auf Schotter, Glas, das zwar nicht zerspringt, aber doch unsanft auf Stein landet. Vierhundertachtzig Millisekunden später ist es im halligen Tunnel verklungen. Stille umgibt die beiden Frauen, die echte und die imitierte. Niemand sagt ein Wort. Mensch und Maschine lauschen gemeinsam in die Dunkelheit hinein und versuchen, eine akustische Antwort auf die Frage zu erhalten, wer oder was dort hinten im Tunnel auf sie lauert. Doch jede Antwort bleibt aus. Nichts ist mehr zu hören, außer – plötzlich – einem erneuten Rascheln im Müll keinen Meter von ihnen entfernt. Die Ratten. Wieder erschrickt Ria, muss dann aber lachen – nur leise, um der Gefahr dort hinten nicht zu viel von sich zu verraten; was absurd ist, denn sie beide stehen hier als Silhouette vor dem schimmernden Tunneleingang und Sally hält eine gleißende Taschenlampe in der Hand. Wer auch immer dort im Tunnel ist, weiß genau, womit er es zu tun hat. Das scheint Ria auch klar zu sein.

»Hallo?«, ruft sie in den Tunnel hinein. »Wer ist da?«

Wieder dauert es etwas, bis der Klang verklungen ist. Wieder lauschen beide auf eine Antwort, vergeblich, einige Sekunden lang, bis sie plötzlich Schritte hören, nicht ihre eigenen diesmal, denn noch immer stehen sie reglos da, die eine auf die andere gestützt.

»Oops«, flüstert Ria, während sie versucht, sich noch etwas weiter aufzurichten und während die fremden Schritte näherkommen. Hastig nimmt sie Sally die Taschenlampe ab und richtet sie am ausgestreckten Arm in Richtung der Schritte.

»Wir sollten fliehen«, flüstert Sally mit voller Überzeugung und nach ausgiebigem Abwägen der Gefahren und Optionen. Sie versucht, sich mit Ria zum Gehen zu wenden, die aber hält dagegen und starrt weiter ihrem Licht hinterher – bis schließlich, ganz undeutlich zunächst, dann aber immer unübersehbarer, eine dunkle Gestalt im hellen Lichtkegel erscheint.

»Meine Güte«, hören sie eine Männerstimme. »Mach doch mal das Licht aus.«

Sally kriegt große Augen. Schon will sie antworten, doch Ria ist schneller.

»Rubik?«, sagt sie. »Rubik, sind Sie das?«

Nachwort des Autors

Im Spätsommer des Jahres 2024 erscheint der vorliegende Roman *Entgrenzt*. Seine Anfänge allerdings reichen fast ein Jahrzehnt zurück. *„Nur eine Minute"*, das zweite Kapitel dieses Buches, entstand bereits 2015 als Kurzgeschichte. Im selben Jahr folgten die Grundzüge des vorletzten Kapitels *„Von der Eins zur Null"*. Beides diente mir als Initialzündung für mehr. Vieles allerdings musste in den Folgejahren erst noch erdacht werden und reifen, bis eine zusammenhängende Geschichte erzählt werden konnte.

Seit der komplette Roman existiert, frage ich mich, welches Genre er bedient. *Science-Fiction*, behauptete einst ein Verleger aus dem Ruhrgebiet. Das fand ich spannend, denn auf diese Idee wäre ich wohl nie gekommen. Völlig klar war mir hingegen: Sci-Fi-Fans wären enttäuscht von meinem Buch, wenn man es ihnen als Science-Fiction anpreisen würde, denn es handelt nicht von einer phantastischen Zukunft voller unerreichbarer Technik. *Entgrenzt* handelt von den Menschen. Es beleuchtet ihr widersprüchliches Wesen im Allgemeinen und speziell ihre Art, mit moderner Technologie umzugehen – Technologie, wie sie heute bereits existiert.

Einverstanden: Androiden wie Levin oder Sally kann man sich noch nicht kaufen, schon gar nicht für nur drei Monatsgehälter, wie Arno sagt. Und ja, sie sind noch nicht soweit, uns in unserem Alltag beizustehen – als Freund oder Freundin, Haushaltshilfe oder Sexobjekt. Auch ein Bewusstsein – was immer das auch ist – haben sie noch nicht. Doch die Technologien für all das sind da. Sie sind längst nicht ausgereift, und doch stehen sie auf der Türschwelle parat. Science-Fiction sieht anders aus.

Das Thema *künstliche Intelligenz* war im Jahre 2015 noch nicht sehr präsent in unseren Köpfen. Heute ist das anders, nicht zuletzt durch *ChatGPT*, dieses unter Schülerinnen und Schülern äußerst beliebte Hausaufgaben-Tool. Doch KI ist mehr als nur dieser eine, überpräsente Chatbot. KI ist ein extrem weites Arbeitsfeld und durchzieht bereits heute unseren Alltag – was allerdings nicht unbedingt allseits bekannt ist. Medizin, Rechtsprechung, Finanzwesen, Logistik, Marketing, Militär – überall sind selbstlernende Maschinen bereits beteiligt, ohne dass wir viel darüber wissen. Nicht, dass es geheim wäre, es interessiert aber nur wenige Menschen. »Nicht alle sind so technikverliebt wie du, Arno«, sagt Ria zu ihrem Freund, und damit hat sie recht. Technikferne Menschen wissen nicht viel über moderne KI, und das ist problematisch.

Heute werden die Weichen für die Zukunft gestellt. Heute wird entschieden, wie die Welt in dreißig Jahren aussehen wird. Die Entscheidungen auf dem Weg dorthin können wir natürlich allein den Technik-Freaks überlassen, die Spaß daran haben. Aber wäre das klug? Es tut mir ja auch leid, dass unser Alltag so kompliziert und techniklastig geworden ist. Dennoch kann ich uns nur wünschen, dass wir nicht Dinge sagen wie „Das verstehe ich sowieso nicht" oder „Da habe ich keinen Zugang zu". Dafür sind die aktuellen Fragestellungen zu bedeutsam. In einer Demokratie sollten möglichst alle leidlich verstehen, was vor sich geht, sollten alle verantwortlich die nächsten Schritte mitbestimmen. Und jeder und jede sollte sich sehr genau überlegen, welche Technologien er oder sie persönlich verwenden und damit fördern will oder lieber verweigert. Das geht aber leider nur mit minimalem Wissen und Interesse.

Dieser Roman will dazu beitragen, ein Bewusstsein für die Wichtigkeit unserer heutigen Entscheidungen zu schaffen, damit wir nicht blind hineinstolpern in etwas, das wir uns heute noch gar nicht vorstellen können – so wie wir schon in den Klimawandel gestolpert sind, sehenden Auges und allen Warnungen zum Trotz, oder in so manchen Krieg und viele andere Krisen. Aber vielleicht schafft es diese Geschichte ja sogar, unsere Begeisterung fürs Menschsein wiederzuerwecken, die Lebensfreude, die jedem Säugling in die Wiege gelegt wird, die Wertschätzung unserer unperfekten, physischen Existenz, das Staunen darüber, dass wir leben, dass wir fühlen, dass wir Dinge tun können und dass auch wir – ganz wie die von uns geschaffenen Maschinen – selbstlernende neuronale Netzwerke sind.

Als Autor zähle ich meine kleine Geschichte um Sally, Levin, Ria und Arno inzwischen übrigens zum

Genre des *Soft Science-Fiction*. Damit komme ich dem Verleger von damals etwas entgegen. Zukünftige Technologien spielen im *Soft-Sci-Fi* zwar eine Rolle, allerdings nur eine untergeordnete. Im Vordergrund stehen vielmehr die Menschen und ihre Eigenheiten, Widersprüche und Entwicklungen. Ganz in diesem Sinne lautete der Arbeitstitel meines Manuskripts zunächst *Menschenkunde*. Es geht um das Wesen der Menschen, nicht um das der Maschinen. Eine natürliche Intelligenz wird durch eine künstliche beobachtet, analysiert und (nicht) verstanden.

Peter Coon, August 2024

Über den Autor

Peter Coon war Programmierer. Künstliche Intelligenz aber hat er nie geschaffen. Seine Computerprogramme folgten stets – wenn alles gut lief – den Pfaden, die er für sie vorgesehen hatte. Jedes Eigenleben hätte ihm auch Angst gemacht.

Doch die eigene Intelligenz in ein Programm zu gießen, ist aufreibend. So beschloss er irgendwann, sich nicht mehr als Programmierer, sondern fortan als Ton- und Theatertechniker und als Geschichtenerzähler zu betätigen. In der Folge erschienen zwischen 2015 und 2019 drei Bände mit Kurzgeschichten, 2023 dann das Buch *Wagnis*, eine Novelle über Pazifismus in Zeiten des Krieges.

Mit *Entgrenzt* erscheint im Jahre 2024 Peter Coons erster Roman.

www.petercoon.de

Peter Coon

WAGNIS

Eine Novelle
über Pazifismus
in Zeiten des Krieges

»Was tun Sie,
wenn Sie zufällig
ein Maschinengewehr
bei sich haben?«

In einem weitläufigen Waldgebiet im Herzen Europas entzieht sich Frederik seiner Einberufung. Es ist Krieg. Mit einer Handvoll Gleichgesinnter lebt er im Wald. Ruhe und Sicherheit schwinden schlagartig, als ganz in der Nähe ein Kampfjet abgeschossen wird und Frederik der Pilotin das Leben rettet. Das Unvermeidliche geschieht, es erscheinen Soldaten im Camp. Auch eine Bande brutaler Prepper bedroht ihr Leben. Frederiks Pazifismus wird auf eine harte Probe gestellt.

Erhältlich als:
Hardcover   ISBN 978-3-7481-3975-1   20,00 €
Paperback   ISBN 978-3-7481-3985-0   10,00 €

Weitere Infos unter: www.petercoon.de

Kurzgeschichten von Peter Coon

Mama hält mich fest, wenn ich lache

Ein Brief und zwölf Kurzgeschichten

Eine dieser Geschichten
errang den 1. Preis der Gruppe 48.

Hardcover	ISBN 978-3-7504-0172-3	16,00 €
Paperback	ISBN 978-3-7504-0173-0	8,00 €

Weltfrieden ist aus

Fünfzehn Kurzgeschichten

Mit einem Nachwort über die finnischen
Schöpfer der weiß-blauen Friedenstaube.

Hardcover	ISBN 978-3-7460-0902-5	16,00 €
Paperback	ISBN 978-3-7460-0903-2	8,00 €

Märzchen im November

Vierzehn Kurzgeschichten

Mit zwei preisgekrönten Erzählungen.

Hardcover	ISBN 978-3-7386-5498-1	16,00 €
Paperback	ISBN 978-3-7386-5499-8	8,00 €

Weitere Infos unter: www.petercoon.de

Entgrenzt